D1737275

Né à Oakland et mordu de théâtre, Charlie Huston a été barman avant de devenir écrivain. Il habite New York avec son épouse, l'actrice Virginia Louise Smith.

Moon Night, vol. 1 : Le Fond
(scénario de Charlie Huston,
dessins de David Finch)
Marvel France, 2007

Moon Night, vol. 2 : Soleil de minuit
(scénario de Charlie Huston,
dessins de David Finch et Mico Suayan)
Marvel France, 2008

Le Vampyre de New York
Seuil « Thrillers », 2008

Moon Night, vol. 3 : Dieu et la patrie
(scénario de Charlie Huston, Mike Benson
et Duane Swierczynski,
dessins de Javier Saltares, Mark Texeira,
Tomm Coker et al.)
Marvel France, 2009

Moon Night, vol. 4 : Dieu et la patrie II
(scénario de Charlie Huston et Mike Benson,
dessins de Javier Saltares et Mark Texeira)
Marvel France, 2009

Pour la place du mort
Seuil « Thrillers », 2010

Charlie Huston

INCREVABLE

ROMAN

*Traduit de l'anglais (États-Unis)
par William Olivier Desmond*

Éditions du Seuil

Une première édition de cet ouvrage est parue
aux Éditions du Seuil, sous le titre : *Trop de mains dans le sac*

Pour les paroles de la chanson *Keep on Keeping on* de Curtis Mayfield
© 1971 Warner-Tamerlane Publishing Corp.,
Warner Bros. Publications U.S. INC., Miami, Floride, 33014
Avec l'aimable autorisation de Warner Bros. Publications U.S. INC.

TEXTE INTÉGRAL

TITRE ORIGINAL
Caught Stealing
ÉDITEUR ORIGINAL
Ballantines Books, a trademark of Random House, Inc., New York
ISBN original : 0-345-46477-X
© Charles Huston, 2004

ISBN 978-2-7578-2082-7
(ISBN 978-2-02-094666-7, 1ʳᵉ édition)

© Éditions du Seuil, mars 2008,
pour la traduction française

À Scotty, un gros dur
qui aimait papa-maman.

PREMIÈRE PARTIE

22-28 septembre 2000

Plus que huit matches
de championnat à jouer

J'ai mal aux pieds. Le cauchemar me carillonnant encore dans la tête, j'avance d'un pas traînant sur le plancher froid et un peu poussiéreux. À moitié ivre, besoin de pisser. Je ne sais trop si c'est l'envie de pisser ou le cauchemar qui m'a réveillé.

Mes chiottes sont un peu plus petites que des gogues ordinaires. Assis sur le siège, je m'appuie du front contre le mur. L'envie de pisser m'a donné la trique et si j'essaie de faire ça debout, je vais en foutre partout. Je parle d'expérience. Sans compter que mes pieds me font mal.

Ça me prend un certain temps. Quand j'ai fini, c'est tout juste si je ne dors pas déjà. Je me lève, tire la chasse et reprends laborieusement la direction du lit. En chemin, les dernières gouttes coulent sur ma cuisse. Je ramasse une chaussette sale qui traîne par terre, m'essuie et jette la chaussette dans un coin.

Je me coule à nouveau sous les couvertures et cherche une position confortable. À peine suis-je gagné par le sommeil que le cauchemar reprend dans ma tête. Je me force à rester réveillé pour l'empêcher de s'installer. J'évoque des choses joyeuses. Je pense à un chien que j'ai eu autrefois. Je pense à Yvonne. Je pense au base-ball : de longues parties nonchalantes, une bière fraîche dans le gobelet en plastique là, entre mes cuisses, les écorces de cacahuètes qui craquent sous mes semelles. Les balles hautes qui passent par-dessus la tête des voltigeurs. La superbe aisance avec laquelle la balle... Non ! Grosse erreur ! Surtout pas le base-ball ! Le cauchemar rapplique à toute pompe. Bon. Je pense à la maison. La maison, c'est efficace, et je commence à replonger dans le sommeil. Et ce n'est qu'à cet instant, celui où enfin je me rendors, que je prends conscience du sang que j'ai vu sur ma chaussette quand je me suis essuyé la cuisse, le sang qu'il y avait dans mon urine. Et je dors.

Ces éléments sont sans rapport : mes pieds dou-loureux, le cauchemar, le sang. Cela fait des années que j'ai mal aux pieds à cause de mon boulot. Des années aussi – la moitié de ma vie – que je fais ce cau-chemar. En revanche, le sang dans mon urine est une nouveauté, même si je sais exactement d'où il vient.

Il vient de la raclée que m'ont donnée deux types, hier soir. Hier soir, c'est-à-dire plusieurs longues heures avant que le cauchemar ne me réveille. Et quand je dis qu'ils m'ont «donné» une raclée, il faut l'entendre littéralement. C'était gratuit. Et j'ai eu de la chance : ils avaient de petites mains, tous les deux. Allez comprendre : deux grands baraqués avec des mains minuscules. Ce sont des choses qui arrivent. Comme ils ne voulaient pas abîmer leurs petites mains délicates sur ma figure, ils m'ont frappé sur tout le corps. Ça s'est passé en un rien de temps : quelques coups de poing bien ajustés au ventre et aux côtes et je suis tombé. Avant de recevoir deux coups de botte dans les reins. C'est de là que vient le sang.

Le réveil sonne. Huit heures. À présent que l'alcool a cessé de faire son effet, j'ai mal partout. Mais ce sont mes pieds qui me tuent. Je retourne pisser et ça ne rate pas : encore du sang. Je me brosse les dents et passe sous la douche. Les bleus s'étalent un peu partout sur mon buste et s'étendent. L'eau chaude me fait du bien. Je la laisse couler, vais me chercher une bière au frigo en laissant une piste dégoulinante derrière moi, et reviens sous la douche. L'eau me fait du bien, mais la bière est encore mieux. Elle atténue ma gueule de bois, chasse les brumes de ma biture d'hier soir et me rend à la vie. Avec le gant de toilette, je me nettoie délicatement les pieds.

Une fois hors de la douche, je finis ma bière tout en me coupant les ongles des orteils. Très court, en prenant bien soin de ne laisser aucun débris dans les coins. Je finis par trouver une paire de chaussettes propres et sans trou et m'habille. Puis je prends la direction de la porte. C'est l'heure du petit déj.

Dans le boui-boui, je me paie des œufs au bacon, que j'accompagne d'une autre bière. La première était bonne, mais la deuxième est encore meilleure. J'en suis à la troisième semaine d'une sacrée bordée et les deux premiers verres de la journée sont toujours les meilleurs. Il vaut mieux que j'attaque à la bière parce que j'embauche tard à mon boulot. Si je tape trop fort trop tôt, je risque de bavouiller dès le début de mon quart. Je sirote ma bière, mange mon rata et consulte la page des sports.

Le *Daily News* est systématiquement divisé en rubriques égales : sensationnalisme violent, bons sentiments, potins sur les célébrités et pub. Je le lis tous les jours et tous les jours j'en sors sali. Mais c'est New York, et tout le monde a droit un jour ou l'autre à sa dose de crasse. Aujourd'hui, on commente les élections et on pleure sur les dernières boîtes Internet à avoir mordu la poussière. Je passe rapidement sur les photos des candidats interchangeables pour arriver au truc important. Si j'ai pris l'habitude d'acheter ce torchon, c'est parce qu'il est le seul, le matin, à donner les résultats sportifs de la côte Ouest. Sauf si on a le câble. Et je n'ai pas les moyens de me payer le câble.

Là-bas, en Californie, les Giants connaissent leur effondrement habituel de fin de saison. Encore la semaine dernière, la première place était à leur portée ; mais après un dérapage en septième journée, ils ont été éliminés de la course au titre et traînent derrière les Mets pour la troisième place alors qu'il reste huit matches à jouer. Et pendant ce temps-là, les Dodgers, chauffés à blanc, ont accroché le titre de la division après avoir gagné douze de leurs quatorze dernières parties.

Je consulte ma montre. Il est temps d'aller voir le médecin.

Je déteste les Dodgers.

J'ai ce rendez-vous depuis une semaine. Pas à cause du sang, à cause de mes pieds. J'ai essayé toutes les formes de chaussures et de semelles imaginables et mes pieds me tuent toujours. Bref, aujourd'hui, après avoir fait des histoires pendant des années, je me suis décidé. Je pourrais lui parler du sang dans mes urines, tant que j'y suis, mais qu'est-ce qu'il va me dire ? De foncer aux Urgences, où ils vont me raconter que ma vie n'est pas en danger. Et me concocter une note bien salée que je ne pourrai pas honorer, me prescrire de me reposer un peu et de ne prendre ni alcool ni caféine. Je ne bois jamais de café. Ça me rend nerveux. Assis dans la salle d'attente, je pense à cette deuxième bière et à quel point elle était bonne.

Je ne suis pas inquiet pour mes reins. Si c'était sérieux, je serais dans le coma depuis un bon moment. Tout cela n'est que de l'ordre de la contusion : le frottement a provoqué un petit saignement. Le Dr Bob sort de son cabinet et m'appelle.

Un type sensationnel, ce Dr Bob. Issu d'une des meilleures facs de médecine de la côte Ouest, mais venu ouvrir un dispensaire dans le quartier pourri du Lower East Side. Il prend tout le monde, assurance ou pas, ses tarifs sont ridiculement bas et on le paie quand on peut. Toutes choses qui conviennent à ma situation. Un jour, il m'a dit qu'il ne voulait pas rendre la santé aux gens pour les mettre à la rue. Comme je l'ai dit, un type sensationnel.

Je lui ai parlé de mes pieds il y a une semaine, et il m'a envoyé passer une radio. Dans son minuscule bureau, il pivote sur son tabouret et se tourne vers moi après avoir étudié les radios accrochées à une espèce de tableau éclairé, comme les médecins en ont tous. Et commence l'examen de mes pieds. Il prend vraiment tout son temps. Il les tripote l'un après l'autre, les malaxe un peu, sans doute pour y trouver quelque imperfection. Il garde les yeux levés au ciel, comme si les voir pouvait le gêner dans son examen : on dirait un perceur de coffre-fort travaillant les yeux fermés.

– Doc?

– Chut.

Il me comprime encore un peu les pieds, puis se lève. Se met à parler, mais j'ai du mal à entendre ce qu'il dit. Il me montre mes pieds, il me montre les radios. Je n'ai qu'une envie: sortir de là et me taper une bière. Je pense aussi que j'aimerais bien m'allonger ici, tout de suite, parce que je me sens un peu bizarre. Il me regarde avec un drôle d'air.

Le rugissement, dans mes oreilles, ne vient pas de ma gueule de bois. Je n'entends plus rien et commence à me dire que quelque chose ne va pas. La table d'examen bascule et je m'étale par terre. J'essaie de me relever, en pure perte. Je sens une chaleur humide se répandre sur mon bas-ventre et mes cuisses. Je distingue le bout de mes pompes à trois cents dollars, des pompes qui sont, paraît-il, ce qu'on peut acheter de plus confortable dans le genre, mais c'est du flan. Et je vois l'urine pleine de sang qui s'écoule par l'ourlet de mon jean. Ça ne va vraiment pas du tout. Je m'endors.

Voici comment bascule une vie.

Tu nais en Californie, enfant unique dans une famille d'une banlieue sympa à l'est de San Francisco. Tu connais une enfance heureuse, entouré de parents qui t'aiment. Tu joues au base-ball. Tu es formidablement doué pour ce jeu et tu l'adores. À dix-sept ans, ta piaule est déjà pleine de trophées. Tu as joué dans deux équipes postulantes de la Petite Ligue des World Series et tu es la vedette de ton équipe universitaire. Tu es un joueur complet: au gant, à la batte, les bras, les jambes. Tu joues *center field* – VOLTIGEUR DE CHAMP CENTRE. Tu es le meilleur dans toutes les phases du jeu, jamais une erreur. Les dénicheurs de talents sont venus te voir jouer toute l'année et on s'attend à ce que tu laisses tomber les études pour signer dans un club professionnel de la Ligue majeure. À chaque partie, tu regardes dans les gradins et tes parents sont toujours là.

Au cours d'une partie du championnat régional, tu te fais coincer à la troisième base. Tu y arrives en dérapant méchamment au moment même où le joueur de la troisième base saute en l'air pour attraper une balle haute. Ta pompe s'accroche au fond de la base et, au moment où tu veux te redresser, le type retombe avec la balle. En atterrissant sur ta cheville prisonnière alors que tu continues ton mouvement ascendant. Et c'est de tout son poids qu'il y atterrit.

Là, sous tes yeux écarquillés, tu vois l'os qui te sort du mollet.

Après, les broches dont on te farcit le tibia contrarient sa croissance. La blessure ne guérira pas convenablement et, pour le reste de tes jours, tu vas avoir une cicatrice nodale et dure, une boule de muscles qui te fera mal par temps froid ou humide. Personne ne fait même semblant de croire que tu pourras jamais rejouer.

Tu ne vas plus assister aux matches et tu ne vois plus tellement tes amis non plus. Tu en as de nouveaux, mais ils te valent des ennuis. Tu travailles après les cours pour t'acheter une Mustang d'occasion que tu remets en état avec Papa, qui est mécanicien. Tu vas partout avec ta caisse et tu gagnes toutes les compètes entre copains du coin. Quand tu n'as personne avec qui faire la course, tu roules très vite sur les routes secondaires. C'est comme ça que tu prends ton pied. Ce n'est pas le base-ball, mais c'est mieux que rien.

Sur une route non loin des fermes d'élevage, vers minuit, un veau s'est faufilé par un trou dans la barrière. Tu braques, tu écrases le frein. Le volant t'échappe des mains et la Mustang se retrouve avec le pneu avant droit en travers. Le pneu explose. La jante mord dans le macadam, la caisse saute en l'air et entame un tête-à-queue. Tu te retrouves suspendu dans le baquet, ficelé au siège par le harnais quatre points que ton père a exigé d'y installer. La Ford s'élève et passe par-dessus le veau sans le toucher. Fait un tour complet sur elle-même, atterrit sur l'arrière et laboure la route en diagonale avant d'aller s'empaler par l'avant dans un chêne.

Ton ami Rich n'est pas attaché. À l'instant où tu as vu le veau et as écrasé le frein, il était agenouillé sur son siège et, tourné vers l'arrière, fouillait dans le bazar pour y retrouver un sweat-shirt.

Pendant le tonneau, tu te retrouves un instant la tête en bas. Rich, lui, rebondit dans l'habitacle et s'étale contre le toit. Et te regarde, là, dans les yeux, le visage à moins de trente centimètres du tien, le visage à moins de vingt. La Mustang bascule avec une soudaine violence, Rich disparaît de ta vue et, au moment où tu viens taper dans l'arbre, il donne l'impression de bondir par le pare-brise avant comme s'il était propulsé de l'arrière du véhicule. Il perforc le pare-brise, parcourt la courte distance qui le sépare du chêne et en percute brutalement le tronc.

Des tas de gens viennent à l'enterrement, pleurent, te serrent dans leurs bras. Tu as le sternum douloureux et une coupure à la joue et tu ne regardes personne dans les yeux. Après, tes parents te ramènent à la maison.

Au printemps, tu passes tes examens avec succès pour aller en fac, en Californie du Nord. Tu envisages de faire une carrière médicale, peut-être comme technicien urgentiste. Ou encore de devenir enseignant, comme Maman. Pas question d'aller travailler dans le garage de Papa. Tu n'as plus aucune envie de bricoler sur une voiture. Tu ne conduis même plus.

Tu ne décroches jamais un seul diplôme. Tu vas à la fac pendant six ans, tu étudies un peu de ci, un peu de ça, tu ne t'en sors pas si mal, mais tu ne vas jamais jusqu'au bout de rien. Tu ne sais pas trop ce que tu veux faire et c'est alors que tu rencontres une fille. Elle est actrice.

Vous débarquez tous les deux à New York et vous dormez sur le canapé d'un ami qui a un appartement. À peine deux semaines que vous êtes arrivés et elle décroche un boulot itinérant et disparaît. Le copain te demande de décamper.

New York a un système de transports publics absolument génial. On n'y a jamais besoin de voiture. Tu décides de rester. Tu trouves un appartement grand comme la cuisine de tes parents. Et un boulot: barman. Pour la première fois de ta vie, tu te mets à boire. Tu as une excellente descente.

Tu habites New York, mais tu te comportes toujours comme un péquenot sorti d'un patelin de Californie. Tu aides les ivrognes à se hisser hors du caniveau, tu appelles les secours quand tu vois un blessé, tu prêtes de l'argent à des amis qui en ont besoin et tu n'oses pas le leur réclamer, tu acceptes de te faire squatter par n'importe qui et tu aides les aveugles à traverser la rue. Un soir que tu veux intervenir pour faire cesser une bagarre, tu te fais sérieusement sonner – si sérieusement même que, le lendemain, tu prends des cours de boxe. Tu bois trop, mais tes parents ne sont pas au courant.

Tu es un bon gars, un coriace, et dans ton quartier, tu as la réputation d'être secourable. C'est chouette. Ce n'est pas la vie dont tu avais rêvé, mais c'est tout de même assez bien. Tu te sens utile, tu as des amis et des parents qui t'aiment. Dix ans passent.

Un jour, le type qui habite sur le même palier, juste en face de chez toi, frappe à ta porte. Il a besoin d'un grand service. C'est là que ta vie bascule vraiment.

Dès le réveil, la première chose à laquelle je pense est ce con de chat. Le voisin m'a chargé de le lui garder pendant une quinzaine de jours. Dieu seul sait combien de temps j'ai passé dans le coma et je me demande si la bestiole est encore en vie. Et merde ! Je savais bien que ça finirait par arriver. Je lui avais pourtant dit que je n'étais pas doué avec les animaux. Déjà que j'ai le plus grand mal à m'occuper de moi… mais il n'a rien voulu savoir et je lui ai pris son foutu matou. Et là, je me rends compte que c'est dans un hôpital que je viens de me réveiller et qu'il y a peut-être plus urgent.

Tiens, ça me rappelle une blague : celle du type qui est né avec trois testicules et qui passe toute sa vie à croire qu'il est un monstre de foire. Les garçons se foutent de lui en cours de gym, les filles rigolent. Finalement, n'en pouvant plus, il décide de se faire enlever la surnuméraire. Le toubib l'examine et lui dit pas question, c'est trop dangereux, ça pourrait vous tuer ou vous esquinter grave, mais l'envoie tout de même voir un psy. Le psy dit au type de ne pas s'en faire, qu'il devrait au contraire être assez fier d'avoir trois couilles, qu'il n'est pas quelqu'un d'ordinaire. Parce qu'enfin, combien d'hommes ont trois testicules, hein? Bref, le type trouve qu'au fond ce n'est pas si mal. Il sort de chez le psy et s'adresse au premier mec qu'il rencontre dans la rue: «Vous savez pas quoi? Hé ben, à nous deux, on en a cinq!» L'autre le regarde d'un drôle d'air et répond: «Ah bon? Parce que vous n'en avez qu'une?»

Et voilà qu'à peine sorti de l'hôpital, j'engage la conversation avec le premier type que je rencontre.

– Vous savez pas qu'à tous les deux, nous n'avons que trois reins?

Il ne moufte pas et se contente de me contourner comme si j'étais un lampadaire.

New York, mon grand, New York.

Je suis resté six jours à l'hôpital, en fait: un jour inconscient, cinq conscient. On m'a enlevé le rein que les types aux petites mains et aux grosses bottes avaient déjà mis mal en point et que je n'ai fait qu'endommager un peu plus par ma négligence et une forte consommation de liquides diurétiques. La picole. Mon rein était à «quatre plus» quand ils l'ont enlevé. À cinq, il explose et te tue. Les médecins m'ont averti que je ne devais plus consommer la moindre goutte d'alcool jusqu'à la fin de mes jours sous peine de mort. Pareil pour la cigarette et le café. Je ne fume pas et comme je l'ai dit, le café me rend nerveux.

Quand je suis tombé dans les pommes, le Dr Bob a appelé les Urgences et m'a fait transporter à Beth Israel. Il m'a accompagné dans l'ambulance et lorsque nous sommes arrivés, il a zappé les formalités administratives pour me faire entrer directement en salle d'op. Il m'a sauvé la vie. C'est un des chirurgiens qui m'a expliqué tout ça et lorsque Bob est venu et que j'ai voulu le remercier, il m'a fait le coup du «j'ai juste fait mon boulot», le tout accompagné d'un geste désinvolte de la main. Et on en est venus à mes foutus pieds.

– Il s'agit d'un état chronique dû au fait que vous passez tout votre temps debout au travail.

Je suis barman. J'assure dix heures de présence continue tous les soirs, cinq jours par semaine. Parfois six, voire sept.

– Vous pourriez vous acheter une gamme complète de chaussures orthopédiques et vous faire masser les pieds tous les soirs, ce serait pareil. Si vous ne voulez plus avoir mal, il ne faut plus poser les pieds par terre.

– Et si je…

– Ne plus poser les pieds par terre. Vous êtes comme un type qui travaille devant un ordinateur et qui a un problème de canal carpien. Si vous voulez remédier à cet état, il va falloir changer à jamais vos habitudes de travail.

– Houlà…

– Oui, houlà. Qui plus est, la douleur a été exacerbée par une mauvaise circulation, laquelle est liée, j'en ai bien peur, à une consommation excessive d'alcool.

– Houlà.

– Oui. Alors, arrêtez de boire. Point final.

– Ouais, ça paraît clair.

Question réglée. Il me souhaita bonne chance et prenait déjà la direction de la porte quand je lui demandai pour ses honoraires.

– Quand vous aurez trouvé un autre boulot et réglé votre ardoise ici, nous parlerons d'argent.

Un type sensationnel, je vous dis.

La picole et mon rein. La picole et mes pieds. Ça commençait à faire beaucoup.

J'ai appelé Edwin, le patron du bar. Je me suis excusé de ne pas l'avoir averti, mais Edwin a été cool et m'a dit de ne pas m'en faire pour ça.

Est-ce que j'aurais arrêté s'il s'était juste agi de mon rein et de l'alcool? Aurais-je arrêté si quelqu'un m'avait dit, par exemple: «Laisse tomber la picole et la vie de poivrot, sans quoi tu vas claquer»? Je ne sais pas. Mais mes pieds me tuent et ç'a été la goutte d'eau qui a fait déborder le vase.

J'ai appelé mes vieux, leur ai expliqué que j'étais comme neuf et leur ai demandé de ne pas venir. Je leur ai aussi dit de ne pas s'attendre à ce que je vienne me faire chouchouter à la maison. Maman a un peu pleuré, mais j'ai fini par la faire rire en lui racontant la blague du mec aux trois testicules. Papa, lui, m'a demandé si je n'avais pas besoin d'argent et je lui ai répondu que non. Nous avons un peu parlé de Noël et du temps que je resterais à la maison quand je viendrais, puis je leur ai dit que je les aimais, et eux m'ont aussi dit qu'ils m'aimaient, nous avons raccroché et je suis resté comme un con à regarder le plafond pendant un bon moment.

Après, j'ai passé un coup de fil à une de mes collègues au bar. Elle s'appelle Yvonne, on s'est beaucoup vus à une époque et ça nous arrive encore de temps en temps. Mais Yvonne n'est pas simplement une fille avec qui je sors à l'occasion. Elle est plus que ça. Yvonne est ma meilleure amie. Elle a la clef de mon appart et je lui ai donc parlé du chat. Elle m'a promis de s'en occuper en attendant que je rentre. Elle voulait venir me voir à l'hôpital, mais j'ai refusé. Je préfère être seul. Faut que je me creuse la tête pour trouver un bon plan. C'est pas gagné.

Voilà, je suis sorti. Je fais le coup du «à nous deux on en a trois» au premier enfoiré dans la rue, puis je prends un taxi pour rentrer chez moi. Les toubibs voulaient me garder dix jours pour me surveiller et pouvoir m'enlever mes agrafes avant ma sortie, mais mon manque (a) de liquidités et (b) d'assurance-maladie les a encouragés à me laisser partir. Je me ferai enlever les agrafes dans quelques jours et éviterai les efforts en attendant. Je n'ai plus qu'un rein, je marche au régime sec, j'ai une note de frais d'hospitalisation à côté de laquelle mon trou de dix mille dollars à la banque n'est qu'une plaisanterie et je n'ai plus de boulot. Qui plus est, je lis dans le journal qui traîne dans le taxi que les Giants viennent de gagner quatre matches d'affilée et en ont repris deux aux Mets, qui ont été tenus en échec par les Phillies de Philadelphie. Je m'enfonce dans le siège et ressens un grand coup de poignard à l'emplacement de feu mon rein. Et me demande quel diable de mouche a bien pu piquer les deux types qui m'ont tabassé.

Et maintenant, comment j'ai récupéré le matou.

Mon voisin, son proprio, s'appelle Russ. Il habite sur le même palier que moi, dans l'appartement en face ; il lui arrive de passer un moment au Paul's, où je tiens le bar. Je le connais un peu et je l'aime bien. Il ne fait jamais d'histoires et les rares fois où j'ai dû lui faire crédit, il m'a remboursé dès qu'il a pu. Et voilà qu'un soir, il y a une quinzaine de jours, il se pointe sur mon paillasson en tenant à la main une de ces cages-valises qui servent à transporter les animaux. Je le vois venir. Je referme le mouchard et m'appuie de la tête contre le battant de la porte. Russ se met à frapper. Je regarde à nouveau. Il est toujours là, à dansoter sur place comme s'il était pressé de partir. Je laisse retomber le cache du mouchard et déverrouille la porte.

Russ a un problème. Il a un problème et ça l'embête beaucoup de me demander, mais il a besoin d'un grand service. Le papa de Russ est malade. C'est vrai. Je sais que c'est vrai parce qu'au bar Russ a déjà mentionné que son père était souffrant depuis quelque temps. Le truc, c'est qu'aujourd'hui le papa de Russ est mourant, que Russ doit partir dare-dare pour Rochester et qu'il n'a trouvé personne pour s'occuper du chat, qu'il sait bien que c'est casse-pieds, mais bon… il a vraiment besoin qu'on lui rende ce service. Est-ce que je ne pourrais pas garder le matou quelques jours ? Une semaine ? Deux tout au plus ?

J'ai déjà plusieurs verres dans le nez et je lui dis que je vais être fin soûl pendant un bon moment, ça m'inquiète pour le chat. Russ me rassure, mais non, le chat ira très bien. Il va m'apporter la gamelle spéciale pour le nourrir – on ne la remplit qu'une fois tous les

25

deux jours – et aussi la caisse pour la litière et tout le bazar. Le chat se débrouillera très bien tout seul. Je dis oui. Que vouliez-vous que je fasse? Avec le papa de ce type qui est en train de mourir?

Russ me tend la cage de transport contenant le chat et retraverse le palier pour aller chercher le reste du matériel. Je me prends une bière dans le frigo et contemple la cage. J'ai eu un chat quand j'étais petit. Je l'ai gardé pendant des années, jusqu'au jour où ma mère a ramené un chiot abandonné à la maison et où… quelques jours plus tard le chat disparaissait. La faute à personne, ma mère se sentait très mal, mais je ne lui en ai jamais voulu. Mais j'en ai voulu à ce con de chat qui s'était tiré au premier signe de concurrence. Volages, les chats, volages. J'aime les chiens.

Russ ramène la gamelle deux-jours, la caisse, le ramasse-merde, la litière, la nourriture et deux ou trois jouets pour chat. Il me propose de l'argent, mais je refuse. Il me remercie encore une ou deux fois et je lui dis de bien s'occuper de son papa et d'appeler s'il a besoin de quelque chose, et il file. La cage est posée sur la caisse retournée qui me tient lieu de table basse. Je suis assis sur le canapé, ma Budweiser à la main, quand soudain je me rends compte que Russ ne m'a même pas dit le nom du minet. Je me penche pour regarder à travers les fins barreaux de la cage, histoire de voir la tête de la bestiole. C'est un bon vieux chat de gouttière, un bâtard quelconque. Dos et tête gris rayés de gris, ventre blanc. Un mâle, on dirait. Il porte un collier avec étiquette. Je pose ma bière, ouvre la petite porte et tends la main. Le chat sort tout de suite, sans faire d'histoire. Je l'installe en face de moi, il me regarde droit dans les yeux. La petite étiquette rigide est à l'envers, je la retourne pour lire son nom. Bud. Je reprends ma cannette de Bud bien fraîche tandis que Bud le chat s'installe confortablement sur mes genoux et se met à ronronner.

Les jours passent, aucune nouvelle de Russ. Et pour dire la vérité, ça ne m'embête pas plus que ça.

Il faut que je me débarrasse d'une sacrée réserve de boissons alcoolisées. Je pourrais en faire profiter un de mes voisins, mais je me dis que pour mon moral, ce serait mieux de les bazarder. Dans le frigo, j'ai dix-huit boîtes de Bud, quelques bouteilles de vin blanc, et une de Silver Bullet. Dans le congélateur, je trouve une bouteille d'un litre de gin Beefeater à moitié vide et une pleine pinte de vodka polonaise à l'herbe de bison. C'est le placard sous l'évier qui constitue la zone dangereuse. Il regorge de bouteilles de Cutty Sark, Wild Turkey, Cuervo, Myers's, et d'une variété de cocktails plus ou moins entamés, sans parler des réserves de bourbon et de whisky. J'ai aussi trois fiasques d'un chianti de rêve et une minuscule bouteille de saké que je ne sais plus qui m'a offerte pour mon anniversaire il y a quelques années de ça. J'empile tout ça sur le comptoir de la cuisine. Je commence en vidant les bières dans l'évier, mais les effluves me mettant l'eau à la bouche, je change de stratégie. Je transporte tout le bazar dans la salle de bains et entreprends de tout balancer dans les toilettes. Ça marche au petit poil et je me trouve très brillant: au lieu d'avaler toutes ces mixtures pour les pisser plus tard, j'escamote l'étape intermédiaire. Bud rapplique et pose les pattes avant sur le rebord de la cuvette pour regarder ce que je fabrique. Il se fait asperger de quelques gouttes de rhum, secoue le museau et repart tranquillement dans l'autre pièce. Malin, le matou.

Cette étape terminée, j'entasse les bouteilles vides dans un sac bleu de recyclage, descends les deux étages et les dépose au coin de la rue, où elles vont attendre Dieu seul sait combien de temps qu'on les ramasse. Journée de début d'automne sensationnelle. L'air est limpide, avec à peine une pointe de fraîcheur. Je rentre et en profite pour récupérer le courrier empilé dans ma boîte aux lettres. Une fois dans l'appartement, je fais le tri – factures, propositions de cartes de crédit, de cartes de téléphone, de cartes d'assurance – et me retrouve en tout et pour tout avec deux lettres : une de ma mère et un appel à siéger dans un jury. Je vide la litière du chat. Yvonne a alimenté le distributeur de bouffe à chats et lui a rempli une gamelle d'eau, mais elle m'a laissé le soin de m'occuper de la merde. Normal. Je descends le sac-poubelle contenant la litière et le courrier publicitaire et le pose à côté du sac bleu plein de bouteilles de gnôle vides. Et me demande si je n'aurais pas oublié quelque chose. S'il n'y aurait pas encore une boîte de bière à moitié pleine ou un fond de saké. L'air est toujours aussi frais, mais ça ne m'empêche pas de me mettre à transpirer. Ça pourrait être plus dur que je ne croyais. Je remonte, décroche le téléphone et informe mon dealer que j'ai besoin d'un peu d'herbe. Il me répond qu'il arrive tout de suite.

Les journées passées à l'hôpital m'ont permis de franchir le plus dur des crises de tremblement et des nausées qui suivent une sortie de cuite, mais la morphine qu'on m'injectait m'avait donné un petit coup de main. Au moment de sortir, le médecin m'a filé un flacon de Vicodine, mais je n'aime pas les petites pilules : elles me donnent l'impression d'être idiot. Le stock que va m'apporter Tim devrait faire le joint. Si je puis dire.

Tim est un habitué du Paul's. Fana de jazz, quarante-quatre ans, l'alcoolo a eu un coup de pot. Il y a quelques années, ce n'était rien qu'un drogué qui vivait du chômage et des boîtes d'aluminium qu'il récoltait dans les poubelles. Puis il a décroché un boulot sensationnel et s'est sorti de la drogue. Le boulot ? Livreur pour un dealer. Tous les matins, il se rend au bureau de son boss, où on lui donne, comme à ses collègues, une liste de clients et la marchandise correspondante. Ils livrent chez vous ou au bureau – pour le même prix – de l'herbe, du hasch, des champignons, de l'acide et de la coke. Tim parcourt toute la ville, reçoit une commission pour chaque livraison et garde soigneusement tous ses reçus de taxi pour se les faire rembourser le soir. Il a toujours sur lui une petite réserve d'herbe au cas où une occasion se présenterait à l'improviste. Au cours de sa journée, il consomme aussi une certaine quantité de whisky et quelques bières. N'ayons pas peur de le dire : on n'abandonne pas la drogue sans remplir le vide avec autre chose. Tout le monde a besoin d'un truc pour assurer pendant la journée, et la gnôle est une stratégie très prisée. Tim est ce qu'on pourrait appeler un «alcoolique fonctionnel».

Je le fais entrer, il va se vautrer sur le canapé. Tim était dans le bar quand je me suis fait tabasser. Il pose son sac à dos sur ses genoux et me regarde.

– Alors, vieux, comment tu te sens ?

Je lui réponds que ça va. Nous parlons des habitués du bar pendant que je glisse un CD dans l'appareil (*Kind of Blue*) et qu'il se roule un joint. On l'allume. En vrai professionnel, il me donne des informations détaillées sur l'herbe que nous fumons, un croisement entre une variété classique de Virginie et une thaïlandaise, très puissante.

– Mais le plus important, c'est qu'elle a poussé à l'air libre, me précise-t-il, pas dans la serre hydroponique d'un savant fou. Retiens la fumée. Retiens la fumée, vieux, et tu vas sentir l'air de la montagne.

En vérité, je ne retrouve pas l'air de la montagne, mais me mets à planer et, ce faisant, pense un peu moins à prendre un verre.

– Hé, t'aurais pas quelque chose à boire ? me demande-t-il alors.

Zut.

Tim dégage peu après. Ses mains de vrai alcoolo vont commencer à trembler s'il ne se descend pas rapidement un godet. Je lui donne un peu d'argent pour le stock avant qu'il sorte, il me salue de la main en s'éloignant sur le palier, puis il s'arrête un instant.

– Au fait, dit-il, est-ce que tu as fini par apprendre ce qui leur a pris, à ces deux trous du cul ? Ce qu'ils te voulaient ?

Je lui réponds que je n'en ai aucune idée – «Comme eux», me répond-il avec un rire avorté car il se rend compte que la plaisanterie n'est pas terrible. Puis il s'en va. La plaisanterie est nulle, mais la question est bonne ; et dès que je pourrai penser un peu clairement, il va falloir que je m'y intéresse.

Quand on fume de l'herbe, on atteint vite sa limite. J'en ai déjà pris pas mal et il est temps de se reposer un peu. Je tiens surtout à en garder pour arrondir les angles au cours de la semaine qui vient. Je me dis qu'après je serai en forme. Ce n'est pas la première fois que j'arrête de boire. J'ai déjà sauté deux ou trois fois du train pour voir ce que ça donne ; le fait est qu'avec le genre de motivation qui est le mien aujourd'hui, je ne m'attends pas à avoir trop de mal à tenir. Dès que le grand ramonage du système aura été fait, s'entend. Pour l'instant cependant, je me retrouve seul dans mon appartement à écouter *Combat Rock* des Clash, le chat de quelqu'un d'autre sur les genoux, au chômage, couvert de dettes et rêvant d'une bière. Je décide de faire ma lessive.

Avoir une tâche à accomplir est important quand on essaie de renoncer à quelque chose. Ça occupe, on se sent utile. Je fourre mes affaires sales dans un sac. Je prends une poignée de pièces de vingt-cinq cents dans le pot à mitraille, mais au moment où je me dirige vers la porte, je me rappelle que Bud a une petite couverture dans sa caisse et me dis que tant qu'à faire, je vais la laver elle aussi. Russ devrait être de retour d'ici un ou deux jours et ce serait sympa si Bud avait une couverture propre. C'est comme ça que je fonctionne, que voulez-vous ? La faute à ma maman. Je saisis la couverture, je tire, mais elle est coincée par quelque chose au fond de la caisse. Je tire un peu plus fort et entends le tissu se déchirer légèrement. Je pose le sac de linge sale, me mets à genoux et avance la main dans la caisse pour dégager la couverture.

Le Paul's ferme à quatre heures du matin. Le jeudi, en général, il n'y a plus que des habitués à partir de deux heures. Voilà pourquoi, quand je travaille, c'est à cette heure-là que je me mets à boire sérieusement. Jeudi dernier, il y avait une dizaine de nos habitués dans la boîte et j'avais commencé à picoler comme un grand quand les gros bras sont arrivés. Ils se positionnent à l'autre bout du bar et je m'approche. De vrais grands balèzes, ces deux-là: même assis sur les tabourets, ils me dominent encore d'une tête. Mais que ce soit des costauds ne signifie rien de particulier. Je suis davantage frappé par la manière dont ils sont habillés. Tous les deux portent des survêtements Nike: le premier est tout en noir, le second tout en blanc. Ils arborent tous les deux plusieurs chaînes en or qui vont très bien avec les lunettes noires à monture dorée qu'ils portent perchées sur leur crâne rasé. Ils tranchent nettement sur le genre de la maison. Je me dis qu'il s'agit sans doute de Polacks ou d'Ukrainiens, soit l'arrière-garde des anciens habitants de l'East Village chassés par les Latinos avant que le quartier ne devienne chicos et envahi par les bobos. Ils me commandent une Amstel Light et un cosmopolitan. Chacun. Ils ont un accent genre russe. Cela dit, côté bizarre, on a vu bien pire chez Edwin; je leur prépare leurs consommations, les leur porte et prends l'argent. Ils me disent merci.

Je retourne à ma place derrière le bar pour retrouver mon verre et reprendre ma partie de *Êtes-vous fort en cinéma ?* sur le MegaTouch, quand j'entends jurer dans mon dos. Je me retourne et vois le type en survêt blanc qui tient son cosmo comme si le verre était rempli de vomi.

– C'est d'la merde, ce truc ! dit-il.

Et il renverse le contenu du verre sur le comptoir. Le type en noir goûte le sien et recrache lui aussi sur le bar.

– Ça aussi, c'est de la merde. C'est imbuvable.

Et pour bien me le montrer, il prend une deuxième gorgée qu'il recrache sur le bar avant de se lever et d'aller jeter verre et boisson dans la poubelle.

Je n'aime pas la bagarre. Je me suis très rarement battu au cours de ma vie et il y a un détail qui ne m'a jamais échappé : même quand on gagne, on se ramasse des gnons. Je fais de l'exercice quatre fois par semaine et prends des cours de boxe et d'autodéfense le week-end. J'ai des chaussures à bouts coqués et un couteau de chasse. Et un manche de pioche derrière le bar. Rien de tout cela ne me sera utile, parce que si moi, je n'ai aucune envie de me battre, ces deux-là, eux, cherchent manifestement la castagne. Je souris. Je remonte le comptoir vers les deux survêts. Mon sourire figé de type à moitié ivre irradie la joie et parle d'amour. Martin Luther King en personne. Sinon Gandhi. Je vais leur demander s'ils désirent être remboursés ou s'ils préfèrent prendre une autre consommation. Je vais soigneusement essuyer ce qu'ils ont recraché sur le bar et tout rentrera dans l'ordre, car je ne veux de bagarre à aucun prix. Ils sont tous les deux assis au bout du comptoir devant leur bière intacte et, le verre de cosmo renversé posé à l'envers devant eux, font descendre les lunettes de soleil sur leurs yeux comme si mon sourire les aveuglait. C'est à ce moment-là que je remarque les ravissantes mains délicates et féminines qu'ils ont au bout des bras. Je n'ai pas peur. Ces types-là sont du genre «faites l'amour, pas la guerre». Ces types-là sont des pianistes de concert aux doigts faits pour la musique, et non pour le pugilat.

J'arrive à leur hauteur et ouvre la bouche en un grand sourire pour leur proposer une tournée offerte par la maison à titre de compensation. Ils m'attrapent, me font voltiger par-dessus le comptoir et me flanquent une solide raclée. Et s'en vont.

Ce n'est pas la première fois que je prends des coups et j'ai déjà eu beaucoup plus mal. Je n'ai même pas l'air tellement mal en point. Néanmoins, je ferme le bar un peu plus tôt et passe les quelques heures suivantes à picoler, un sac plein de glaçons contre mes côtes douloureuses, tandis qu'avec Tim et deux autres habitués, nous nous racontons des histoires de bagarre: les bons moments quand on gagne et les mauvais quand on perd. Nous arrivons vite à la conclusion que Survêt-Noir et Survêt-Blanc sont des cinglés – et après ça, qu'est-ce que vous voulez dire? Et quelques heures plus tard, le sang commence à apparaître dans mon urine.

Je tire délicatement sur la couverture de Bud et sens qu'elle est retenue par quelque chose. J'avance une main tâtonnante et m'attends à découvrir un bout de plastique moisi ou quelque autre horreur de ce genre. En fait, je tombe sur un objet plat scotché au fond de la caisse; un des coins de la couverture est collé sous un bout d'adhésif qui dépasse. Ce n'était pas la couverture que j'avais entendu se déchirer, mais l'adhésif.

Je déloge la couverture et, ce faisant, détache aussi l'objet. Soit une petite enveloppe de papier kraft qui paraît contenir une clef. Je regarde l'enveloppe. La clef me paraît bizarre – un peu trop grosse. Elle n'est pas à moi. Cela ne me regarde pas. Il doit s'agir du double de la clef de l'appartement de Russ, ou celle de son coffre à la banque… ou que sais-je encore? Elle ne m'est pas destinée, mais soudain je me sens un rien fouineur. Je dégage l'adhésif, recolle l'enveloppe du mieux que je peux et tente de la remettre exactement au même endroit. Et remets aussi la couverture. S'il remarque que celle-ci est propre, Russ risque de penser que j'ai vu l'enveloppe et ne pas être très content. C'est ce que je me dis. Mais pas seulement; je me dis aussi que je me taperais bien un verre, ce qui me fait penser à mon linge sale. Je reprends le sac, dis au revoir à Bud et file. Pas un instant je n'additionne deux et deux, mais après tout… pourquoi l'aurais-je fait?

Je me suis installé dans l'East Village il y a dix ans, dès mon arrivée à New York. En bas de chez moi, il y avait une petite épicerie où on pouvait acheter du crack, de l'herbe ou de la coke comme si c'était des pâtes ou du riz. C'est aujourd'hui une onglerie. Un bar à sushis s'est ouvert de l'autre côté de la rue. On trouve bien encore des drogués, des vitrines condamnées et une poignée de prostituées dans le secteur, mais l'impression de Grand Ouest sauvage qui se dégageait du quartier a disparu. Immeubles d'appartements, boutiques et bistrots poussent comme des champignons. Mais il y a beaucoup moins de meurtres, d'agressions et de viols, si bien que lorsque les gens râlent parce qu'ils trouvent que le quartier devient trop chicos, je les envoie se faire foutre. Les sushis me vont très bien et les petites Japonaises de l'onglerie me gardent mes colis UPS quand je ne suis pas chez moi. Sans compter que le coin est encore pittoresque.

Je sors de l'immeuble en planant encore et reste planté un moment sur le trottoir pour profiter du soleil d'automne. Jason est étalé par terre, à mes pieds. Jason est un vieil ivrogne qui hantait déjà ce bout de rue lorsque je m'y suis installé. C'est le type même du clodo alcoolique pas très fut'-fut' à l'ancienne mode. C'est aussi un baromètre pour ma propre consommation de boissons fortes et le moment est idéal : voir notre Jason vautré par terre à midi, totalement inconscient, une petite bouteille de T-Bird encore à la main… Je l'enjambe et prends la direction de la laverie.

À la vérité, j'en fais un peu trop. Le chirurgien qui m'a ôté mon rein m'a dit d'y aller vraiment mollo, et monter et descendre les escaliers avec des sacs-poubelle ou du linge sale ne fait probablement pas partie de ce qu'il m'a recommandé. Je crois que, dans son esprit, «y aller mollo» voulait plutôt dire «rester vautré sur son canapé». Mais j'ai besoin de bouger : je sépare linge clair et linge foncé, ajoute le détergent, la javel, l'assouplissant, puis alimente en pièces de vingt-cinq cents le monnayeur des machines de la laverie coréenne. Elle est presque vide et j'en profite pour m'étaler sur deux chaises avec un *Daily News* abandonné, dans lequel je lis les résultats.

Voici ce qui reste de la saison:

Les Giants doivent terminer une série contre les Rockies aujourd'hui et il leur reste trois parties contre les Dodgers.

Les Mets vont éliminer les Marlins et jouer trois fois à domicile contre les Braves.

Je ne vais pas me mettre à pleurer si les Giants perdent. J'ai tout simplement plus la passion.

Je transvase le linge dans le séchoir et parcours le reste du journal.

La sécheuse s'arrête et je récupère mes frusques. Elles sont encore chaudes et je suis pris de l'envie de changer de jean sur place rien que pour ressentir l'impression de chaleur par cette journée fraîche. Je me contente d'enfiler un sweat-shirt tout tiède. Je replie, puis range tout le reste dans mon sac. Je n'ai pas pensé une fois à une bière depuis une heure, bon, non… peut-être une fois ou deux. Mission accomplie, je balance le sac sur mon épaule et rentre chez moi.

Devant la porte de l'immeuble, je le fais passer de mon épaule droite à mon épaule gauche pour chercher mes clefs. C'est une erreur. Je n'ai plus de rein gauche. À la place, il y a un grand trou fermé par tout un paquet d'agrafes. Quand je tends les muscles de mon bras gauche pour retenir le sac sur mon épaule, ça tire aussi sur les agrafes. Ou plutôt, ça tire sur ma peau alors que les agrafes, elles, ne bougent pas. Je laisse échapper un hoquet et un couinement, lâche le sac, pivote sur moi-même et esquisse une gigue de douleur. Puis je me calme, récupère mes clefs et me recale le sac sur l'épaule droite.

Pendant que le sac se met en place contre mon épaule, je remarque quelque chose à travers la vitrine de la pizzeria qui se trouve juste à côté de mon immeuble. Un comptoir court tout le long de la vitrine et on ne peut pas voir la tête des gens assis en train de manger leur pizza, de même qu'eux-mêmes ne peuvent pas voir dans la rue à moins de se pencher un peu : des affiches de films italiens sont scotchées partout sur la vitre, à environ trente centimètres au-dessus du comptoir. Le propriétaire de la pizzeria est un inconditionnel de cinéma. Je le sais parce que c'est là que j'achète toutes mes pizzas et que nous parlons cinéma ensemble de temps en temps. C'est un type sympa et je lui ai souvent dit qu'il ferait bien d'enlever toutes ces affiches pour que les gens puissent voir à travers sa magnifique vitrine. Mais en ce moment, j'adore ces affiches. Je les adore à cause de ce que je viens de distinguer sur le comptoir : quatre mains superbes, petites, et sortant des manches de survêt Nike, blanches pour une paire, noires pour l'autre. J'ai aussitôt la certitude que les parts de pizza tenues par ces mains vont tout droit dans la bouche de deux voyous russes modèle géant qui ont un faible pour les bières légères et les cocktails roses.

Et merde, je laisse tomber mes clefs. De sorte que quiconque assis au comptoir de la pizzeria pourra me voir si je me penche pour les ramasser. C'est la merde. Prenant bien soin de placer le sac de linge propre de manière à ce qu'il dissimule ma tête, je m'accroupis en pliant les genoux et ramasse les clefs. J'ai gardé le sac sur mon épaule droite depuis que j'ai aperçu les mains. Je ne sais pas ce que font ces mains. Je ne sais pas non plus avec certitude si ces mains appartiennent bien aux personnes auxquelles je pense. Mais je suis paniqué. J'essaie d'ouvrir précipitamment et laisse retomber les clefs. Et remerde ! Je m'accroupis à nouveau et, cette fois, je déplace suffisamment le sac vers la gauche pour jeter un coup d'œil en contre-plongée vers la vitrine, afin de savoir exactement qui est à l'autre bout de ces mains. Qu'on en finisse. C'est bien eux. Ils ne me voient pas. Je me relève, déverrouille la porte et entre le plus vite possible.

À New York, il se passe souvent des trucs délirants. Une fois, dans la rue, je suis tombé sur un type avec qui j'avais été à la petite école en Californie. Les deux malabars habitent peut-être dans le secteur ; ils sont peut-être amateurs des pizzas Muzzarel. N'em-pêche, j'ai une trouille bleue parce que tout ça est trop dingue. Je monte les deux étages jusqu'à mon appar-tement et me répète ce mantra :

– C'est trop dingue, c'est vraiment trop dingue. C'est trop dingue…

Et c'est pour cela que je ne prends pas garde au boucan qui descend du palier sur lequel donne mon appartement avant d'en être à quelques marches.

Les coups que j'entends frapper peuvent être ceux du type du service de dératisation, ou d'un ami, ou du livreur de la FedEx qui me rapporte enfin le sac que j'ai perdu à l'aéroport JFK il y a trois ans de ça. Mais la présence des gorilles russkofs, en bas, m'a rendu parano. Mes pieds me conduisant déjà dans le champ visuel des inconnus, mon sens de l'autopréservation me fait prendre une décision à effet immédiat. Je fais passer le sac de linge propre de mon épaule droite à mon épaule gauche afin qu'il cache ma tête à ceux qui frappent à ma porte. J'ignore la douleur que cela pro-voque et pose le pied sur le palier. Et ne m'arrête pas. Je tourne et m'engage dans la volée de marches suivante sans un regard pour ma porte. Les coups frappés et les échanges de remarques ayant cessé, les seuls bruits sont ceux de mes pas et de ma respiration – sans parler de mon cœur qui cogne comme un fou. Je continue à monter, j'escalade une, deux, trois, quatre, cinq marches, lorsque j'entends les bruits reprendre derrière moi. Je ne m'arrête qu'au dernier étage. Il y a à présent trois étages entre moi et mes visiteurs inconnus.

J'ai horriblement mal au côté gauche. Mais ce qui me fait vraiment chier, c'est que j'ai mal aux pieds.

Mon immeuble n'a rien d'un palace; mais quand j'y ai établi mes pénates, il était déjà dans un foutu état de délabrement. Après, il y a quelques années, lorsque la flambée des prix de l'immobilier a fini par gagner Alphabet City, le proprio a décidé d'améliorer un peu le décor pour pouvoir relever le loyer des nouveaux locataires. Pour ces travaux, il a engagé une bande de débiles à un prix certainement très concurrentiel. En deux mots, l'équipe de gogols est montée dans le bâtiment étage après étage et a cassé tout ce qui était à sa portée, tandis que Carlos, l'homme à tout faire du proprio, passait derrière pour remettre les choses à neuf. J'avais besoin d'un peu d'argent et Carlos d'un petit renfort, je l'ai donc aidé à faire certains trucs, y compris poser du papier goudronné sur le toit. Raison pour laquelle, seul parmi tous les locataires, j'ai encore accès à la terrasse.

Immobile sur le palier du dernier étage, j'entends parfaitement bien les bruits qui proviennent des types

40

plantés devant ma porte. Ils ont arrêté de frapper, ils font quelques pas, murmurent entre eux. Puis je distingue le grincement d'une porte qui s'ouvre, des pas, le bruit d'une porte qui se referme. Ensuite, silence total. Et je me dis – j'en suis totalement convaincu – que ces enfoirés sont dans mon appartement. Je n'ai qu'une envie : appeler les flics. Dans une situation pareille, il n'y a aucune raison de ne pas les appeler. Des gens entrent par effraction dans votre appartement, *des gens qui semblent être complices des gorilles qui vous ont sauvagement battu deux semaines auparavant,* il n'y a pas la moindre raison de ne pas les appeler.

Pas la moindre ? Si, une. Le copieux stock d'herbe resté posé sur la table basse, avec tous les accessoires à côté.

L'accès au toit est fermé par une serrure à combinaison. Je la connais. Je grimpe les quelques marches qui conduisent à la porte, manipule le verrou et passe dehors. Et pose enfin mon foutu sac de linge parce que là, il me tue vraiment. Je dois laisser la porte légèrement entrouverte : sans quoi elle va se refermer et quand je voudrai la rouvrir, la barre déclenchera l'alarme incendie pour tout l'immeuble. Ça m'est arrivé une fois pendant que je travaillais ici avec Carlos. Il a poussé tous les jurons qu'il connaissait en anglais et en espagnol, plus quelques-uns en tagalog (sa femme est philippine). Après, je lui ai payé deux ou trois bières et il m'a pardonné, mais fallait voir la pagaille. Deux camions de pompiers, les locataires dans la rue, un embouteillage monstre, tout ça parce que j'avais voulu redescendre pour aller pisser.

Bref, je laisse la porte légèrement entrouverte.

Je n'ai aucun plan. Je pourrais encore appeler les flics, mais je me dis que la présence de l'herbe est une raison suffisante pour préférer la politique du *attendre et voir venir*, au moins pour le moment. Surtout que je n'ai aucune idée de ce que fabriquent mes intrus. Je n'ai rien de valeur chez moi. Il y a un peu de liquide dans une planque, la stéréo et quelques appareils électriques, mais en dehors de ça l'herbe est probablement, de toutes mes possessions actuelles, celle qui a le plus de valeur. Je me retrouve donc sur le toit, sans plan.

Je gagne le bord et me mets à quatre pattes pour regarder par-dessus le muret. Bonne pioche. Survêt-Noir et Survêt-Blanc se sont postés de l'autre côté de la rue. Ils se tiennent devant le salon de tatouage et nous font le numéro classique du «regardez voir un peu comme nous passons totalement inaperçus». Le premier parle dans un portable et le second boit du Yoo-hoo avec une paille. Tous les deux font bien attention à ne pas regarder mon immeuble. Je me retrouve en territoire inconnu. Ces types me cherchent. Je ne doute pas qu'ils aient établi une surveillance et qu'ils en aient après moi, les deux de la rue faisant le guet pour ceux qui sont dans mon appartement. Ça ne m'est jamais arrivé et je n'ai aucune idée de ce qu'il faut faire. C'est à ce moment-là que je m'en rends compte: faut arrêter de déconner parce que la situation est potentiellement très dangereuse. Et donc se résoudre à appeler ces putains de flics. Je m'éloigne à quatre pattes du rebord, me remets debout et me dirige vers la porte, laquelle a été fermée, apparemment, par la délicieuse brise automnale.

Pendant quelques instants, je me dis que je n'ai juste qu'à la rouvrir. Si je déclenche l'alarme, tout ce bazar va sans aucun doute rapidement se terminer. Mes oli-brius ficheront le camp dare-dare, les pompiers et les flics rappliqueront, je raconterai la vérité toute bête et si je me fais baiser pour l'herbe, eh bien tant pis. Il faut être un peu adulte, des fois, et savoir faire la part du feu. Mais non, au lieu de ça, je me déguise en 007 et décide d'emprunter l'échelle de secours pour aller voir ce qui se passe de plus près.

Je sais ce que c'est que d'entrer dans une maison par effraction. J'ai dix-sept ans et ne peux plus jouer au base-ball. Ma jambe est dans un tel état que je suis déjà resté un bon moment sans pouvoir jouer à quoi que ce soit. Pendant la gym, je ventouse le banc de touche en compagnie des crevés et regarde mes copains jouer en me disant que j'adorerais leur massacrer leurs corps en si bonne santé. Au bout d'une semaine, je commence à sortir en douce avec les shootés pour me shooter moi aussi derrière les vestiaires. C'est comme ça que je rencontre Wade, Steve et Rich.

Cambrioler une maison de banlieue, il n'y a rien de plus facile. Les portes laissées ouvertes ne sont pas rares, les fenêtres ouvertes une loi universel-lement respectée. Et, à l'époque, personne n'a de système d'alarme. Rich et Steve n'entrent que dans des maisons qu'ils savent inoccupées. On se marre. On saute par-dessus une barrière et, le plus souvent, on entre tout simplement par la porte de derrière. On fait rapidement le tour de la baraque à la recherche de fric en liquide, de bijoux ou de dope, tout ce qui peut tenir dans les poches, et on ressort. Wade aime bien pénétrer dans les maisons occupées. Moi aussi.

Tu choisis ta baraque. Avec pour critère pas de lumière allumée, ou seulement une pièce éclairée. Une maison où tout le monde pionce, c'est excitant; mais une maison où quelqu'un est encore debout, c'est surréaliste. Tu tripotes la porte du garage et tu entres. Une fois dans le garage, tu commences à te faire une idée de ce qui se passe dans la maison. Et jamais personne ne ferme la porte intérieure qui donne dans le garage. Tu te glisses donc dans la maison et tu écoutes la télé. Le jeudi soir, dans les années quatre-vingt, tout le monde aux États-Unis regardait le *Cosby Show*, *Sacrée Génération*, *Cheers*, *Tribunal de nuit* ou encore *Capitaine Furillo*. Pendant ces trois heures, tu pouvais faire tout ce que tu voulais. En passant devant la porte du séjour laissée ouverte, tu pouvais même voir Papa, Maman et les gosses rassemblés autour du poste. Tu aurais pu demander où se trouvaient les toilettes, personne n'aurait tourné la tête. Parfois, c'était trop facile.

Cela faisait quelques mois que je me livrais à ce sport lorsque je me suis fait pincer. Les flics nous avaient arrêtés, Wade et moi, juste après un cambriolage. En fait, ils voulaient simplement nous remonter les bretelles parce que nous traînions encore tard le soir dans la rue, mais nous nous sommes mis à faire les petits malins et ils ont trouvé sur nous de l'argent, un flacon de Valium et une bague de fiançailles. Après ça, j'ai laissé tomber. Mes vieux sont venus me chercher au poste et oui, j'ai laissé tomber: ils avaient l'air trop déçus. Je n'ai pas beaucoup revu Wade et Steve après ça, mais je suis resté proche de Rich.

L'échelle de secours qui donne dans mon appartement se trouve derrière l'immeuble. Je descends vite et sans peine, enfin… aussi vite et sans peine que je peux avec la douleur qui me cisaille le côté. Je m'arrête en arrivant à l'étage au-dessus. L'escalier de secours est presque aussi raide qu'une échelle et débouche, en bas, à une trentaine de centimètres de la fenêtre de ma chambre. À moins qu'un de ces types ne soit juste devant, je devrais arriver à passer entre mon appartement et celui de Russ en me collant contre les briques du mur. Une fois là, je déciderai si je peux me permettre de jeter un coup d'œil ou s'il ne vaut pas mieux se tirer en quatrième vitesse.

Je me détends un peu. Je suis prêt à descendre la volée de marches. Et le chien, dans l'appartement d'à côté, se met à aboyer comme s'il avait mille diables aux trousses.

Je ne prends pas le temps de réfléchir. Je dégringole la volée de marches et m'aplatis contre le mur. Pour me voir, il faudrait passer la tête à la fenêtre. J'attends en reprenant ma respiration. Le chien aboie encore un peu, puis la ferme. Personne n'ouvre ma fenêtre. Je suis calme. Je me colle étroitement au mur et tends l'oreille. Ils sont dedans. J'entends parler à voix basse et qu'on fourrage beaucoup dans mes affaires, genre destruction tranquille. Le bruit n'est pas très fort et ne paraît pas venir directement de la chambre, la pièce qui est de l'autre côté de la fenêtre. Je décide d'aller y voir de plus près. Collé face au mur, j'avance petit à petit vers la fenêtre et jette un unique et ultra-bref coup d'œil – du droit. Et ne vois rien. Je respire. Lentement cette fois, j'avance la tête de manière à apercevoir une bonne partie de la chambre et du séjour.

Mais il n'y a rien à voir. Personne, aucune trace de fouille ou d'entrée par effraction. Il n'y a que Bud, installé sur mon lit – qui lui est normalement interdit –, qui me regarde avec une expression qui signifie clairement: «Mais qu'est-ce que tu fous?» En fait, les bruits de fouille proviennent de l'appartement de Russ, derrière moi.

Je recommence le processus. Je m'approche de la fenêtre de Russ et refais le coup du coup d'œil ultra-bref; j'ai l'impression que c'est la pagaille et qu'il y a des gens. Je respire plusieurs fois à fond et regarde un peu mieux. Il y a trois types; je ne saurais pas trop les décrire parce que le sang qui bat à mes tempes me brouille la vue. Il y a un balèze, un moyen et un petit. Les Trois Ours. Ce sont les Trois Ours qui sont en train de foutre l'appartement de Russ sens dessus dessous. Cette idée me fait pouffer. Je me retiens, mais je sens le fou rire me reprendre. Je dois ficher le camp de cet escalier de secours avant d'exploser. Je retourne jusqu'à la fenêtre de ma chambre, qui bien entendu est fermée; la pièce en comporte cependant une deuxième qui ne l'est pas. Sauf qu'elle se trouve à environ un mètre de l'escalier de secours. Mais pour le moment, je veux regagner mon appartement et ne rien savoir d'autre.

J'enjambe le garde-fou. Je garde le pied gauche sur l'escalier, me retiens par la main gauche à un montant et m'étire. Si je n'avais pas subi une intervention chirurgicale importante la semaine précédente, ce ne serait pas aussi dur. Là, ça me fait un mal de chien. Je me mords la lèvre pour m'empêcher de crier et j'en ai les larmes aux yeux – ce qui, pour je ne sais quelle raison bizarre, me donne envie d'éternuer. Je pose le pied droit sur le rebord de la fenêtre à guillotine. Celle-ci n'étant pas entrouverte, je ne peux pas passer la main sous le montant inférieur. Je dois appuyer la paume contre le vitrage et le repousser vers le haut. Je n'exerce pas assez de force. Il faut que je prenne plus bas. Je change la position de ma main gauche, plie la jambe droite et pousse vers le haut du pied et de la main tandis que les larmes me coulent des yeux – mais la fenêtre s'ouvre, laborieusement. Je lâche un éternuement retentissant et me jette dans la chambre au moment où mon pied gauche glisse de l'escalier de secours.

J'ai la moitié supérieure du corps à l'intérieur, mes hanches reposent sur le rebord et mes jambes pendent dehors ; la douleur qui m'irradie le côté gauche me déchire. J'entends des pas précipités dans l'appartement de Russ : quelqu'un court à la fenêtre. Je rentre mes jambes à l'intérieur, referme la fenêtre et me roule en une boule immobile entre le lit et le mur. J'entends la fenêtre de Russ qui s'ouvre. Puis quelqu'un qui passe sur l'échelle de secours. Je sens ce quelqu'un se pencher à ma fenêtre et regarder. J'aurais été incapable de bouger, même si je l'avais voulu.

Je reste où je suis jusqu'à ce que je les entende quitter l'appartement de Russ un quart d'heure plus tard. Je me relève, passe dans la salle de bains et vomis. Quelle surprise : les spasmes me tirent douloureusement sur les agrafes. Il semble pourtant qu'aucune n'ait sauté pendant ma séance de gymnastique. L'adrénaline reflue de mon organisme, laissant derrière elle une envie terrible de prendre un verre.

J'en prends un, mais d'eau. Je mets de l'ordre dans l'appartement. Je n'ai pas oublié que mon linge est resté sur le toit et décide de l'y laisser pour le moment, peut-être jusqu'à demain. Puis j'allume un joint, jette le reste de l'herbe dans les toilettes, passe un coup de fil et joue avec Bud en attendant la police.

Je leur raconte tout – sauf pour l'herbe. Je commence mes explications avec le flic qui m'a répondu au téléphone. Je dis que j'ai été battu. Je dis comment j'ai repéré les survêts devant mon immeuble. Je détaille mon histoire idiote, comment je me suis retrouvé enfermé sur le toit et suis redescendu par l'escalier de secours. Les flics sont plutôt sympas dans l'ensemble et ne se fichent pas trop du trou du cul que je suis. C'est alors qu'arrive le Lieutenant/Inspecteur Roman, de la Brigade des Vols et Homicides.

Si on prenait pour signalement du flic idéal la formule «brun, maussade, efficace en diable, beaucoup d'allure dans un costard noir», on aurait son portrait. Assis en face de moi, il me pose toutes sortes de questions judicieuses et ne regarde que deux choses pendant tout ce temps: mes yeux et son petit carnet de notes.

– Combien de personnes avez-vous vraiment vues?

– Cinq en tout, il me semble.

– Pourquoi «il me semble»?

– Je n'ai pas très bien vu à travers la fenêtre, et il y aurait pu en avoir ailleurs dans les autres pièces. Mais je sais qu'il y avait les deux d'en bas et je suis certain d'en avoir vu trois dans l'appartement de Russ.

– Russ, c'est M. Miner, votre voisin?

– Exact.

– Parlez-moi des types qui étaient en bas.

– Deux grands costauds. Ils étaient dans la pizzeria, juste à côté de l'immeuble. Et quand je me suis retrouvé sur le toit, ils surveillaient le bâtiment depuis l'autre côté de la rue.

– Ce sont les deux qui vous ont battu la semaine dernière ?

– Exact.

– Quand ils sont venus au bar ce soir-là, ont-ils demandé après M. Miner ?

– Non, ils n'ont rien demandé en dehors de leurs consommations. Après quoi, ils sont devenus fous furieux.

– Bon. Les types dans l'appartement de M. Miner… comment étaient-ils ?

– Euh, il y en avait un qui était baraqué, encore plus que les deux Russes.

– Les Russes ?

– Les gars qui m'ont battu, les types en survêt… ils avaient un accent. Je me suis dit qu'ils étaient russes, ukrainiens ou polonais.

– Vous avez dit «russes».

– Ou ukrainiens ou serbes, j'en sais foutre rien, mais c'était le genre russkofs.

– D'accord. Et le costaud dans l'appartement ?

– Très balèze. Lui avait plutôt l'air latino.

– Il était comment ? Le teint mat ?

– Oui, il avait la peau sombre, mais pas trop. C'était peut-être un Noir, mais pas par la couleur de peau.

– Teint très brun ?

– Ouais.

– Cheveux ?

49

– Très épais, j'ai l'impression. Noirs et longs. C'est l'image que j'en garde.

– OK. Les autres ?

– Un petit avec des cheveux d'un rouge éclatant.

– Poil de carotte ?

– Non, vraiment rouge. Une teinture sans doute.

– Rouge comme une voiture de pompiers ?

– Pratiquement.

– Bien, c'est bien.

– Ah bon ?

– Et le troisième ?

– Euh, pas grand-chose à dire. Taille moyenne, cheveux foncés, habillé de noir, je crois.

– Vous croyez qu'il était habillé de noir ?

– Oui, en noir, ou alors en bleu très foncé.

– OK.

Il étudie ses notes puis, d'un geste, il appelle un des flics en tenue. Sans rien dire, il lui prend son carnet de notes et le feuillette : il cherche quelque chose. Puis il rend le carnet de notes au flic et me regarde à nouveau. Ce que je veux dire, c'est qu'il me regarde vraiment, de la tête aux pieds, comme s'il essayait de m'évaluer pour une mission secrète, enfin… un truc comme ça.

– Pouvez-vous me dire, je sais que c'est difficile et je ne veux pas vous compromettre ni compromettre votre amitié avec M. Miner, mais pouvez-vous me dire si M. Miner se livre à des activités illégales ?

Bordel, je vois pas le rapport.

– J'en sais foutre rien.

– C'est un point crucial. Vous le comprenez, n'est-ce pas ? Si votre ami est en danger, nous avons besoin de savoir tout ce qu'il y a à en savoir.

– Je comprends.

– Bien. Est-ce que vous n'auriez pas de raison de…

Je lui coupe la parole :

– Bonté divine, non ! Franchement, je ne sais même pas de quoi il vit. Je crois qu'il voudrait être acteur. Je crois qu'il travaille dans un club du quartier des halles, mais je ne sais même pas ce qu'il y fait. Et même si je l'aime bien, je ne suis pas sûr que ce soit lui qui soit en danger, vu que c'est moi qui ai pris la raclée.

Bon, j'en rajoute peut-être un peu, je m'en rends compte, mais honnêtement, j'ai été sous une sacrée pression et je pète un peu les plombs. Le lieutenant Roman ne cille même pas. À le voir, on se dirait que nous poursuivons un délicieux tête-à-tête devant une tasse de thé et des pâtisseries.

– OK. C'est bon à savoir. En ce qui concerne le danger…

– Oui ?

– À votre place, je ne m'en ferais pas trop. Je me dis que les types qui vous ont battu sont entrés dans le bar pour y trouver M. Miner et que vous avez dû faire quelque chose qui ne leur a pas plu. Et si c'est lui qu'ils recherchent et pas vous, ils ignorent probablement que vous êtes son voisin. Alors reprenez votre calme et nous allons régler tout ça.

C'est ça, dore-moi la pilule.

– Merci, voilà qui est très rassurant, dis-je.

– Vous êtes sûr de ne pas avoir un numéro de téléphone où appeler M. Miner ?

– Oui.

– Quand il vous a laissé le chat, il ne vous a donné ni numéro de téléphone, ni adresse ?

– Non, rien.

– OK.

– C'est que… Il était sacrément pressé et moi, j'avais pas mal picolé ce soir-là, alors…

– OK.

– Mais il parlait toujours de son paternel quelque part dans le nord de l'État. À Rochester, je crois.

– OK.

– Et pour l'endroit où il travaillait, je suis aussi pas mal sûr de là où ça se trouve…

– OK.

À la manière dont il répète OK je comprends clairement que je raconte n'importe quoi et la ferme pendant qu'il prend une dernière note dans son carnet.

– Allons-y, dit-il.

Il se lève, sort une paire de gants en caoutchouc de sa poche et traverse le palier pour se rendre chez Russ. Mais il ne peut pas ouvrir la porte : l'équipe de tarés l'a refermée en partant. Ce n'est pas un problème : le mec de la bande qui a regardé dehors pendant que je faisais l'acrobate a laissé la fenêtre ouverte en grand. Un des flics en tenue passe par l'issue de secours et ouvre de l'intérieur.

J'ai suivi le mouvement et, du palier, je regarde Roman faire son boulot. Vraiment impressionnant. Il explore l'appartement comme une machine, en disant à ses hommes ce qu'ils peuvent et ne peuvent pas toucher. Il farfouille jusque dans les moindres recoins, saupoudre toutes les surfaces susceptibles d'avoir des empreintes et se comporte avec une telle efficacité qu'on est content de payer des impôts. Puis il a fini. Il referme la porte de l'appartement de Russ et place les scellés dessus. Il me donne alors sa carte et me demande de l'appeler tout de suite au cas où il y aurait du nouveau ; il voudrait aussi que je dise à M. Miner de l'appeler dès qu'il rentrera – s'il revient jamais. Sur quoi lui et son équipe de flics s'en vont et je m'assois sur mon canapé en rêvant d'un cocktail. Et Bud me sautant sur les genoux, je me souviens de la clef dans sa caisse.

Impossible de dormir. Allongé dans mon lit, je pense à Russ, aux survêts et à leurs potes. Je pense au lieutenant Roman me disant de ne pas m'en faire. Je pense que je suis au chômage, je pense à tout le fric que je dois. Je pense à la clef. Beaucoup beaucoup.

La première fois que je me suis souvenu de la clef, je suis resté pétrifié. Les flics venaient juste de partir et une partie de moi-même me hurlait de leur courir après pour la leur donner – mais, au lieu de cela, je suis resté cloué sur place. Comment savoir ce que représentait cette connerie de clef et la raison pour laquelle Russ l'avait collée dans la cage ? Qu'il m'avait confiée. Ouais, bon, mais sans m'en parler ni me dire non plus qu'il y avait de gros méchants qui la cherchaient et que ça me vaudrait une sacrée raclée. Alors, qu'il aille se faire foutre. J'ai donc pris la clef et j'ai couru après les flics, mais ils étaient déjà partis. À la fin, j'avais tellement de nœuds dans la tête que je n'arrivais plus à penser correctement. J'ai donc remis la clef à sa place, dans la caisse de Bud, et vu que j'étais crevé, je suis allé me coucher.

Mais avec toutes les conneries que j'ai dû subir aujourd'hui, je n'arrive pas à dormir. Je n'arrête pas de penser à un verre. Cela fait pas mal de temps que je ne suis pas allé me coucher sans avoir descendu au moins un solide bonnet de nuit avant et je me demande si je suis encore capable de m'endormir sans ça. J'essaie de lire un peu. J'essaie de regarder la télé. Et je finis par me retrouver au lit, à contempler le plafond.

Je n'en peux plus. Je me lève et fouille dans un des tiroirs du bureau jusqu'à ce que je récupère ma vieille pipe en cuivre. Je la démonte soigneusement (elle est en plusieurs pièces) et gratte les résidus de résine qui y sont restés collés. Je les récupère dans un bout de papier, remonte la pipe, me fabrique une boulette résineuse avec ces miettes, la pose sur le filtre et allume. Un trip à la résine n'est pas la même chose qu'à l'herbe. Il ne provoque pas les mêmes crises de fou rire incontrôlable. Mais ce n'est pas non plus juste un petit trip de rien. Ce n'est pas pour les amateurs. Heureusement, je ne cherche pas à me tordre de rire et ça fait des années que j'expérimente dans le domaine : je suis un professionnel avec pas mal d'heures de vol.

J'envoie la fumée aussi loin que possible au fond de mes poumons et l'y retiens chaque fois tant que je peux. Si ce truc ne marche pas, je suis bon pour une nuit blanche et je ne veux pas prendre le moindre risque. Je mets *Shotgun Willie* sur le lecteur de CD, éteins et saute dans le lit pour finir ma pipe. Bud grimpe sur le lit à son tour et je le laisse faire. Sa gamelle est vide. Faudra la remplir demain matin. Pour un trip, rien ne vaut la voix de Willie. Je n'arrive pas à croire que toutes ces conneries me soient arrivées aujourd'hui. Je commence à m'assoupir. La résine produit son effet. Je tire la dernière bouffée, pose la pipe sur la table de nuit et m'enfonce sous les couvertures. Je m'endors toujours sur le côté, en position fœtale. Bud s'installe dans l'espace entre mes genoux et mon estomac, et nous nous endormons tous les deux.

Le cauchemar ne change jamais. Je joue voltigeur de champ centre pour les Giants de San Francisco. C'est ma première saison avec eux et, pour cette septième partie des World Series, nos adversaires sont les Oakland Athletics. J'ai joué de manière sensationnelle pendant toute la saison, dépassant 300 à la batte, réussissant 34 circuits et 92 RBI; je suis en lice pour le Gant d'or et pour le titre de Débutant de l'année. Nous jouons à Oakland, c'est la fin de la neuvième manche. Les Athletics ont des coureurs aux seconde et troisième bases et deux de sortis. Notre avance d'un point ne tient plus qu'à un fil.

Je joue donc voltigeur de centre. Mes coéquipiers m'entourent. Je me sens bien. Là, au creux de l'estomac, j'ai l'impression sensationnelle de vivre une grande partie: tension et décontraction simultanées. Dans le rêve, je sais tout de tous ceux qui jouent, pas seulement ceux de mon équipe, mais aussi ceux des Athletics. Je sais tout de toute la Ligue. Je me rappelle toutes les parties de la saison, les 162 de la saison régulière plus celles de l'arrière-saison.

Le frappeur s'avance. Il s'appelle Trenton Lane. J'ai joué contre lui en Ligue mineure. C'est une bête. Un droitier qui adore frapper comme un malade.

Sur le monticule, nous avons notre lanceur gaucher, Eduardo Cortez. Eddie, c'est le feu incarné, il n'a pas renoncé à un seul circuit pendant les barrages. Le public l'adore. Les types sur le terrain l'adorent. Je l'adore. Le base-ball, c'est ça.

Trenton a de vrais bras de singe. Il cogne tout ce qui passe un peu loin ; Eddie va donc essayer de lui envoyer une balle rentrante. Sur le terrain, nous nous déplaçons tous légèrement vers la gauche en nous attendant à une chandelle. La partie est serrée et si Trenton lance une balle jouable, nous tenterons d'éliminer le joueur de la première base.

Trenton est en place. Eddie arme son bras en prenant tout son temps. Puis la balle explose de sa main à presque cent soixante kilomètres à l'heure. Elle fonce. Le lancer d'Eddie est parfait ; on a l'impression, quand la balle jaillit de sa main, qu'elle va frôler l'extérieur de la plaque, mais elle revient vers l'intérieur. Pour frapper une balle aussi chaude, il faut anticiper sa position au moment où elle sera sur vous et commencer son swing dès l'instant où le lanceur la libère. Trenton entame son geste à temps ; il a parfaitement anticipé la trajectoire. Il serre la batte contre lui et le bois frappe en plein dans la balle. Ce type est un monstre. Même coincé dans cette position rentrée, il réussit à lancer la balle vers le ciel.

Elle vient sur moi ; dès qu'elle a rebondi sur la batte, elle est partie en chandelle et devrait retomber dans le secteur centre droit. Mais il y a du vent. Il souffle de derrière la plaque et, en reculant vers le mur, je vois la balle danser et osciller dans les courants d'air. Le voltigeur de champ gauche, Dan Shelton, s'avance. Je lui dis de laisser tomber : la balle est à moi. Je sais que les coureurs foncent. Je sais que cet animal de Trenton s'avance tranquillement en attendant de foncer pour faire le circuit. Mais ce n'est pas une balle à faire un coup de circuit, je le sais déjà. Ce n'est pas un coup de circuit. On n'en sera peut-être pas loin à cause du vent qui joue avec la balle, mais ce ne sera pas un coup de circuit. Tout va se jouer au mur. Si je ne suis pas exactement là où il faut, je vais la rater, elle va tomber et nous perdrons la partie.

La balle est déportée plus loin que je ne le prévoyais ; elle va passer par-dessus. C'est un coup de circuit. Le public hurle, il veut que la balle passe par-dessus le mur. J'ai une vision soudaine de Carlton Fisk agitant le bras, sur le point de boucler son circuit.

Je prends appui sur le mur et le saute, le gant fend l'air au bout de mon bras, et je sens plus que je ne l'entends le bruit étouffé et confortable de la balle qui tombe dans la paume tissée du gant. Je retombe par terre, j'étreins la balle, ma balle, ma World Series – ma putain de balle gagnante. Et la folie s'empare du stade d'Oakland. Je suis assailli par mon équipe. Le reste est un brouillard qui se termine par des inondations de champagne dans les vestiaires.

On me tend des micros, des célébrités nous entourent, on reçoit un coup de téléphone du président, Eddie a remporté le titre de meilleur joueur des Series, il m'entraîne sur le podium avec lui en me disant qu'il veut le partager avec moi. Quelqu'un a l'idée de faire venir mes parents dans les vestiaires, ils pleurent tous les deux, nous nous embrassons, nous rions, peu à peu les choses finissent par se calmer. J'ai vingt-deux ans. J'ai passé quatre ans en Ligue mineure, j'en suis devenu le phénomène, et je suis maintenant une star de la Ligue majeure, dès ma première saison. J'ai tout ce que j'ai jamais désiré et une voie royale s'ouvre devant moi et brille de tous ses feux. Mes parents rentrent à la maison, les autres visiteurs quittent les vestiaires et je commence à me déshabiller.

Je déboutonne ma veste. En me retournant, je vois Rich debout devant moi. Il a encore dix-sept ans. Sa magnifique chevelure brune et bouclée lui retombe sur les épaules et il arbore le sourire idiot qui fait chavirer les filles. Il porte des chaussures de sport, un jean noir et son T-shirt favori aux couleurs des Scorpions. Je suis très heureux de le voir.

– Hé, Rich, mon vieux ! Comment t'es rentré ici ?

– Je me suis faufilé en douce.

– Houlà ! T'as une mine sensationnelle. Comment tu vas, vieux ?

– Bien, je vais bien. Mais toi, alors ! Parlons-en un peu !

– C'est pas croyable, hein ?

– Si, mon vieux, rien n'est plus croyable. Personne n'en a jamais douté. Parce qu'enfin tout de même…

– Merci. Merci, vieux, ça compte beaucoup pour moi.

– Non mais… cet arrêt ! Quelle balle ! Personne d'autre n'aurait pu faire un truc pareil. C'était absolument sensationnel, foutrement sensationnel, vieux !

– J'te crois. Si tu savais, j'peux pas te dire. Je l'ai sentie, c'est tout.

– C'était cool… tu te sentais cool.

– Ouais, voilà, vieux. Cool de chez cool !

– C'est sensationnel, absolument sensationnel. Alors, c'est quoi ton programme, maintenant ?

– Eh bien, on va fêter ça tout à l'heure. La bringue

devrait durer toute la nuit. Joins-toi à nous, vieux. Je t'assure que tu devrais venir.

– Non, non, je serais pas à l'aise.

– Mais si.

– Non. J'aurais adoré, mais c'est pas un truc pour moi, tu comprends?

– Pas de problème. Écoute, vieux, c'est foutrement génial de te voir. J'arrive pas à croire que c'est toi qu'es là, t'as l'air de péter une putain de forme.

– Ouais, ouais, la vie saine, tu sais?

– Tout juste, vieux.

– Bon, vaut mieux que je me tire. Mais c'était sensationnel de te voir, si tu savais comme j'en reviens pas, je suis vachement content pour toi, la manière dont les choses ont tourné et tout…

– J'arrive pas à y croire. C'est ma vie, mais j'arrive pas à y croire.

– C'est vrai. Bon, fais gaffe à toi, mec. On va se revoir.

– Toi aussi. Tu viens quand tu veux, d'accord? Je suis vraiment content de te voir, tu sais. Alors tu viens quand tu veux.

– Ouais, dans pas longtemps.

Et il me serre dans ses bras et je le regarde se joindre aux dernières personnes qui quittent mon vestiaire. Et je me dis, merde, Rich, ça fait une éternité qu'on s'est pas vus. Quand c'est, la dernière fois que j'ai vu ce con de Rich? Et les choses commencent à se mettre en place et je me souviens de la dernière fois où je l'ai vu, je me souviens de sa figure tandis qu'on faisait un tonneau dans les airs et qu'il me regardait dans les yeux et je sais que tout ça n'est qu'un rêve et que ce n'est pas ma vie et je me mets à haleter, à manquer

d'air, j'essaie d'émettre un son, n'importe lequel…
Et me réveille en hurlant.

Il est dans les deux heures du matin, le cauchemar
m'a laissé le cœur battant et m'a complètement déso-
rienté dans ma tête ; il me faut une bonne minute pour
retrouver mes repères et savoir où je suis et c'est là que
je prends conscience des bruits qui viennent du palier :
quelqu'un est en train de frapper à la porte de Russ.

J'ai une batte en alu dans mon placard. Je l'ai depuis
je ne sais combien de temps. J'entends qu'on frappe
encore. J'enfile mon jean et gagne la porte, ma batte à
la main. J'essaie de retenir ma respiration en soulevant
le cache de l'œilleton. À un mètre de moi, deux types
se tiennent devant la porte de Russ. L'un est un grand
costaud dans le genre rugueux ; l'autre est nettement
moins baraqué, mais lui aussi dans le genre rugueux.
Noirs tous les deux et sans doute le crâne rasé, mais
c'est difficile à dire vu qu'ils portent des chapeaux de
cow-boy identiques. Un genre qu'ils se donnent, sans
doute. Parce qu'en plus des chapeaux, ils portent tous
les deux un blouson en cuir noir sur un T-shirt noir
et un jean noir qui, je le parierais, est enfoncé dans
des bottes noires de cow-boy, sauf que je ne peux pas
les voir sous cet angle. Le plus petit hoche la tête, le
grand brandit alors une main couverte de bagues à
tête de mort et frappe une fois de plus à la porte. Ils
attendent. J'attends. Rien ne se passe. Les cow-boys
se regardent. Tous les deux portent des lunettes noires
enveloppantes. Le plus petit glisse une main dans son
veston et en sort un carnet de notes et un stylo. Le plus
grand se tourne, l'autre appuie le carnet sur son dos

et commence à écrire. Il a des bagues en argent à tous les doigts. Des bagues en forme de fille nue.

Je transpire. Il fait très frais dans mon appartement, mais je transpire parce que les deux barjots à un mètre de moi sont encore plus terrifiants que tout ce qui m'est arrivé aujourd'hui. Le petit finit d'écrire, arrache la page, range le carnet et le stylo et se tourne à nouveau vers la porte. Il glisse la feuille entre le chambranle et le battant, mais l'espace est trop grand et le bout de papier tombe par terre. Ils se penchent ensemble pour le ramasser. Ils ne se cognent pas la tête, mais il s'en faut de peu. Ils se redressent, se regardent et attendent; puis ils se penchent à nouveau en même temps. Cette fois, ils se cognent la tête. Le grand perd son chapeau. Il a bien le crâne rasé. Ils se redressent et une fois de plus se regardent. Cette fois, seul le plus grand se penche pour ramasser le papier, que le petit lui arrache des mains. Il soulève un coin des scellés apposés par Roman et coince le bout de papier dessous. Puis ils s'en vont.

J'attends une demi-heure avant de sortir pour lire la note qu'ils ont laissée:

> *Russ, passe nous dire bonjour. On se fait beaucoup de soucis.*
> *Appelle, s'il te plaît.*
>
> *Eddie et Paris.*

Suit un numéro de téléphone portable. Je ne touche pas au mot, je le lis tel qu'il est, pendant tout de travers sous le scellé, et je rentre aussitôt chez moi. J'ai comme l'impression que ces deux types ne se font pas tant de soucis que ça pour Russ.

61

Je suis ivre. Je suis au Paul's, ivre, et ne sais pas très bien comment j'ai atterri ici. Quelque chose à voir avec des cow-boys black et une sainte frousse. Je sais en revanche que j'ai fait une connerie – plusieurs même –, mais une qui l'est beaucoup plus que les autres. Sauf que j'ignore laquelle.

Edwin tient le bar. Attends, ça va pas, ça. C'est moi, le barman, moi qui devrais être là-bas derrière. Je me laisse tomber de mon tabouret et entreprends de contourner le bar lorsque quelqu'un me prend par le bras et m'oblige à me rasseoir. C'est Yvonne. Elle me dit de me tenir tranquille et pose un verre devant moi. J'en prends une gorgée. C'est de l'eau.

– C'est quoi, ce bordel? C'est quoi, ce bordel de me donner de l'eau? Allez, Edwin, file-moi une bière.

Edwin flotte vers moi (il flotte vraiment, si-si) et pose une Bud sur le comptoir. Je veux en prendre une gorgée au goulot, mais rien ne vient. Je regarde la bouteille. La capsule est encore en place.

– Eh, Edwin, la capsule. T'as pas enlevé la capsule.

– Si t'es capable de l'enlever toi-même, tu pourras boire ta bière.

Je le menace d'un doigt. Ce gros malin d'Edwin. Je tiens quelque chose à la main; tiens, une bière. J'essaie de boire un coup, mais la capsule est toujours dessus. J'essaie de la dévisser, rien à faire. Je coince le dessous de la capsule sur l'angle du bar et donne bon coup de poing dessus. Je m'écorche les articulations, la bouteille me saute des mains, se retrouve par terre et régurgite un jet mousseux. Je mets mes doigts en sang dans ma bouche.

– Eh, Edwin, faut me donner une autre bière.

– Yvonne ? Tu peux pas t'arranger pour qu'il la ferme ?

– Qu'est-ce qui te prend d'appeler Yvonne, bordel ? Donne-moi une bière, tu veux ?

Je devine un mouvement à mes pieds. Je baisse les yeux et vois Yvonne accroupie, en train de nettoyer la bière qu'un pauvre crétin a renversée par terre. Fais chier, ça, fais vraiment chier. Je veux me pencher pour l'aider et dégringole de mon tabouret – mais une main me rattrape avant que je morde la poussière. C'est Amtrak John.

– Merci pour le coup de main, Amtrak John, dis-je.

– Pas de quoi.

– T'es qu'un branleur de première, Amtrak John.

– Ouais.

– Rien qu'un grand branleur.

– Ouais.

– Tu veux pas te battre ?

– Assieds-toi là.

Je suis de retour sur mon tabouret et Edwin me tend un verre. De la main droite, celle sur laquelle il y a RUFF tatoué en noir plus foncé que la peau de ses articulations ; sur l'autre main, on lit TUFF. Je me marre en buvant mon verre et en fiche les trois quarts par terre.

– Dans le genre enfoiré, t'es un marrant, Edwin. Un enfoimarrant !

– Merci, vieux.

63

– Ces tatouages, tout de même. Marrants!

– Merci.

– Tu veux pas te battre?

– Eh non.

– Merde. Personne veut se battre. Qu'est-ce qui se passe?

Je décolle ma tête du comptoir. Le bar est vide, mais toutes les lumières sont allumées. Edwin empile les tabourets. Je descends du mien pour l'aider. Il me regarde.

– T'occupe pas de ça, vieux, je me débrouille.

– Ça va, je veux juste t'aider.

– Tiens-toi tranquille. Assieds-toi.

J'ai une veste. Je ne sais pas si elle est à moi, mais elle me va.

– C'est ma veste, ça, Edwin?

– Ouais, c'est ta veste. Attends une minute et Yvonne et moi, on va te ramener chez toi.

– Yvonne est là? Quand est-ce qu'elle est arrivée?

Yvonne me tient par la main. Edwin vient de monter dans un taxi et de partir; Yvonne essaie de me faire monter dans un autre.

– Allez, grimpe là-dedans, je te ramène chez moi. Tu pourras rester; je ferai le petit déj.

– Nan, j'veux marcher.

– Alors je vais t'accompagner jusque chez toi.

Yvonne est vraiment trop mignonne. Elle adore s'occuper de moi, sauf qu'elle ne se rend pas compte que c'est dangereux de se trouver en ma compagnie.

Parce qu'enfin, qui sait ce qui m'attend chez moi le prochain coup ?

– Nan, nan, j'vais juste marcher. Faut qu'j'appelle Rome.

– Que tu appelles Rome ?

– Roman, faut qu'j'appelle Ro-man. Pour ces enfoirés de cow-boys.

– Bon Dieu, tu paries sur le football[1] ? Je croyais que tu détestais le football.

– Le football, c't'un sport de gonzesse. Le base-ball, ça c'est un putain de truc. Un vrai sport.

– Allez, monte dans le taxi.

– Nan, j'veux rentrer à pied.

– Alors, je t'accompagne.

– Nan, j'veux marcher seul. Ça sera moins dangereux pour toi.

– Tu parles comme j'ai besoin de ta protection, bordel de Dieu ! Rentre donc chez toi tout seul, tête de nœud, puisque c'est moins dangereux ! Va te faire voir !

Je pars à pied. Le piège. Je démarre du pied droit, vacille un moment sur le gauche, projette le droit devant moi et retombe lourdement dessus. Ça tangue. Je recommence le processus avec le pied gauche. Le trajet jusque chez moi est une série d'instantanés pris chaque fois que retombe le pied que j'ai avancé. Je bégaye mon chemin, on dirait que l'obscurité des petites heures de la nuit est illuminée par des flashs stroboscopiques. J'ai une image de la clef dans ma main, une image de l'instant où j'allume, une image

1. Allusion aux Dallas Cowboys. *(Toutes les notes sont du traducteur.)*

où je me débats pour me débarrasser de mon veston, une dernière où je m'effondre sur le lit. Mais aucun rêve.

Je me réveille quelques heures plus tard. Je ne me sens pas très bien. Où je suis et qui je suis n'est pas très clair. Bud miaule comme un damné. Je regarde par-dessus le bord du lit et constate avec plaisir que je n'ai pas dégobillé pendant la nuit. Je suis encore tout habillé, moins la veste, les lumières sont allumées et quelque chose cloche dans mon pantalon : ça colle. Pas besoin de regarder. Je le sens. Je me suis pissé et chié dessus pendant mon sommeil.

J'essaie de me redresser sans me mettre sur mon séant, puis de rouler hors du lit pour ne pas me vautrer dans la merde qui emplit mon pantalon. J'arrive à me lever. Je suis encore à moitié ivre et j'ai une solide gueule de bois. Mon estomac n'est plus que nausées et j'ai l'impression que ma tête flotte douloureusement cinquante centimètres au-dessus de mes épaules. Je me traîne jusqu'à la douche et y entre tout habillé. Je fais couler de l'eau très chaude, j'enlève mon pantalon et mes sous-vêtements souillés. Je repousse mes frusques empilées dans un coin de la douche et me nettoie sous l'averse brûlante. Puis je passe brusquement à l'eau froide et reste sous le jet glacé aussi longtemps que je peux. Et en tremblant de tout mon corps, autant sous l'effet résiduel de l'alcool qu'à cause de la fraîcheur de l'eau, je me sèche vigoureusement. Bud n'arrête pas de faire son cinéma pendant que j'enfile un jean et un T-shirt propres. Les couvertures du lit sont intactes, mais les draps sont tachés d'urine. Je les enlève, les roule en boule et les mets dans un sac-poubelle noir, puis je pose mes vêtements souillés par-dessus. Ensuite j'enfile des chaussures de sport et descends d'un pas mal assuré jusque dans la rue.

Je pose le sac-poubelle sur le trottoir, à côté des deux autres. Je reste là un instant sous le soleil éclatant, le dos voûté, avec l'impression d'habiter un corps qui n'est pas le mien. Je regarde autour de moi. Jason est à quelques mètres de là, adossé à un mur, et marmonne dans sa barbe. La honte me submerge. Je n'ai aucune raison, aucun droit de me faire ça. La vie m'a bien traité. La vie m'a bien traité. Je le répète à voix haute :

– La vie m'a bien traité.

J'ai beau savoir que c'est vrai, je ne le crois pas. Je regarde New York. Je n'ai plus aucune envie d'être dans cette ville. J'en ai jusque-là, je suis fatigué de la vie que j'y mène. Je veux rentrer chez moi, mais je ne sais pas trop comment faire.

Je vais prendre mon petit déj au resto du coin et commande des œufs au bacon et beaucoup d'eau minérale. Le rein qui me reste me fait très mal, comme s'il était gonflé et me brûlait, mais je ne vois pas ce que je peux y faire. Celui qui manque me fait mal lui aussi, mais dans le genre plaie ouverte. Je me suis réveillé trop tôt et du coup j'ai droit au meilleur des deux mondes en même temps : le dernier et horrible stade d'une cuite et le premier d'une solide gueule de bois. La réalité paraît sans substance ; tout est enveloppé dans une sorte de brouillard et j'ai du mal à reconstituer les événements de la veille. Puis ma commande arrive et j'essaie de mettre tout ça en ordre en mangeant.

J'ai paniqué. J'étais mort de frousse, je ne voulais surtout pas rester dans l'appartement, j'ai donc couru jusqu'au Paul's, à une rue de chez moi. J'ai fumé un joint dans les chiottes avec je ne sais plus qui et là, à un moment donné, j'ai enchaîné avec un premier verre. Avant, j'avais parlé avec Edwin. Il a été question du boulot, mais je lui ai aussi demandé un service. De me prêter de l'argent? Non. De me trouver un autre boulot? Non plus. Pourtant, il fait quelque chose pour moi. Je tâte les poches de ma veste, à la recherche d'un indice, et tombe sur la carte de l'inspecteur Roman.

Est-ce que je l'ai appelé hier après le départ des deux cow-boys? Lui ai-je parlé du mot qu'ils ont laissé? Bordel, était-il encore là ce matin? Pas moyen de me rappeler. Va falloir que je l'appelle. Bon Dieu de Dieu, va falloir que je l'appelle pour lui dire que je ne me souviens pas si je l'ai appelé hier soir. Voilà qui va beaucoup améliorer ma crédibilité. Et merde, je vais l'appeler, l'appeler et lui raconter l'affaire des cow-boys et de la clef pour qu'on en finisse. Mais je vais commencer par retourner à l'appartement et donner à manger à Bud, parce que je ne comprends que maintenant pourquoi ce petit con faisait tout ce ramdam. Je me lève et vois sur le comptoir un journal abandonné ouvert à la page des résultats sportifs. Les Giants ont encore dérouillé contre le Colorado, et New York est en train de se faire bouffer. Aussi triste que cela paraisse, ça m'aide à me sentir mieux.

Je tourne au coin de la rue, mon sang ne fait qu'un tour. Un peu plus loin, quelques mètres après l'entrée de l'immeuble, deux types sont en train de s'en prendre à Jason. Ma gueule de bois m'arrache les cheveux, j'ai l'impression d'avoir le corps en pièces détachées et mon cerveau flotte dans un nuage d'irréalité depuis mon réveil, mais voir ces deux crétins bousculer Jason fait gicler l'adrénaline dans mes artères. J'accélère le pas. Puis je commence à courir – je n'ai qu'une envie : me jeter sur ces deux types. J'ai la cruauté en horreur. La brutalité aussi. Jason est l'être le plus inoffensif de la terre et je vais te les mettre en morceaux, moi, ces deux connards.

Je sais que je devrais avoir une stratégie. Mais je n'en ai pas. Je vois rouge et le peu de raison que je peux posséder en temps normal est submergé par ma gueule de bois et ma rage. Une bouteille est posée par terre pas très loin. Je vais la ramasser au passage et la leur abattre sur l'occiput, de toutes mes forces. J'ai une vision : l'entaille faite sur le crâne du premier pendant que la bouteille explose, puis le cuir chevelu de l'autre qui se déchire tandis que des éclats de verre se logent dans les replis graisseux de sa nuque épaisse. Vous parlez d'une stratégie !

Je suis pratiquement arrivé à ma porte. Ils ne sont plus qu'à trois ou quatre mètres. Tellement occupés à cogner Jason contre le mur qu'ils n'ont aucune idée que j'arrive dans leur dos. J'enfonce la main dans ma poche, en retire mes clefs, ouvre la porte de l'immeuble et me faufile à l'intérieur.

Ils ont échangé leurs survêtements contre des jeans en sac de patates et des T-shirts Tommy Hilfiger, mais ce sont eux. Les Russkofs.

D'un seul coup, je ne m'inquiète plus du tout pour Jason. Je m'inquiète pour moi. Une fois au pied de l'escalier, je m'arrête et tends l'oreille. Aucun bruit ne m'arrivant du palier du deuxième, je décide de monter. Une fois au premier, je m'arrête à nouveau pour écouter. Ma respiration est haletante et mon cœur cogne contre mon cerveau qui a doublé de volume, mais je n'ai pas l'impression d'entendre quoi que ce soit. Le palier du second est désert. Je m'avance aussi silencieusement que possible jusqu'à la porte de Russ. La note laissée par Eddie et Paris a été arrachée. Un coin de papier déchiré est resté pris sous les scellés de la police. J'essaie de calmer ma respiration et d'écouter le plus attentivement possible, l'oreille collée au battant. Rien. Alors que je commence à me détendre un peu, j'entends quelqu'un tousser. Chez moi.

J'ai déjà fait demi-tour pour chercher un taxiphone dans la rue lorsque je me souviens des deux abrutis en bas de l'immeuble. Je pense à Carlos, le gardien, mais il a un emploi de jour et ne sera pas là. Je pense aux trois filles sympas, des Galloises, qui habitent au rez-de-chaussée et qui ont un double de ma clef au cas où je perdrais la mienne, mais je n'ai pas envie qu'elles soient impliquées dans cette affaire. Je remonte sur le toit. En grimpant l'escalier, je suis submergé par une impression de déjà-vu. Je pourrais jurer que j'ai déjà vécu tout ceci. La gueule de bois ne fait qu'accentuer ma confusion. J'ai plus que jamais la sensation d'habiter le corps d'un autre et que mes os et ma peau sont complètement détachés de tout ce qu'ils font ou ressentent.

Je me propulse sur le toit et trébuche sur le sac de

linge que j'y ai laissé la veille. Je jure. Pour le reste, j'ai déjà répété. Je m'assure notamment que la porte ne se refermera pas dans mon dos ce coup-ci. Puis je me dirige à quatre pattes vers le bord du toit et regarde en bas. Les Russkofs ont abandonné Jason et repris leur poste d'observation devant le salon de tatouage.

C'est trop bête. Je n'ai pas les moyens que ça soit aussi bête. Les habitants de cet immeuble savent qui je suis parce que j'ai donné un coup de main à Carlos et parce que je suis un chic type. Cela fait dix ans que j'habite ici, on me connaît, on me fait confiance. Je vais redescendre d'un étage et frapper aux portes jusqu'à ce que je tombe sur quelqu'un qui sera chez lui. J'expliquerai à travers la porte que mon appartement a fait l'objet d'une effraction, que les types sont encore dedans, et je demanderai si je peux téléphoner. Si les gens refusent de me laisser entrer, je leur donnerai le numéro de téléphone de Roman et leur demanderai de l'appeler le plus vite possible. Je recommencerai jusqu'à ce que ça marche. L'un des Russkofs lève la tête et me regarde droit dans les yeux.

Je plonge. Si vous préférez, je me laisse tomber à plat ventre et m'écarte du rebord du toit en me tortillant sur le sol. Il ne m'a pas vu. Il n'a pas pu me voir. Je me répète ça un moment, jusqu'à ce que je retrouve mon sang-froid. Puis je rampe à nouveau jusqu'au rebord et passe un œil par-dessus. Il ne m'a pas vu : ils sont exactement comme avant, le Hilfiger blanc (on va dire Whitey) à motifs noirs et le Hilfiger noir (Blackie) à motifs blancs ne regardent nullement vers le rebord du toit, ne pointent nullement le doigt vers moi. Tout va bien.

Deux paluches m'empoignent par les chevilles et me tirent sèchement en arrière. Mes mains perdent prise et ma figure atterrit sur la surface granitée du toit. Mes agrafes hurlent, moi aussi.

Mon appartement n'étant déjà pas bien grand, les gros durs qui tournent en rond dedans, du seul fait de leur nombre, le rendent quasiment claustrophobique. Les Russes occupent le minuscule espace de la cuisine. Whitey explore le frigo et Blackie parle dans le portable dont il s'est servi pour signaler au type qui fouillait mon appartement qu'il y avait quelqu'un sur le toit. Ce grand costaud en pantalon de cuir et blouson de motard, qui me paraît plutôt natif des Samoa que Latino, s'est enfermé dans les chiottes et j'espère qu'il aura remarqué le désodorisant avant d'y aller, vu qu'il y traîne depuis un bon moment. En plus de ces trois-là, il y a le jeune Chinois efflanqué aux cheveux rouge vif, en pantalon à carreaux et veston de vinyle d'un écarlate assorti à ses tifs. Et enfin le type en costard noir. C'est celui qui me fiche le plus les boules parce que je connais son nom.

Lieutenant Roman, inspecteur de police.

Le Samoan est celui qui m'a attrapé sur le toit. Après m'avoir tiré sur les aspérités du revêtement goudronné sur trois ou quatre mètres, il a donné un mouvement de torsion à mes chevilles et je me suis retrouvé sur le dos. Ce type est encore plus baraqué que les Russkofs et ses mains sont deux vrais battoirs. Il m'a lâché les jambes, s'est penché sur moi, puis m'a attrapé par la ceinture et soulevé. Après quoi, une de ses immenses paluches s'est refermée sur ma gorge tandis qu'il portait un doigt à ses lèvres.

– Chuuuuuut.

Après, il m'a escorté jusqu'à l'appartement et m'a poussé sur le canapé, sur lequel je reste aussi immobile que possible en m'efforçant de ne pas penser au sang que je sens couler de ma plaie. Je suis tétanisé de frousse. C'est alors que j'entends Bud.

Je ne le vois pas, mais je l'entends. Il est quelque part dans la chambre et pousse de temps en temps un faible miaulement plaintif – tout à fait le genre de *miaou* du chat qui souffre beaucoup. Je semble être le seul à m'en inquiéter, mais ce n'est pas étonnant: les autres sont de toute évidence des trous du cul.

Roman me tient sur le gril depuis tout à l'heure, exactement comme la fois où je croyais qu'il était juste le super-flic de base et non le super-flic de base pourri jusqu'au trognon. Assis sur le même siège qu'hier, il prend le bout de papier posé sur la table basse et me le met sous le nez. C'est la note laissée par Eddie et Paris, les deux cow-boys. Je vois bien qu'il est sur le point de me poser encore des questions et je prie Jésus d'avoir les réponses pour pouvoir lui dire tout ce qu'il a envie d'entendre.

– Quand sont-ils venus?

Il fait manifestement allusion aux types qui ont laissé le mot. J'élabore une réponse dans ma tête en essayant de déterminer exactement quand je me suis réveillé du cauchemar, et voici ce qui sort de ma bouche:

– Qu'est-ce que vous avez fait au chat?

Je n'ai strictement pas envie de dire ça, mais je n'arrive pas à entendre autre chose que les pitoyables miaulements de Bud dans la chambre. Les Russkofs ne prêtent pas la moindre attention au drame qui se déroule à quelque pas d'eux. Whitey a trouvé un peu de viande froide et cherche apparemment du pain, Blackie est toujours plongé dans sa conversation téléphonique et s'exprime dans une langue qui, je suis prêt à le parier, doit être du russe. Quant à la tour samoane, elle n'est toujours pas sortie des gogues. Ne reste que Red et Roman pour échanger un regard surpris quand je leur parle du chat.

– T'occupe pas du chat. Le chat va très bien. Pour l'instant, j'ai juste besoin de savoir quand ces deux types ont laissé leur mot.

– Non, le chat ne va pas bien. Je l'entends miauler d'une façon qui veut dire qu'il ne va pas bien. Vous m'avez massacré ce chat, je veux savoir ce que vous lui avez fait!

Roman et Red échangent un deuxième regard qui veut dire, celui-ci: *Ah bon, tu veux jouer à ce petit jeu?* Red est assis à côté de moi sur le canapé et je voudrais m'écarter de lui, mais je suis déjà collé à l'accoudoir. Il se contente de me rendre mon regard pendant que je me recroqueville comme je peux. Roman secoue le papier, qui émet un léger bruit de froissement.

– À quelle heure ces deux types sont-ils venus?

Bud s'est probablement réfugié sous le lit. S'ils lui ont fait mal, il n'y a guère que là qu'il a pu se planquer. Donc il est sous le lit, il a mal, il a peur et il a faim parce que j'ai oublié de le nourrir ce matin

– tout ça parce que j'étais dans le coaltar. Quel con je fais.

– Quelle heure ?

Si seulement je pouvais voir Bud, voir dans quel état il est, je crois que j'arriverais à me concentrer assez pour répondre. Parce que je désire vraiment répondre. Mais je suis incapable de me représenter autre chose que le pauvre matou sous le lit. Red tend lentement le poing, l'arrête à une douzaine de centimètres de mon nez. Je regarde ce nœud d'articulations osciller quelques instants, hypnotisé, puis il bondit vers ma figure. Je sens les cartilages de mon nez craquer, du sang couler sur mes lèvres, des larmes déborder de mes yeux. Je m'arrache enfin à Bud.

– La nuit dernière. Deux heures du matin, quelque chose comme ça. Mais je dormais. J'étais soûl. Je ne suis pas sûr.

Je mets une main en coupe sous mon nez pour récupérer le sang, Red appuie la sienne contre mon front et me repousse au fond du canapé. Roman dit quelque chose en russe (on dirait qu'il le parle très bien) et Blackie, toujours le téléphone à l'oreille, vient de la cuisine en tenant un torchon qu'il me fourre dans la main. Je porte le tissu à mes narines et essaie de ralentir l'hémorragie. Je me dis que cela ne fait que commencer. Pour le moment voilà, ça ne fait que commencer.

Roman me pose encore quelques questions sur les cow-boys et je lui dis tout ce que je peux ; les choses ont l'air d'aller un peu mieux. Red va prendre de la glace dans le congélateur pour mon nez, afin qu'il n'enfle pas comme une tomate trop mûre. Whitey a trouvé le pain, s'est taillé un sandwich gigantesque et festoie tranquillement tandis que Blackie est toujours pendu à son foutu téléphone et le Samoan toujours enfermé dans les chiottes. Très calmement, Roman me pose des questions très précises et Bud fait de moins en moins de bruit. Puis Roman me pose la seule question qui compte :

– Où est Miner ?

Mais voilà, je n'ai pas de réponse convenable à cette question.

– Nous devons vraiment retrouver M. Miner.

– Et je voudrais vraiment, vraiment pouvoir vous aider, les mecs. Vous n'avez même pas idée à quel point, mais le fait est que je n'en sais foutre rien.

Roman se laisse aller dans son siège et ferme les yeux. Il se frotte le front comme si un violent et douloureux élancement venait de lui traverser le crâne. C'est les yeux toujours fermés qu'il reprend la parole :

– Il y a un objet. Un objet de valeur. Et qui est le propriétaire de cet objet fait débat. Toujours est-il que ces messieurs et moi-même pensons avoir des droits certains sur l'objet en question et que nous avons l'intention de les faire valoir. Pour cela, nous avons constitué une entreprise à but lucratif, mais si nous ne retrouvons pas l'objet, il n'y aura aucun profit à partager. Or je puis t'assurer que ces messieurs ne mettent rien au-dessus du profit. Autrement dit, cette situation pourrait leur inspirer des initiatives et les pousser à certaines extrémités auxquelles ils n'ont pas normalement recours. Telle est la nature de la motivation. L'objet en question, la dernière fois que nous en avons entendu parler, se trouvait entre les mains de M. Miner. Et moi, dans un instant, je vais te poser une question sur M. Miner et, quelle que soit ta réponse, il est pour moi essentiel d'avoir la certitude que tu m'auras dit la vérité. S'il reste le moindre doute dans mon esprit, je laisserai ces messieurs te faire tout ce qu'il faudra pour balayer ce doute.

Manière un peu compliquée de dire: *Dis-nous ce que nous voulons savoir, sinon on te réduit en charpie.*

– Où se trouve M. Miner?

Et aussi sincèrement et honnêtement que je le peux, je réponds:

– Je l'ignore.

Roman garde les yeux fermés. Il pousse un léger soupir.

– Mais il a laissé une clef scotchée à l'intérieur de la caisse qui sert à transporter le chat, si c'est ce que vous cherchez.

Les yeux du lieutenant Roman s'ouvrent brusquement.

J'ai un secret. J'ai un secret dont ces types ignorent tout. J'ai une chaussette sale fourrée dans la bouche pour empêcher que mes cris ne fassent s'écrouler l'immeuble, mais j'ai aussi un secret.

Je leur ai dit où se trouvait la clef et là, alors que je m'apprête à retrouver une vie normale, Red, qui s'est chargé de regarder dans la caisse, ressort la tête en faisant la gueule.

– Pas de clef.

Ces trois mots tournent et tournent dans ma tête. Ils doivent vouloir dire quelque chose, mais quoi, exactement? Ils continuent à labourer le brouillard de ma gueule de bois à la recherche d'un coin où se poser, tandis que l'appartement devient de plus en plus silencieux. Ce qui permet à tout le monde d'entendre Red répéter:

– Pas de clef.

Et c'est comme ça que je me retrouve à plat ventre sur mon lit, étouffé par une chaussette, Red assis sur mes jambes et s'amusant à me retirer les agrafes une à une à l'aide des pinces à bouts effilés qu'il a trouvées dans la boîte à outils sous l'évier. Mais j'ai un secret. Et ce secret, le voici: je ne sais pas où se trouve la clef. Ces clowns peuvent bien me faire tout ce qu'ils voudront, je ne parlerai pas. Parce que je n'ai rien à dire. Quelle chance!

J'ai du mal à respirer. Non seulement la chaussette m'étouffe à moitié, mais le sang coagulé m'encombre les narines – j'ai du mal à respirer, je vous dis. Les enfoirés semblent s'en être rendu compte et ont mis un système au point. Il consiste à me laisser bâillonné pendant qu'ils me massacrent pour étouffer mes cris, puis à enlever la chaussette pour que je puisse répondre à la question qui suit. Chaque fois qu'ils retirent la chaussette, je prends la plus grande goulée d'air possible avant de leur dire que je ne suis au courant de rien du tout puis ils la remettent – et je recommence illico à suffoquer.

On m'a posé une cinquantaine d'agrafes. Red m'arrache les premières à toute vitesse sans poser de questions, histoire que je me fasse une idée de la situation, j'imagine. Puis la fine équipe passe aux choses sérieuses. Assis sur mes jambes pour m'empêcher de me débattre, le Chinois enfonce l'extrémité des pinces dans la plaie jusqu'à ce qu'il obtienne une bonne prise sur l'une des agrafes ; après quoi il commence à la retirer, lentement. Les Russkofs me maintiennent les bras cloués en croix sur le lit. Whitey me bloque le droit et Blackie le gauche. Ils tirent tellement que j'ai l'impression que mes épaules vont se disloquer d'un instant à l'autre. Je sais que Roman se tient non loin du lit, quelque part à gauche, parce que c'est de là que provient chaque fois la voix qui me pose les questions dont je ne connais pas les réponses. Je n'ai pas encore fait connaissance du monument samoan et pense donc qu'il est encore occupé à colmater mes toilettes. Bud est sous le lit, c'est confirmé : chaque fois que je hurle à travers la chaussette, il se met à hululer avec moi.

Ils commencent par des questions faciles :

– Où est la clef ?

Ma réponse est pour l'essentiel crachouillée.

– Je vous dis qu'elle était là-dedans… là-de-dans ! Je ne comprends pas ce qui lui est arrivé.

Après, les questions deviennent quelque peu bizarres.

– Qu'est-ce que doit ouvrir cette clef ?

La chaussette est retirée. Chaque fois, je vais commencer par émettre des hoquets qui vont donner à peu près ça : *Ouac! Ouac!* C'est ce que je fais dès la première.

– *Ouac! Ouac! Ouac!* Quoi ? *Ouac!* Ouvrir quoi ? *Ouac!*

Roman ne réagit pas tout de suite et je m'attends au retour de la chaussette, mais rien ne vient.

– À quoi elle sert, cette clef? Qu'est-ce qu'elle doit ouvrir?

Comment diable le saurais-je?

– *Ouac!* Comment di… *Ouac!* Comment diable je le… *Ouac!* saurais? C'est votre putain de clef! *Ouac!* votre putain d'*objet*!

Cette réponse n'est pas estampillée conforme. On me fourre à nouveau la chaussette dans la bouche. Je suis justement en train d'inspirer une pleine bouffée d'air lorsque la foutue chaussette m'interrompt. Des peluches de laine se sont logées dans ma gorge et je commence à m'étouffer. J'ai l'impression que je vais vomir. Je vous en prie, mon Dieu, faites que je ne vomisse pas. Je vous en prie, mon Dieu, faites quelque chose, arrêtez tout ça, je vous en prie! Red prend l'agrafe suivante dans ses pinces et entreprend de la retirer. La plaie, avant, était délimitée avec précision; la douleur avait des frontières clairement établies. Au fur et à mesure que Red tire sur l'agrafe, je sens la blessure s'agrandir. La douleur d'origine est comme déformée, tordue; il s'y substitue une douleur nouvelle, plus brutale encore. Au moment où la chair qui entoure l'agrafe est sur le point de se déchirer, je sens un léger choc lorsque les rebords de la plaie se remettent en place.

Pet Sounds, des Beach Boys, a toujours figuré parmi mes albums préférés. Quand les Russkofs m'ont attrapé pour me traîner vers le lit, je me suis un peu débattu. Pour contribuer à couvrir le bruit, l'un d'eux (sans doute Red) n'a rien trouvé de mieux que de mettre ce CD: *Pet Sounds*. J'ignore si cela reflète un goût personnel ou si c'est parce qu'il était le premier sur la pile. Toujours est-il que c'était une très bonne idée de leur part, car même avec la chaussette dans la bouche je fais pas mal de boucan; cela dit, ils ne devraient pas en être surpris s'ils connaissent leur boulot.

La chaussette est retirée et je dégueule sur l'oreiller.

– À quoi sert la clef?

Je tousse furieusement, essaie de cracher mon vomi et de respirer en même temps, mais réussis tout de même à lui donner une réponse:

– Je ne… *Ouac! Eurk!* Je ne sais pas, je ne sais pas! *Eurk!*

– Qu'est-ce que Miner t'a dit sur cette clef?

– Rien, il n'a rien dit! *Ouac!* Il n'a rien dit! *Eurk!* Il n'a pas parlé de la clef. Je sais rien de cette clef!

– Tu savais pourtant où elle était.

– *Ouac!* C'est par hasard. Par hasard que je l'ai trouvée.

Re-la chaussette. Red a du mal à trouver l'agrafe suivante et fouille plus profond. La douleur me donne encore plus envie de vomir que la gueule de bois et j'ai peur de remettre ça. Je vous en prie, mon Dieu, je vous en prie… Ma gorge se contracte et me démange, le sang reflue de mon nez. Le goût métallique du sang se mélange aux arômes âcres de la bile et du vomi. Je vous en prie. Oh, mon Dieu, je vous en prie. L'agrafe se détache enfin et je crie à nouveau. Ils arrachent la chaussette, je régurgite encore un flot de vomi, cette fois-ci rosi par le sang.

– Qu'est-ce qu'il t'a raconté quand il t'a demandé de planquer la clef?

Je suis incapable de parler, incapable. Je hoquette, je bavouille, je supplie, Roman me fourre une fois de plus la chaussette dans la bouche et Red retire une nouvelle agrafe – c'est là que je comprends qu'ils vont tout simplement me tuer dès qu'ils auront fini.

Roman est flic. En dépit de tout ce qu'on a pu vous raconter, pas même un super-flic de la prestigieuse police de New York ne pourrait s'en sortir sans casse après ce qu'il est en train de faire. Quand ils en auront terminé avec les questions, quand je n'aurai plus rien à leur offrir, ils me descendront. Après avoir pris conscience de ça, je commence à penser très fort et aussi clairement que je peux, car je ne veux pas mourir.

– Qu'est-ce qu'il t'a dit sur la clef?

– *Ouac! Ouac!* Il… ne m'a… rien dit… *Ouac!* sur… la clef.

– Pourquoi te l'a-t-il donnée?

– Il… il… *Ouac!* ne me… l'a pas… *Ouac!* donnée.

– Mais alors, pourquoi tu dis que tu l'avais?

– Il… merde… m'a donné… *Ouac!* le chat. La clef était dans la caisse. Je savais pas. Il ne m'a pas donné la clef. Elle était planquée. Je savais pas.

– Qu'est-ce qu'elle ouvre?

Réfléchir, bon Dieu, réfléchir! Je ne veux pas mourir. Faut que je réfléchisse. J'essaie d'imaginer un moyen de ne pas mourir, mais la douleur et la gueule de bois n'arrêtant pas de me replonger dans les vapes, je n'arrive pas à me concentrer assez longtemps pour que ça marche. J'essaie de répondre aux questions sans dire quelque chose qui me condamnera à mort.

– Je sais pas.

– À quoi ressemble-t-elle ?

– J'l'ai pas vue.

J'ai de nouveau droit à la chaussette. Une autre agrafe saute. Je crois que je me suis évanoui pendant deux ou trois secondes, mais je n'en suis pas sûr.

– Comment se fait-il que tu saches qu'il y avait une clef si tu l'as pas vue ?

– Elle… *Ouac!* était dans une enveloppe. *Ouac!* Je l'ai sentie. Au toucher… j'ai eu l'impression… que c'était une clef. Une grosse.

– Et où est cette clef, maintenant ?

Et merde !

– Je… sais pas… sais pas.

Chaussette, agrafe.

– Nous ne sommes pas venus ici pour chercher une clef, mais si M. Miner t'a donné une clef, nous la voulons. Où est la clef ?

– *Ouac!* Je vous… merde ! *Ouac!* dis que j'en sais… rien. Je l'ai remise dans la caisse hier. *Ouac!* Et hier, après avoir vu ces types, j'ai pris une cuite. *Eurk!* Une putain de cuite. Je suis tombé dans les pommes. J'ai même chié dans mon froc, bordel de Dieu ! J'sais pas où elle est. Je l'avais laissée dans la caisse.

Chaussette, agrafe.

– Où est la clef ?

Je ne réponds pas. J'essaie d'avaler autant d'air que je peux. Je respire. J'essaie d'imaginer comment survivre à ça. C'est alors que Roman dit quelque chose de bizarre :

– Recoupe-moi l'achat.

Je n'ai aucune idée de ce qu'il a voulu dire jusqu'au moment où Blackie me lâche le bras, se met explorer le dessous du lit et que Bud se met à miauler. Je comprends que ce qu'il a voulu dire. Il a voulu dire:

— Récupère-moi le chat.

Pour être tout à fait honnête, il a certainement dit: «Récupère-moi le chat», et moi j'ai entendu: «Recoupe-moi l'achat.» Bud ne se laisse pas faire, pas du tout, et j'entends le salopard qui rouspète et jure en russe. Mon bras gauche est certes libre, mais la circulation y est dans un tel état et il me fait tellement mal que c'est à peine si je peux le bouger. De toute façon, si je le savais, je ne saurais pas quoi faire pour autant, mais c'est déjà un soulagement de ne pas avoir ce gros lard qui tire dessus.

— Mec, hé… *Ouac!* Laissez le chat… tranquille! Laissez-le… tranquille. *Ouac!* Faites pas de mal… à ce con de chat.

Y a pas des lois pour ce genre de choses? Il y a bien des règles, non? On peut faire ce qu'on veut aux gens, mais on ne fait pas de mal à ces cons d'animaux.

La réplique vient de la chasse d'eau; la porte des toilettes s'ouvre et voilà le Samoan qui revient. Entrée du bourreau animalier.

— Désolé, les gars, fallait que je coule un bronze. Hé, t'aurais pas un désodorisant, par hasard?

Tôt ou tard, même les moments les plus dramatiques de votre vie se réduisent à des questions comme celle-là.

– Sous l'évier.

– J'ai regardé.

– Pas sous le lavabo, sous l'évier de la cuisine.

– Le con. Qui peut avoir l'idée de ranger son désodorisant sous l'évier de sa cuisine !

– Moi.

– Pourquoi ? Ta merde pue pas ? T'as pas besoin de désodorisant dans tes toilettes ?

Pendant tout ce temps, Blackie a réussi à s'emparer de Bud et le tire de sa cachette, mais les poils volent. Le chat retrouve la lumière du jour en poussant des miaulements frénétiques et en essayant d'atteindre les yeux de Blackie. Je vois enfin la pauvre bête quand le Russkof se relève. Bud se tortille dans tous les sens, essayant de griffer ce qui est à sa portée, mais sa patte arrière gauche pend selon un angle bizarre, inerte.

– Qu'est-ce que t'as branlé ? Hé, mec, qu'est-ce que t'as fait au chat ?

Soudain, le Samoan s'empare de Bud. Il entoure de ses énormes paluches le petit corps du chat et le garde prisonnier. Ses pattes aussi sont prises, seule sa tête dépasse. Blackie en profite pour le frapper ; ce sale con fait un petit poing avec sa petite main et porte un direct à la tête de Bud.

– J'ai foutu un coup de pied à ce con de chat, un putain de coup de pied. Cet enfoiré de con de chat, j'ai voulu le caresser et il m'a mordu et j'y ai foutu un coup de pied à ce petit con. Alors va te faire enculer, monsieur Barman qu'est pas foutu de préparer un cosmopolitan. Monsieur Barman de merde et ton chat de merde.

Il frappe Bud à nouveau. Ils me remettent la

chaussette dans la bouche alors que je n'ai pas fini d'engueuler Blackie.

J'ai la tête plus claire. Les quelques minutes pendant lesquelles j'ai pu respirer librement m'ont fait du bien et l'adrénaline a dissipé en partie le brouillard ; j'arrive à penser de manière plus cohérente. Ils veulent la clef. Bon. Je ne sais pas où elle est passée. Dès qu'ils seront certains que j'ignore vraiment où elle est, ils me tueront. Si je savais où est la clef et que je leur disais, ils iraient la chercher et me tueraient après. Que faire ? Aucune idée. Après avoir boxé le chat, Blackie reprend sa position et me distend à nouveau le bras gauche.

Roman me tord la tête de côté de manière que je puisse bien voir le Samoan et ce qu'il fait à Bud. Red est toujours à cheval sur mes jambes et ajuste la position afin d'être prêt pour le prochain round. Roman fait le malin :

– Si tu étais la clef et que tu avais mystérieusement disparu, où serais-tu ?

Avec la chaussette dans la bouche, je ne peux que pousser un grognement ; il lui indique que je n'en perds pas une miette.

– Où te cacherais-tu si tu étais la clef ?

Respirer recommence à devenir problématique.

– Dans cet appartement ?

Bud est égratigné sur le côté du museau. Impossible de dire s'il est éveillé ou assommé. Le Samoan coince le chat au creux de son bras gauche ; seule la patte cassée dépasse.

– Est-ce que par hasard tu ne te mettrais pas dans une enveloppe et tu ne te l'enverrais pas à toi-même ?

Avec beaucoup de délicatesse, le Samoan prend la

patte cassée de Bud. Puis il l'étire jusqu'à ce qu'elle soit à peu près droite. J'aperçois l'angle qu'elle fait à l'endroit où l'os a été cassé. Bud émet un miaulement plaintif, mais il est manifestement hors de combat.

– Si tu étais une clef qui voulait se cacher, irais-tu te réfugier chez un ami?

Le Samoan commence alors à tordre la patte cassée du chat. Il la roule entre ses doigts massifs et je vois la peau distendue se plisser à la hauteur de la fracture. Bud revient un instant à la vie en miaulant et se débattant, mais le Samoan le tient fermement. Un filet d'urine coule de dessous le bras du Samoan qui ne l'a pas remarqué ou s'en fiche. Bud se met à trembler. Sans doute est-il en état de choc et va-t-il mourir. Je me débats tant que je peux sur le lit, mais je n'arrive à me déplacer que de quelques centimètres, quelle que soit la direction, et les types raffermissent leur prise. Des petits points noirs commencent à danser dans le coin de mes yeux et c'est aussi bien parce que je préfère ne pas voir ce qui se passe: le Samoan continue à tordre la patte de Bud. Si j'étais une clef, où me cacherais-je? Oui, je me confierais à un ami, oui, ça me ressemble assez. Bordel, oui, oui! Je me mets à le hurler:

– Je l'ai planquée dans le bar! J'ai planqué la foutue clef dans le bar! Je l'ai donnée à Edwin pour qu'il la mette dans le coffre! La clef est dans le coffre du bar!

Ils retirent la chaussette pour pouvoir comprendre ce que je raconte.

– Elle est sur le toit! *Ouac!* Sur le toit! *Ouac!*

Il y a un silence. Je respire.

– Où ça sur le toit?

– Mon… *Ouac!* sac de linge sale. *Ouac!* J'ai… j'ai fait ma lessive hier. Je… *Ouac!*

– Comment se fait-il qu'elle soit dans ton linge ?

– J'ai mis… j'ai mis la clef dans ma poche quand je l'ai trouvée. Et… *Ouac!* Quand j'ai fait ma lessive, elle était restée dans mon… *Ouac!* pantalon. Elle… est forcément sur le toit. Le sac de linge est là-haut.

– Qu'est-ce qu'il fout sur le toit ?

– Hier, quand je vous ai vus et que je suis allé sur le toit… *Ouac!* je l'avais avec moi. Je l'ai laissé là-haut. Je l'ai oublié.

Le Samoan garde toujours la patte de Bud dans sa main, mais ne la tord plus, c'est déjà ça. Roman me lâche la tête et je respire tant que je peux. Il se tourne vers le Samoan.

– Va vérifier.

Le Samoan laisse tomber Bud. Il le laisse tomber au milieu de la flaque de pipi de chat, comme ça. Bud reste allongé et respire, comme moi. Le Samoan se dirige vers la porte.

– Il y a une serrure.

Roman me regarde.

– Où ça ?

– La porte qui donne sur le toit a une serrure à chiffres, vous savez ?

– Et… ?

– Trois-neuf-huit-neuf-deux.

Roman regarde le Samoan pour s'assurer qu'il a bien compris ; le monument acquiesce une fois et sort. Roman fait quelques pas dans le séjour, ce qui semble indiquer une mi-temps. Les Russkofs me lâchent les bras pour allumer une cigarette et Red se lève, libérant mes jambes, pour marcher un peu et s'étirer. Je regarde Bud. Il n'a pas l'air en très bon état.

Deux ou trois minutes s'écoulent.

Et le Samoan fait la mauvaise combinaison sur la serrure à chiffres, essaie de forcer l'ouverture de la porte et déclenche l'alarme incendie de l'immeuble.

Les choses se passent aussi bien que je pouvais l'espérer, je suppose. Roman me regarde. Il regarde dans mes yeux gonflés tandis qu'il dit à Red et aux Russkofs de décamper. Ils sortent juste au moment où le Samoan redescend et là, en dépit de l'alarme, je les entends qui lui hurlent de ficher le camp. J'entends aussi les gens se rassembler sur le palier au moment où Roman repousse la porte avant de revenir vers le lit. Il fait attention à ne pas marcher sur Bud et j'apprécie. Il s'assoit au bord du lit. Je peux bouger un peu, je me mets sur le côté droit pour le regarder. J'ai mal partout. Les gens parlent sur le palier, mais personne ne semble avoir envie d'évacuer. C'est comme ça, à New York: les alarmes se déclenchent tellement souvent que les gens ne réagissent pas tant qu'ils n'ont pas vu de leurs yeux vu la fumée ou les flammes. Malgré tout, les pompiers devraient être là d'un instant à l'autre et cette idée me réconforte. Roman se frotte la nuque.

– Elle est là-haut, la clef?

J'aimerais lui adresser un sourire énigmatique. J'aimerais lui balancer une réplique cinglante, brillante. Je me contente de crachouiller du sang.

– Si tu sais vraiment où est la clef, ou bien où se trouve M. Miner, c'est maintenant ou jamais que tu dois me le dire.

Je regarde Bud. Il est dans un état lamentable. Je reviens vers Roman et reste bouche cousue. Il se lève, gagne la porte, l'ouvre et jette un dernier regard dans l'appartement, comme s'il évoquait le souvenir nostalgique des jours heureux mais enfuis de sa jeunesse.

– J'ai vraiment besoin d'avoir cette clef. Alors trouve-la et appelle-moi, ou je vais commencer à m'occuper de tes amis. Ne contacte surtout pas la police. Ça ne te réussira pas. J'y connais tout le monde. Salut.

Et il me salue de la main avant que la porte ne se referme sur lui.

L'alarme s'arrête, ce qui signifie que les pompiers doivent être arrivés. Je pourrais crier. Je pourrais appeler à l'aide et on m'emmènerait à l'hôpital avec Bud et on nous remettrait sur pied. Mais quelqu'un poserait des questions, quelqu'un appellerait les flics et je ne saurais en qui avoir confiance. Il faut que je me lève pour secourir Bud. Je vais le faire dans quelques instants. Le téléphone sonne. Le répondeur se déclenche.

– Salut, c'est Maman. Tu n'es pas là ? OK, j'appelais juste pour te dire bonjour et savoir comment tu allais. Es-tu bien sorti de l'hôpital hier, comme prévu ? Bon, appelle-nous dès que tu arrives, qu'on sache que tout va bien. Papa est allé voir un match de football, mais je suis à la maison. Oh… est-ce que tu as reçu le colis ? Je t'ai envoyé un colis avec des trucs qui te feront plaisir pour ta convalescence. Rien que des trucs idiots, mais dis-moi quand même qu'il est arrivé, que je ne m'inquiète pas. Bon, tu nous manques beaucoup, il me tarde que Noël arrive. Nous t'aimons fort. Appelle vite.

Tu me manques, maman.

Mes parents habitent encore la maison dans laquelle j'ai grandi. Maman est directrice d'une école du soir et Papa possède un petit garage où il passe son temps à remettre en état des voitures anciennes. J'adore y retourner. Et j'y vais toujours pour Noël. J'achète en général mon billet deux mois avant, parce que c'est moins cher. Le billet est dans le tiroir de mon bureau et je vais m'en servir pour foutre le camp d'ici.

Je sors du lit et ça se confirme : j'ai mal partout. Mes jambes sont engourdies et raides, mes bras et mes épaules affreusement douloureux et j'ai l'impression d'avoir doublé de poids. Mon nez pulse, brûlant, au rythme de mon cœur. Les chairs autour de ma plaie me font l'impression d'être meurtries, à vif. Une fois debout, je sens le sang couler le long de mon flanc et passer par la taille de mon jean. Je me traîne jusqu'à Bud.

Il respire à toute vitesse, superficiellement, et sa patte cassée est toute tordue. J'ai du mal à me pencher sur lui. Le plus délicatement possible, j'essaie de lui redresser la patte. Il tressaille un peu et émet un faible bruit, mais reste inconscient, ce qui me paraît très mauvais signe. Je le laisse où il est et me dirige vers la salle de bains. En chemin, un souvenir me revient et je passe prendre le désodorisant sous l'évier de la cuisine avant d'y entrer. Bonne idée ; ça pue l'enfer, là-dedans.

Je suis incapable de faire passer le T-shirt par-dessus ma tête et c'est avec les ciseaux de l'armoire à pharmacie que je le coupe pour l'ôter. Ils ont dû m'enlever neuf agrafes et m'ont laissé une plaie ouverte juste au-dessus de la hanche gauche. Je vide la bouteille d'eau oxygénée sur une serviette et nettoie la plaie avec. Celle-ci saigne, mais le reste des agrafes n'a pas bougé. Je place tout ce que j'ai de gaze dessus et c'est finalement avec de l'adhésif d'électricien pris dans ma boîte à outils que je maintiens ce pansement en place.

Quant à mon nez, c'est un désastre. Je nettoie tout le magma sanguinolent qui l'encombre pour pouvoir l'examiner. Il est d'un rouge éclatant, écrabouillé et tourné vers la gauche; il ne saigne plus. Je le touche avec précaution du bout des doigts jusqu'à ce que j'aie repéré l'endroit où il est cassé et, quand je me suis représenté comment il devrait être, je le tire brusquement en le tordant vers la droite.

– Bordel de Dieu!

Il émet un petit craquement et se remet à saigner. Je renverse la tête en arrière et bourre mes narines d'un reste de gaze… j'ai déjà perdu trop de temps à me prodiguer ces premiers soins.

Les pompiers ayant quitté l'immeuble, je me dis que Roman & Cie peuvent rappliquer d'une minute à l'autre et qu'il est donc grand temps de filer. Bud n'a pas bougé, mais il respire encore. Je sors un sac de sport du placard. J'y fourre quelques vêtements, mes billets d'avion, mes papiers d'identité, mes clefs, mes cartes de crédit et environ mille dollars en liquide – les pourboires accumulés au bar. Puis j'y ajoute deux serviettes de toilette que je tasse de manière à former un petit creux au milieu. J'aurais pu remettre Bud dans sa caisse de voyage, mais j'ai peur qu'il n'y soit trop ballotté. Je le prends et l'installe du mieux que je peux dans son petit nid de serviettes et ne referme qu'à moitié la fermeture à glissière du sac. Je l'ai installé sur le dos de manière à ce qu'il ne s'appuie pas sur sa patte cassée; on pourrait facilement s'imaginer qu'il dort paisiblement, mais on se tromperait. Faut que je sorte d'ici.

Je hèle tout de suite un taxi et m'assois à l'arrière, la tête renversée contre le dossier, jusqu'à ce que le chauffeur me tire de mon assoupissement.

– On va où? C'est pas un hôtel ici, mais un taxi. On va où?

Putain de question, me dis-je.

Je lui donne une adresse à l'autre bout de la ville, non loin du West Side Highway. Je ne peux pas prendre l'avion dans cet état. Faut que je me nettoie, faut que je réfléchisse.

Je tombe dans les pommes.

J'ai rencontré Yvonne tout de suite après mon arrivée à New York, il y a six ans. Elle était venue traîner au Paul's et avait dit qu'elle cherchait du boulot. Edwin l'avait engagée. Elle était un peu plus jeune que moi, vingt-deux ans à l'époque, et le courant passait bien entre nous parce qu'on était tous les deux californiens. Mais comme elle avait un petit ami, je n'insistais pas. Un soir que j'étais de service, elle arrive et me raconte que le petit ami en question vient de la laisser tomber. Elle attend la fermeture et m'emmène chez elle.

C'est une artiste. Elle sculpte. Elle se sert de fragments de céramique, de bouts de ferraille rouillés, de vieux morceaux de bois et de déchets de ce genre pour monter des maisons de poupées. Et les peuple de personnages en verre. Faits à la main, ils s'inspirent de gens qu'elle connaît, de BD, de séries télé, de films – bref, de tout ce qu'on voudra. Des fois, elle les vend, des fois elle les met en pièces pour les réutiliser, des fois encore elle les fait brûler, prend des photos et vend les photos. J'ai deux de ses maisons dans mon appartement et l'an dernier j'en ai offert une à Maman pour Noël. Elles ne sont pas mal du tout. Yvonne non plus. Simplement, je ne suis pas amoureux d'elle. Ce qui serait parfait, si je ne savais pas qu'elle est amoureuse de moi. On est restés assez longtemps ensemble ; c'est moi qui ai fini par laisser tomber. Presque totalement.

Je me réveille. Le chauffeur de taxi me tire par le bras et crie :

– C'est pas pour dormir, ici. Vous êtes arrivé, vous payez. Et vous descendez. Réveillez-vous et cassez-vous.

Nous sommes garés devant l'immeuble d'Yvonne. J'écarte le chauffeur de la main, lui donne son fric, récupère mon sac et me retrouve sur le trottoir. Cet abruti n'attend même pas que j'aie refermé la portière pour foncer dans le flot incessant de la circulation. Je reste planté là un moment, le temps de reprendre mes esprits. Je sens de l'humidité à mon flanc gauche et mon nez pulse plus douloureusement que jamais. Sans parler de la gueule de bois qui continue à emballer mon crâne dans de la gelée. Je sonne chez Yvonne, personne ne répond.

Elle a toujours mes clefs, j'ai toujours les siennes. Elle a un petit loft au cinquième qui lui sert à la fois d'appartement et d'atelier. Je grimpe les étages en m'arrêtant à tous les paliers. Bud continue de respirer.

J'arrive enfin au dernier étage et m'affale contre le mur. Je ne tiens plus le coup. Je dois m'appuyer au mur pour aller jusqu'à la porte d'Yvonne. J'ai un peu de mal avec la clef et, alors que je me démène avec, la porte s'ouvre. Yvonne se tient devant moi, encore humide de la douche qu'elle vient de prendre, en peignoir, les cheveux enroulés dans une serviette. Elle est sensationnelle. En me voyant, elle a un petit hoquet et porte une main à sa bouche. Le bouchon de gaze tombe d'une de mes narines et le sang se met à pisser. Je lui souris pour m'excuser.

– On a fait du mal à mon chat.

Et. Je. M'é-va-nou-is.

DEUXIÈME PARTIE

29 septembre 2000

Plus que trois matches de championnat à jouer

– Henry, Henry. Réveille-toi une seconde, Henry. Henry, c'est moi. Henry.

– Henry, mon chou, faut que j'aille au boulot, d'accord ? Tu m'entends, poussin ?

Henry est mon nom et le base-ball est ma passion. Est… ou était ? C'est quoi cette connerie ?

– Henry, je t'en prie, juste une seconde, OK ?

Henry, c'est moi, mais la plupart des gens m'appellent Hank. Sauf ma mère ; ma mère, elle, m'appelle Henry.

– M'man ?

– Henry, ouvre juste les yeux une seconde, d'accord ?

J'ai du mal à soulever les paupières. Elles sont comme engluées. La pièce est sombre et je vois par le coin de la fenêtre qu'il fait noir dehors. C'est la nuit. Quel jour est-on ? Où suis-je ? J'ai l'impression d'être ramollo. Que tout est foutrement ramollo.

– M'man ?

– Non, Hen, c'est moi.

Moi ? Qu'est-ce que c'est que ce bordel ?

– Yvonne ?

– Ouais, mon chou. Comment tu te sens, poussin ?

– Ramollo.

Elle pouffe, vraiment.

– C'est bien; ramollo, c'est bien.

– Crado. Je ne me sens pas ramollo, mais crado.

Je suis à plat ventre dans un lit et mon corps me semble très loin. Yvonne me caresse la nuque. Je voudrais me retourner pour la regarder, je voudrais lui poser des questions sur des choses dont je ne me souviens pas vraiment, mais j'en suis incapable. On dirait que je n'arrive pas à bouger et que mes paupières n'arrêtent pas de se refermer.

– Il faut que je sorte un moment, Hen. Je te laisse de l'eau et le téléphone juste ici, et un mot avec mon numéro au cas où tu voudrais m'appeler, d'accord?

– Ouais, d'accord.

– Henry?

– Ouais?

– Qu'est-ce que je viens de te dire?

Et merde, des devinettes, maintenant.

– Henry?

– Quoi?

– Qu'est-ce que je viens de dire?

– L'eau, le mot, t'appeler.

– Je vais rentrer tard, alors tu n'as qu'à dormir, d'accord?

– Pas de problème.

Je la sens qui se lève du lit. Je l'entends prendre ses clefs et son sac à main. J'entends la porte palière s'ouvrir et se refermer, le tour de clef qu'elle donne. Puis ses pas qui s'éloignent.

Je m'assoupis.

Me réveille.

M'assoupis.

Henry, c'est moi. Je suis chez Yvonne. Elle est allée travailler. Je suis censé dormir. Pas de problème. De pleins sacs de sable me dégringolent dessus. Je les secoue.

– Hé, ma chatte, comment va Bud?

Mais il n'y a personne pour répondre.

Je me réveille roulé en boule sur le côté droit. Le lit me semble particulièrement dur, mais c'est parce que je suis installé sur un futon, pas sur mon matelas. Une lumière qui me paraît matinale passe à travers les stores et le petit réveille-matin, près du futon, indique 11:48. Le téléphone est à côté avec, appuyé dessus, un mot sur lequel je lis:

> *Henry, faut que j'aille travailler. Essaie de dormir et bouge le moins possible. Je me suis occupée de tout ce que j'ai pu. Je vais revenir je ne sais quand dans la matinée. Appelle-moi au bar si tu as besoin de quelque chose.*
>
> *Y.*

Eh bien, c'est le matin, non? Et c'est là que je me rends compte que la chose tiède roulée contre mon dos doit être Yvonne et que la chose plus petite et tiède roulée contre mon estomac doit être Bud.

Il dort. Sa patte avant gauche tendue devant lui, bien droite. Prise dans un plâtre. On lui a rasé une partie des poils de la tête, il a quelques points de suture et une grosse égratignure sur le museau. Il respire lentement et régulièrement et, si je bouge, il bouge aussi pour rester appuyé contre moi. Je regarde Yvonne par-dessus mon épaule. Elle est contre moi, mais pas sous les couvertures, et ne porte qu'un T-shirt des Knicks trop grand de deux tailles. Numéro 33, Patrick Ewing. Elle est folle de ce type. Elle a pleuré le jour où les Knicks l'ont échangé.

J'essaie de me contorsionner pour me mettre face à elle, mais les flammes qui montent brusquement de mon flanc gauche me rappellent que j'ai été très occupé à me faire torturer il y a environ vingt-quatre heures de cela. La douleur m'arrache un hoquet et des larmes. Yvonne ouvre les yeux et m'adresse un petit sourire sévère.

– Bonjour, marmotte. Prêt à voir un toubib?

Après mon évanouissement, elle m'a traîné à l'intérieur de son appartement et a voulu appeler le 911. Apparemment, j'ai repris connaissance et réussi à la convaincre que c'était une mauvaise idée, et elle m'a refait mon pansement du mieux qu'elle a pu. Puis elle a amené Bud chez un véto avec un service d'urgence et l'y a laissé avant de revenir voir comment j'allais, mais je ne faisais que dormir. Finalement elle est allée travailler et a pu récupérer Bud ce matin en rentrant. Elle a raconté au véto que le chat avait été heurté par une voiture; il lui a conseillé de faire un peu plus attention et lui a donné des antidouleur pour minous. Les points sont du genre qui finissent par disparaître tout seuls, mais Bud va devoir garder son plâtre plusieurs semaines. Si bien que l'un dans l'autre, ce n'est pas une si mauvaise matinée que ça. En particulier sous cet aspect: je suis encore en vie. Mais la patience dont fait preuve Yvonne devant mon attitude je-couleavec-le-bateau-sans-un-mot commence à s'épuiser et elle voudrait en savoir un peu plus sur ce qui se passe. Bienvenue au club.

On finit par conclure un accord. Je suis allongé sur le lit pendant qu'Yvonne retire délicatement le pansement.

– Tu sais, je n'ai pas fait d'études comme toi, Henry, mais n'empêche : je dirais que tu t'es foutu dans de sales draps. Alors maintenant que la douleur ne te fait plus délirer, il me semble que tu devrais aller voir un médecin, non ?

Elle essuie le sang qui a suinté et je grince des dents.

– Non.

– Va te faire foutre, Hank. À moins que tu n'aies très vite une meilleure idée, j'appelle le 911 et je fais venir une ambulance avant que tu me bousilles mon futon à force de pisser du sang dessus.

Elle se lève et se dirige vers le téléphone qui a retrouvé sa place.

– Attends, ma chatte.

– Me fais pas le coup de ma chatte, en plus, Hank.

Elle a décroché et attend.

Elle a raison. J'ai besoin de voir un médecin. Je lui dis quel numéro appeler.

Le loft d'Yvonne est divisé en deux : la partie atelier à un bout, la partie séjour à l'autre. C'est en fait un grand espace ouvert, mis à part la salle de bains fermée de rideaux dans un coin. La cuisine est au milieu, disposée autour d'une antique et énorme table en chêne. Elle lui sert aussi bien de plan de travail que pour les repas et porte les innombrables cicatrices et brûlures laissées par les deux activités. Elle l'a trouvée dans une rue, il y a deux ou trois ans ; aidés par quelques types du bar, nous l'avons montée jusque chez elle. Pour cela il a fallu en démonter les pieds et Wayne, l'ancien flic, s'est fait une hernie en arrivant au dernier étage. Yvonne a poncé et restauré le meuble pour tout aussitôt lui faire subir les pires traitements. Je me trouve pour le moment allongé dessus, à plat ventre, car c'est l'endroit le mieux éclairé du loft et le Dr Bob a besoin du plus de lumière possible pour me recoudre.

Il s'agit là d'un service qui dépasse largement les exigences de l'éthique, même pour un médecin. Une visite matinale afin de recoudre la plaie d'origine mystérieuse et manifestement violente d'un patient peu amène, voilà qui ne figure pas dans le Serment d'Hippocrate. En revanche, administrer tous les soins dont peut avoir besoin celui qui souffre, si. Le respect de la vie privée du patient entre ici en ligne de compte, et le toubib joue définitivement cette carte. Ce qui est parfaitement logique, vu qu'il tient beaucoup à ce que personne ne sache ce qu'il est venu faire ici.

– Je ne veux pas qu'un collègue des Urgences commence à te demander le nom du charcutier qui a fait le boulot au lieu de t'envoyer à l'hôpital. Je ne veux pas commencer à recevoir des coups de téléphone d'avocats m'accusant de négligence professionnelle. Et je veux encore moins que tes petits copains se pointent chez moi en pleine nuit pour me demander de repêcher le plomb qu'ils ont dans le ventre. Et pour tout dire, je n'ai pas envie non plus de te laisser te balader en ville et que tu claques d'une hémorragie.

Il ponctue chacune de ses phrases en serrant le plus possible les nœuds de chacune des sutures. Il m'a fait une piqûre de novocaïne auparavant, je ne sens qu'une légère traction sur ma peau. L'amélioration, comparée à la technique de Red, est phénoménale.

Il me fait ensuite un vrai pansement et m'aide à m'asseoir.

– Tu as eu la chance que la plaie laissée par l'intervention soit déjà en bonne voie de cicatrisation. J'aurais probablement pu enlever le reste des agrafes, mais je crois qu'il valait mieux les laisser. Le seul risque est l'infection. Je vais te donner de la pénicilline. En dehors de ça, repos et gestion de la douleur. Repos, c'est plutôt mal parti. Pour la douleur, qu'est-ce que tu as ?

– De la Vicodine.

– Ouais… Prends-en. Ce truc-là devrait te faire un mal de chien. Nettoie la plaie une fois par jour. Prends aussi un peu d'Advil pour éviter qu'elle enfle. Et fais enlever agrafes et sutures dans une semaine.

– D'accord. Merci. Autre chose ?

Il est en train de ranger sa trousse. Yvonne va prendre son manteau posé sur le lit et le lui tend.

– Autre chose… Ouais. Appelle les flics et arrête de faire le con. Il faut mettre en taule le type qui t'a fait ça. Avant qu'il s'en prenne à quelqu'un qui tient un peu à la vie.

J'essaie de le régler. Mauvaise pioche.

Assis à la table au lieu d'être allongé dessus, je tripote machinalement la rainure laissée par un couteau dans le grain du chêne tout en regardant

Yvonne, toujours dans son maillot des Knicks, me préparer une gaufre. Elle fait un sacré numéro dans le genre je-poserai-pas-de-questions, mais à la manière assez peu empreinte de douceur avec laquelle elle pose l'assiette avec la gaufre devant moi, je crois comprendre que la digue est sur le point de rompre.

J'entreprends de mettre la gaufre en pièces. Yvonne fait des gaufres sensationnelles, bien chaudes, avec du vrai sirop d'érable et tout ce qu'il faut. En dehors de ça, je n'ai pas envie de la voir assise en face de moi en train de boire son café en se roulant une cigarette. Dans l'attente. Je finis la gaufre, mange le demi-pamplemousse qu'elle m'a préparé, bois le verre d'eau, le jus d'orange… et, bon sang, qu'est-ce que j'avais faim! Je contemple les assiettes vides et ferme les yeux une seconde. Je n'ai qu'une envie: rester ici. Je veux me taper des gaufres trois fois par jour, sentir l'odeur de ses cigarettes, entendre ronfler son four quand elle cuit une nouvelle pièce, voir Bud roupiller sur son futon trop dur… et ne plus bouger. Je rouvre les yeux, m'écarte de la table et regarde Yvonne. Elle est enfoncée dans son siège, les pieds sur la table et contemple le lointain par les fenêtres qui donnent sur l'Hudson. Son maillot est suffisamment remonté sur ses cuisses pour que je puisse me rendre compte qu'elle ne porte pas de petite culotte et je me sens un peu excité, tout d'un coup. Elle prend une gorgée de café, tire sur sa cigarette. J'émets un petit raclement de gorge et elle tourne lentement la tête vers moi pour écouter ce que j'ai à dire.

– Ma chatte, il faut que je parte d'ici.

Elle tire une autre bouffée. Elle a mis un disque de Leonard Cohen un peu plus tôt, et c'est maintenant *Suzanne* qui passe. Une bien jolie chanson. Elle relâche un nuage de fumée et se tourne à nouveau vers la fenêtre.

– Normal.

Je me lève. On est si bien ici, il y fait si bon…

– Est-ce que tu sais où sont mes affaires, ma chatte ?

Elle me regarde.

– Évidemment.

Elle enlève ses pieds de la table et ceux de la chaise cognent bruyamment le plancher. Elle se lève, tire une dernière bouffée de sa clope, qu'elle laisse tomber par terre et écrase de son talon nu. Puis elle passe du côté séjour et fouille sous le cadre du futon, dont elle retire mon sac ; elle s'assoit alors sur le lit et se met à caresser Bud, qui dort toujours à la même place. Je vais m'asseoir sur le lit à mon tour et entreprends d'enfiler mes bottes.

J'ai affreusement mal partout, mais j'ai la tête bien claire. Une bière m'aiderait beaucoup à supporter la douleur. J'ai lacé mes bottes. Je sors un vieux chandail noir de mon sac, me lève et l'enfile. Puis je regarde autour de moi, cherchant ma veste des yeux. Je ne la vois pas. Yvonne a lu dans ma tête. Elle se lève et se dirige vers un portant à roulettes du type de ceux qu'on trouve dans les magasins de vêtements. C'est ce qui lui tient lieu de placard. Elle ôte une vieille veste en cuir d'un cintre et me la tend.

– Tu n'en avais pas quand tu as débarqué hier. Prends celle-là. Elle devrait t'aller.

Je m'approche et prends la veste. Elle me va parfaitement et est agréablement doublée.

– Merci.

– Y a pas de quoi.

Je regagne le lit et prends mon sac après l'avoir refermé.

– Une dernière chose…

– Le chat?

– Oui.

– Combien de temps?

– Je sais pas trop.

– Normal. J'irai chercher ses affaires chez toi, d'accord?

Je la regarde. Je la regarde droit dans les yeux.

– Non. Ne va pas là-bas, OK? Ne va surtout pas là-bas.

Je rouvre le sac et y prends quelques billets.

– Ça va pas? Je veux pas de ton putain de fric.

Je jette néanmoins les billets sur le lit.

– Pour Bud. Le véto. Et il va avoir besoin de bouffer.

– Très bien.

Je reviens vers elle, la prends par la nuque et nous nous serrons mutuellement dans les bras – elle fait attention à garder la main légère à gauche. Son visage est contre ma poitrine et sa voix est assourdie.

– T'es sûr que ça va aller?

– Certain.

– Tu seras en sécurité?

– Certain.

– Tu m'appelleras si tu as besoin de quelque chose?

– Tu le sais bien.

Elle me serre l'épaule, puis me repousse. Je jette un coup d'œil au chat endormi et prends la direction de la porte. Elle me rappelle.

– Hé!

– Quoi?

– Je soutiens les Giants.

Je m'arrête, la porte entrebâillée.

– Ouais?

– Ouais.

– Ils vont pas arriver en finale, c'est des nuls.

– Ça fait rien, je les soutiens quand même.

– T'as toujours aimé les nuls.

– C'est vrai.

Je sors et referme la porte derrière moi. Il faut que je retrouve cette clef. Il faut que je retrouve cette maudite clef, que je la donne à Roman et que je disparaisse avant qu'il arrive des ennuis à mes amis. C'est ce que je me répète en descendant les escaliers et en m'éloignant peu à peu du loft douillet. Ce n'est pas facile, rien de tout ça n'est facile, elle est tellement cool… Et moi? Moi, je suis un vrai con.

À peine ai-je mis un pied sur le trottoir qu'un type m'attrape par-derrière et qu'un autre me balance un coup de poing dans l'entrejambe. Mes deux agresseurs tirent mon corps plié en deux au bord du trottoir, me basculent dans le coffre d'une voiture et m'y enferment. J'entends s'ouvrir et se refermer les deux portières avant. Puis démarrer le moteur. La voiture s'éloigne du trottoir.

Le petit s'appelle Eddie et le grand, Paris. Et je ne m'étais pas trompé: ils portent des bottes de cow-boy. Des bottes noires en peau de serpent, assorties, avec tête de crotale au bout.

Je suis roulé en une petite boule douloureuse et cligne des yeux en les regardant depuis le coffre qu'ils viennent juste d'ouvrir. Après environ une heure à avoir été secoué comme dans un panier à salade, nous nous sommes arrêtés. J'ai de nouveau entendu les portières s'ouvrir et claquer, puis le capot du coffre s'est soulevé, et ils étaient là. Le petit a enlevé son chapeau et m'a souri.

– Moi, c'est Eddie. Et lui, c'est mon frère, Paris. Désolé pour la balade.

Il fait un temps splendide et je vois des douzaines et des douzaines de mouettes virevolter derrière les têtes de Paris et d'Eddie. Il règne une puanteur abominable dans l'air. Eddie remet son chapeau et me tend la main.

– Sors d'ici.

Je cligne des yeux. Je prends sa main et le laisse m'aider à sortir de là. J'ai des crampes dans les jambes et manque de tomber, mais Eddie me rattrape et me tient le temps que je retrouve l'équilibre. Paris se contente de rester à quelques mètres de là, en spectateur. Nous sommes dans une décharge. Au beau milieu de ce qui doit être une décharge du New Jersey et, en dehors de notre trio et des mouettes, il n'y a personne. Paris passe une main dans sa veste, en retire ce qui semble être un Colt .45 Peacemaker et entreprend d'explorer les monticules d'ordures pour tirer sur les rats.

– C'est le Chinetoque qui t'a fait ça ?
CRACK !
– Hein ?

– Ta tronche. C'est le Chinetoque qui te l'a arrangée?

CRACK!

– Euh… oui. Le type aux cheveux rouges.

– Ouais. Ce Chinetoque est un con de première. Pas de doute.

CRACK!

Chaque fois que Paris dégomme un rat, l'arme produit une détonation qui se répercute dans la décharge et fait bondir les mouettes les plus proches dans les airs. Cela fait deux fois qu'il recharge son revolver et il n'a pas l'air d'en avoir assez. Eddie et moi conversons, assis sur le rebord du coffre ouvert.

– Paris et moi, on l'a rencontré. Il sortait tout juste de la maison de redressement. Un petit con de première, et cinglé avec ça.

CRACK!

– Qui?

– Le Chinetoque, le type qui t'a pété le pif.

Ils le connaissent. Et pourquoi pas? Pourquoi des voyous ne se connaîtraient-ils pas? Ils doivent tous faire partie du même syndicat de voyous.

– Tu le connais?

CRACK!

– Tous. Nous les connaissons tous.

– Tous?

CRACK!

Paris fait tourner son barillet et laisse tomber les douilles vides par terre. Il se tâte les poches et, ne trouvant pas ce qu'il cherche, regagne la voiture. Eddie se penche dans le coffre, y prend quelque chose et le lance à son frère. Une boîte de cartouches pleine. Paris recharge et retourne au boulot.

CRACK !

– Bien sûr, que nous les connaissons. Le Chinetoque, Bolo – le type qui a l'air d'un Hawaïen –, ces enfoirés de pédés russkofs, et Roman. Celui-là, c'est vraiment le roi des enculés. Ouais, on connaît tous ces gugusses, mais celui qu'on cherche, c'est Russ. Tu le connais, Russ ?

CRACK !

Eddie ne doit pas mesurer plus d'un mètre soixante-dix, mais il a de petites boules de bowling bien visibles à la place des biceps. Pas un instant il ne se tourne vers moi ; il se contente de regarder dans la direction de son frère, les yeux cachés par des lunettes d'un noir total.

CRACK !

– Je connais Russ, oui.

– Bien sûr. Ce n'est pas la question. La question, c'est : est-ce que tu sais où il est et où on pourrait le trouver ?

– Il a laissé une clef.

CRACK !

La voiture est une Cadillac. Je ne pourrais pas dire de quelle année, mais de l'époque des ailerons de requin. Une Caddie noire équipée d'ailerons monstrueux, qui roule comme un tapis volant. Paris a négocié les pistes de la décharge et nous roulons maintenant sur la route qui nous ramène à Manhattan. Eddie est assis à l'arrière avec moi. Il a baissé sa vitre, l'air frais de l'automne s'engouffre dans l'habitacle tandis que Paris dépasse les cent trente au compteur.

– Chouette balade.

Eddie reste tourné vers la vitre.

– Ça te ferait plaisir de la conduire ?

– Non, merci. Je ne sais pas très bien conduire.

– Tu es de Californie et tu ne sais pas conduire ?

– Si, un peu, mais je ne conduis jamais.

Paris s'est branché sur une station de rock classique, Jimi joue *Voodoo Chile*.

– Peux pas discuter avec un type qui n'a pas envie de conduire, mais c'est un plaisir, si tu changes d'avis.

– Merci.

Eddie remonte la vitre. Il s'enfonce dans l'angle de la vaste banquette, me regarde et retire ses lunettes noires. Il a de très beaux yeux bruns à l'expression endormie. Des yeux fous. Il pousse un soupir et esquisse un sourire.

– Il y avait donc une clef dans la caisse du chat ?

– Exact.

– Et tu l'as trouvée ?

– Ouais.

– Après quoi t'as pris une cuite et tu l'as perdue ?

– Exact.

– C'est tout de même con, non ?

– Ouais.

– Mais tu ne l'as pas donnée à Roman ?

– Je n'ai pas donné la clef à Roman.

– Pourtant il la veut, pas vrai ?

– Ouais.

– T'es bien sûr de ne pas l'avoir ?

– Tout à fait.

– *File-nous cette putain de clef, espèce d'enfoiré !*

Paris s'est brusquement retourné sur son siège pour me hurler ça. Il tient le volant de la main gauche et, de la droite, il essaie de m'attraper. Je me suis enfoncé autant qu'il est possible dans la banquette, sa main fouette l'air à quelques centimètres de mon visage tandis que la voiture se met à zigzaguer en sortant de sa voie.

– *Donne-nous cette putain de clef ou on va te faire ta putain de fête, que tu vas en prendre plein le cul! Elle est à nous, bordel! Enfoiré de Russ, enfoiré des enfoirés, merdeux d'enfoiré qui poignarde les gens dans le dos!*

Autour de nous, les voitures klaxonnent et tentent de s'écarter de la Cadillac.

– Hé! Hé! Hé!

Eddie a attrapé l'énorme paluche de son frère et l'empêche de m'agripper le visage.

– Regarde plutôt devant toi, bon Dieu!

Paris arrête brusquement son numéro. Eddie lâche le bras de son frère et celui-ci reprend une position normale et le contrôle de la Cadillac. Le flot des voitures se stabilise autour de nous. Eddie se remet dans son coin et me sourit.

– Nous avons besoin de cette clef.

Ils se connaissent tous.

– Russ avait un boulot très simple, vois-tu?

Nous sommes assis dans le box d'un petit restaurant, juste aux limites de Jersey City. Assis en face de moi, Eddie et Paris mangent un steak avec deux œufs à cheval, le tout noyé de Tabasco. J'ai pris de l'eau glacée et lorgne les deux bouteilles de Heineken couvertes de condensation qu'ils ont devant eux. Eddie parle entre deux bouchées et deux gorgées de bière.

– Tout ce qu'il avait à faire était de nous retrouver quelque part avec quelque chose. Au lieu de cela, il s'est mis à faire le con et maintenant, il a tout plein de mecs aux fesses.

Je fais un vague bruit approbateur.

– Ouais. Et en plus, dans cette affaire, il t'a mis dans la merde jusqu'au cou… toi, son copain.

– Ouais.

Paris vide sa bière, brandit la bouteille en l'air en direction de la serveuse et lui fait signe d'en apporter deux autres. Je me mets à saliver et prends un peu d'eau glacée.

– Qu'est-ce que t'a dit Roman ?

– Il a dit qu'il y avait un objet que vous vouliez tous, que ce n'était pas la clef, mais que la clef ferait l'affaire.

– Sûrement. Si ce qu'a laissé Russ est une clef, nous la voulons.

La serveuse arrive avec les deux bières, les pose et repart. Eddie finit son dernier bout d'œuf, repousse son assiette, se lève et se dirige vers les toilettes.

– Je reviens tout de suite, dit-il.

Paris avale une grande rasade de sa bière, chipote sur les restes de son steak, regarde autour de lui pour voir si personne n'écoute et se penche un peu vers moi.

– J'ai fait un rêve la nuit dernière. Je tuais mon père. Et le pire, tu sais c'est quoi ? Je veux dire… flinguer son père, c'est déjà quelque chose, mais le pire… Le pire, c'est qu'il était habillé comme un nazi, comme un de ces enfoirés de SS. Et je lui ai tiré dans le dos.

Il prend une gorgée de bière.

– Bref, désolé, pour ce qui s'est passé dans la voiture. Je ne suis pas comme ça. Vraiment pas.

– Pas de problème.

Il me tend sa paluche par-dessus la table. Nous échangeons une poignée de main.

– T'es sûr que tu veux pas une bière, quelque chose à bouffer ?

– C'est gentil, mais non merci.

– Comme tu voudras.

Eddie revient s'asseoir dans le box.

Le restaurant est presque vide ; juste nous et quelques voyageurs. Sous la table, j'entrechoque mes talons en silence et ne cesse de me répéter dans ma tête : « Rien ne vaut sa maison. Rien ne vaut sa maison. Rien ne vaut sa maison. »

Nous roulons dans Manhattan. Paris est au volant. Eddie me raconte une histoire.

– Quand on était gosses, moi et mon frère, quand on était gosses, on allait régulièrement au Boys Club dans le Queens. On détestait ça. Les gosses voulaient toujours se bagarrer, ils passaient leur temps à se bagarrer. Moi et Paris, on détestait la bagarre. Tous les jours, on disait à notre mère qu'on voulait pas y aller et tous les jours, elle nous disait de ficher le camp au club et qu'on la laisse un peu bosser. Il y avait un atelier de bricolage ; on était supposés fabriquer des trucs. Tout ce qu'il y avait, pour faire ces trucs, c'était des bouts de bois et des vieux pneus. En fait, c'était du bois de merde, plein de nœuds, de clous, de résine et de saloperies. T'as déjà essayé de fabriquer quelque chose avec du bois pourri et des vieux pneus ? Une cabane à oiseaux, tiens ? Des conneries, oui, y a pas moyen. Les gosses, tout ce qu'ils avaient trouvé, c'était de découper de longues lanières de caoutchouc dans les pneus et de se battre à coups de fouet sur le toit du club. Ils montaient là-haut pour se foutre des branlées. Un jour, un des gosses, Dex, fait monter Paris sur le toit, mais Paris, il veut pas d'histoires. Dex n'en a rien à foutre. Lui et ses copains, ils se mettent après Paris, ils lui enlèvent son fute et lui fouettent le cul comme des malades. Quand ils le laissent, il chiale, il a de la morve plein le nez et du sang plein le cul. Je le ramène à la maison et la mère pète un plomb, elle veut appeler le club, et les flics. Elle nous dit qu'elle est désolée, qu'elle ne nous obligera plus jamais à y aller. Mais le lendemain, on y retourne tout droit. On va dans l'atelier et on se fabrique des lanières en pneu à carcasse radiale. Faut y aller à la scie sauteuse, avec ce truc. Après, on casse des lames de rasoir en deux et on les colle au bout de nos fouets. Je vais chercher Dex et je le dis qu'on va se retrouver sur le toit. Il rapplique avec ses copains, mais il a pas le temps d'ouvrir la bouche pour raconter ses conneries, je lui en balance un en plein dans les yeux. Ce branleur s'effondre en criant. Ses potes veulent s'en mêler et je me mets à les fouetter comme un fou. Paris, lui, il reste bien calme, cool. Il s'avance vers Dex qui est toujours par terre et qui se tient les yeux et la tête, il lui fait descendre son fute et lui entaille les fesses comme il faut. La bande à Dex panique, sont pas à la hauteur, ces cons, alors ils se cassent. Mais Paris, lui, il continue de fouetter Dex qu'est pas loin d'être mort. Quand il s'arrête, on est tous les deux un peu crevés et on se doute bien qu'on va avoir des emmerdes, mais on sait pas trop quoi faire. Alors on tire Dex au bord du toit et on le balance en bas. Et comme il pissait le sang de partout, on a l'impression qu'il éclate en arrivant au sol. C'est comme ça qu'on s'est retrouvés au Montana dans un camp de redressement pour ados. Prendre des jeunes déglingués de la ville et les envoyer dans la nature pour les faire bosser? C'est des conneries. Mais, mon vieux, c'était magnifique. Des plaines, des montagnes, le Pays du vaste Ciel, comme ils disent. J'aurais pu y passer le reste de ma vie. Alors écoute-moi bien, Hank. C'est bien Hank, n'est-ce pas?

– Ouais.

– Pour ce qui est de toi, de ton rôle à toi… Vu qu'on n'a pas trouvé Russ chez lui, on a décidé de surveiller Roman pour voir ce qu'il mijote. Et comme tu avais l'air de l'intéresser, on t'a surveillé aussi. On t'a suivi jusqu'à ta planque du West Side. On s'est dit qu'on allait t'emmener faire un tour. Tu piges?

– Je vois.

– Alors le truc, maintenant, c'est que nous avons besoin de cette clef, Hank. Je me doute que Roman a dû te dire qu'il t'arriverait des trucs pas marrants s'il ne trouvait pas cette clef, non? Qu'il allait te descendre, faire mal à tes potes, n'importe quoi, pas vrai?

– Exact.

– Mais que si tu lui donnes la clef, il te laissera tranquille, pas vrai?

– Exact.

– Eh bien, tu peux toujours courir. Je te garantis que cet enculé de zombie va te descendre, clef ou pas clef. Ça ne te paraît pas vrai?

– Si.

– Alors moi et Paris, voilà ce qu'on te propose: on ne trouve pas la clef, on te dégomme aussi, c'est clair

Et on s'occupe de ta famille et de tes ancêtres, et on fout le feu à leur baraque et tout le tremblement. Tu piges ?

– Ouais.

– Mais si tu nous donnes la clef, non seulement on te laissera respirer, mais on te refilera même un joli paquet. C'est pas chouette, ça ?

– Si.

– Et tu sais pourquoi on va te refiler un joli paquet ?

– Non.

– Parce que lorsque tu nous auras donné la clef, tu vas nous aider à tendre un piège à Roman et à sa putain de bande de branleurs. On les zigouille tous et on n'a plus de problème, ni nous, ni toi, pour le restant de nos jours. Ça te paraît pas correct ?

– Si, correct.

– Parfait. Tu prends ma carte, tu retrouves la clef, où qu'elle soit, et tu m'appelles. Tu fais ça très vite, Hank, et tout revient à la normale. OK ?

– OK.

– Tu veux qu'on te dépose quelque part ?

– Non, n'importe où.

– C'est parfait.

Eddie tape sur l'épaule de son frère et Paris se range le long du trottoir. J'essaie d'ouvrir la portière, mais elle est coincée. Eddie me touche au genou.

– Désolé, mais cette foutue portière déconne. Sors de mon côté.

Il descend sur le trottoir, je glisse sur la banquette et sors de la Cadillac à mon tour. Il se penche à nouveau dans la voiture, prend mon sac de sport et me le donne.

Puis il monte à l'avant, referme sa portière et m'adresse un petit salut avant que la voiture redémarre. Je regarde la carte qu'il m'a donnée : *Eddie*, suivi d'un numéro de téléphone portable. Je suis au coin de la 19e Rue et de la Neuvième Avenue. Je parcours une vingtaine de mètres et entre dans le premier bar venu.

Le rein est un organe essentiel. Il sert à filtrer les saletés du sang. Si vos reins – et dans le cas qui m'occupe, le mien – sont endommagés et ne peuvent plus remplir leur fonction, vous mourez. Cela dit, de nombreuses personnes vivent en pleine forme jusqu'à un âge avancé avec un seul rein parce qu'elles aiment, chouchoutent et respectent ce rein qui leur reste. Une des meilleures manières de manquer de respect à son rein unique consiste à faire monter sa pression sanguine en se livrant à un certain nombre d'activités, dont l'abus de boissons alcoolisées.

Assis sur mon tabouret de bar, je contemple la bouteille de Bud. Le barman m'a proposé un verre, mais je préfère boire la bière à la bouteille. La paroi de verre marron est tout embuée et le coin de l'étiquette rebique, en bas à droite. Je conclus un accord avec moi-même : si j'arrive à détacher l'étiquette en une seule fois, je bois la bière. Je teste un peu l'étiquette, puis je l'enlève d'un mouvement régulier, sans m'arrêter. Elle vient en un seul morceau. Je descends du tabouret et gagne le fond du bar.

La cabine téléphonique est d'un ancien modèle, encore en bois et collée au mur. J'entre, referme la porte, un petit plafonnier s'allume. Je compose une longue série de numéros, écoute des instructions, compose encore d'autres numéros. Finalement, ça sonne à l'autre bout de la ligne et je m'assois sur le petit banc de la cabine. On décroche.

– Allô?

– Salut, m'man.

– Oh! Oh, c'est toi.

– Je suis désolé, m'man.

– Non, non, C'est que… on était inquiet parce que tu n'appelais pas. Tout va bien, au moins? Tu as décidé de rester un peu plus longtemps à l'hôpital?

– Non, m'man. J'ai juste… Ils m'ont donné des analgésiques.

– Des analgésiques? Ça te fait très mal? Tu vas bien, Henry?

– Je vais très bien, m'man, mais ça fait un peu mal, tu comprends?

– Mais tu vas bien?

– Oui, très bien, sauf que les pilules me mettent un peu dans le cirage et j'avais coupé le téléphone pour ne pas être réveillé. J'aurais dû appeler tout de suite, mais je viens juste d'avoir ton message.

– Papa me disait de ne pas m'inquiéter, mais j'ai bien vu qu'il était aussi inquiet que moi.

C'est le silence sur la ligne pendant quelques instants. Je m'appuie du front contre la vitre de la porte. Je manque à ma mère, je lui manque depuis dix ans, les dix années que je viens de passer à New York. Elle ne comprend pas la vie que je mène. Moi non plus. C'est pourquoi je ne peux pas l'aider beaucoup.

– Bref, j'étais juste un peu inquiète.

– Tout va bien, m'man. Je vais vraiment bien.

– Tu es sûr de ne pas vouloir que je vienne?

121

– Non, m'man. Il n'y a aucune raison. Je me porte comme un charme. Je prends les choses comme elles viennent et tout va bien.

– Est-ce qu'il y a au moins quelqu'un qui s'occupe de toi?

– Yvonne me donne un coup de main, mais je peux très bien m'occuper de moi tout seul.

– Comment va-t-elle?

– Très bien, m'man; en réalité, elle fait juste quelques courses pour moi.

– Elle est tellement gentille!

– C'est vrai.

– Je voudrais tant être avec toi.

– Oui, je sais.

– Si tu savais comme il me tarde que Noël arrive!

– À moi aussi.

– Tu n'as toujours pas décidé ce que tu voulais?

– C'est toi qui vois, m'man. J'aime toujours tes cadeaux et de toute façon, il y a encore le temps, non?

– Oh, tu sais que j'aime préparer les choses en avance.

– Je sais. Papa n'est pas là?

– Il est au garage, aujourd'hui. Tu ne veux pas l'appeler là-bas?

– Non, je suis pas mal fatigué, je crois que je vais aller dormir encore un peu. Dis-lui bien que je l'aime fort, tu veux?

– Je sais. Oh, est-ce que tu as reçu mon colis?

– Non, m'man, pas encore.

– C'est pas grave. C'était juste des bêtises qui t'auraient amusé.

– Merci, m'man. Écoute, faut que j'y aille. Je vais

probablement couper le téléphone. Je suis encore très fatigué. Alors si je ne réponds pas, ne t'inquiète pas, d'accord?

– D'accord. Je t'aime, Henry.

– Moi aussi je t'aime, m'man.

– Je rappellerai dans un ou deux jours, d'accord?

– Génial. Je t'aime, m'man.

– Je t'aime, Henry.

– Allez, salut.

– À bientôt.

Je reste assis un moment dans la cabine après avoir raccroché.

De la cabine où je suis toujours assis, je vois le bar et ma bouteille de Bud posée devant mon tabouret, la petite pile de billets (ma monnaie) juste à côté. J'enfonce des pièces dans le monnayeur et j'appelle United Airlines. Ils peuvent me changer mon billet quand je veux. Il m'en coûtera soixante-quinze dollars, plus la différence entre les prix des billets. Est-ce que je souhaite faire ce changement tout de suite? Oui, je voudrais bien, merci beaucoup. Sauf qu'il faut que je récupère tout d'abord la clef et décide à qui je vais la donner tout en restant en un seul morceau. Je sais où elle est. Bon, à qui la donner? Je sors une des deux cartes de ma poche et compose un numéro. Il décroche lui-même.

– Roman.

– Je l'ai.

Silence.

– Où êtes-vous?

– Je ne l'ai pas, mais je sais où elle est.

– Où?

– Je ne vais… écoutez, je ne vais pas vous le dire.

– Et donc, la raison de cet appel serait que…?

– Que je ne vais pas vous dire où elle est. Que je vais la récupérer et vous la donner.

– Quand?

– Je… je veux ficher le camp. Je veux quitter New York. Je vous donnerai la clef juste avant de partir.

– Et quand partez-vous?

– Je n'ai pas encore réservé mon vol. Je vais récupérer la clef et je vous rappelle. Pour vous rencontrer, je…

– Oui?

– Je ne sais pas trop comment on fait pour ce genre de truc.

– En fait, il n'y a pas vraiment de règles. Mais est-ce que je peux faire une suggestion?

– D'accord.

– Récupérez la clef. Réservez un vol. Appelez-moi, dites à quel aéroport, mais ne dites pas le numéro du vol, et dites-moi quand vous voulez que j'y sois. Choisissez une heure bien avant votre vol pour que je ne puisse pas deviner sur lequel vous partez. Au dernier moment possible avant votre embarquement, appelez-moi pour me dire à quelle porte vous vous trouvez. Je vous y rejoindrai et vous pourrez me donner la clef au vu et au su de tout le monde.

Houlà, quel plan.

– Vous pouvez d'ailleurs réserver un vol pour une destination différente de celle qui est vraiment la vôtre et de là… prendre un autre vol pour n'importe où. Pour décourager les poursuites.

– D'accord, ça marche.

– Parfait, donc.

– Ouais, OK, bon, je vais…

– Récupérer la clef.

– Exact.

Je reste assis là, le téléphone à la main.

– Au revoir.

– Ah oui, au revoir.

Je raccroche. Puis je vais rejoindre ma bière. Je soulève la bouteille. Avant de prendre une première gorgée, je jette un coup d'œil à la télé. Les Mets viennent juste de conclure: Atlanta 5, les Mets 3. Je repose la bière. J'en ai pas besoin. D'autant que je me rends dans un autre bar.

À présent que j'ai décidé de ma ligne de conduite, je suis pressé. Je hèle un taxi et donne l'adresse au chauffeur. Je ferme les yeux et j'essaie d'oublier tous les endroits douloureux de mon corps.

Je suis content d'avoir appelé Roman. C'est sans conteste avec Roman que j'ai envie de traiter. D'accord, il me fiche la frousse, mais il ne me terrorise pas autant que les deux frangins qui sont plus cinglés que les pires fous furieux de la planète.

Le chauffeur conduit comme tous les taxis de New York, c'est-à-dire qu'il écrase le champignon dès que le feu passe au vert et écrase le frein à la dernière seconde quand il passe au rouge. J'ai mis la ceinture de sécurité, ce qui m'évite de me péter le front contre la feuille de Plexiglas qui sépare le conducteur des passagers. Notre progression vers le centre est ainsi ponctuée de bonds en avant brutaux et d'arrêts brusques. Je jette un rapide coup d'œil aux véhicules qui nous entourent, mais ne vois aucune Cadillac noire à ailerons de squale. Le taxi se range, je paie et saute sur le trottoir.

J'entre au Paul's. Lisa, qui est de service au bar, me jette un seul coup d'œil et laisse échapper un petit cri.

– Bordel de bordel de Dieu, Hank, tu ressembles à une vieille merde sur le journal de la semaine dernière.

La première fois que je suis entré ici pour chercher un boulot il y a dix ans de ça, Lisa tenait déjà le bar. Elle avait alors une trentaine d'années. Elle mesure un bon mètre quatre-vingts. Costaude de partout. Elle s'était arrangée pour que je la saute alors que ça ne faisait même pas deux semaines que j'avais été engagé. Je n'y suis jamais revenu depuis, et je l'ai jamais regretté. C'est une grande jument de femme et la seule chose qui me rende malade chez elle est sa manie de s'arsouiller au boulot quand je dois prendre la relève après elle. Essayer de recoller les morceaux des dégâts causés par une barmaid bourrée n'est pas drôle. Elle est en train de siroter un greyhound, et je vois déjà les ennuis se profiler pour celui ou celle qui va lui succéder ce soir.

Il n'est que quatre heures et demie de l'après-midi, il n'y a donc pas foule dans le bar. La *happy hour* démarre dans une demi-heure, et ce n'est que là que les choses sérieuses vont commencer. Pour l'instant, il n'y a que les plus fidèles des habitués de Lisa. Je ne les connais pas très bien, mais je reconnais tout de

126

même Amtrak John et Cokehead Dan. Tout le monde a un surnom dans ce foutu bistrot[1].

Je m'affaisse sur un tabouret et pose mon sac par terre. Lisa s'approche et m'effleure le front du bout des doigts.

– Oh, Hank! Ils m'ont dit que les types n'avaient pas touché à ta jolie figure. J'ai posé la question et tout le monde m'a dit qu'elle était intacte.

– Elle ne l'est pas. Le nouveau modèle vient juste de sortir.

– Le nouveau modèle! Oh, merde, Hank, qu'est-ce qui te prend? T'es fait pour l'amour, mon chou, pas pour la bagarre.

– C'était juste ma semaine de chance.

– Oh, voyons, merde! Laisse-moi t'attraper un médicament, mon chou.

Elle ouvre le frigo, en retire une Bud et fait sauter la capsule avant que j'aie le temps de protester. Mais je n'ai aucune envie de lui dire non; d'une manière générale, je n'ai aucune envie de dire non. Lisa lève son verre et me montre la bière d'un mouvement de tête.

– Avale-moi ça, Sailor.

C'est mon surnom ici, Sailor, *Le Marin*. Sailor Hank. J'ignore quand on me l'a attribué. Edwin vous baptise et ça vous reste.

– Bois donc.

– Pas pour le moment, ma chatte. Il faut vraiment que je voie Edwin. Il est dans le secteur?

– Non. C'est lui qui te remplace en attendant d'avoir

---

1. *Amtrak*: allusion à une société de chemins de fer. *Cokehead*: drogué à la coke.

trouvé quelqu'un qui lui plaise. Bref, il fait des tas de siestes pour tenir le coup.

– Il va arriver tard?

– Ça devrait, vers six ou sept heures, pour faire la caisse et reprendre le bar à neuf heures.

Edwin a confiance en moi. Il m'a fallu environ un an pour devenir son premier barman; nous n'utilisons jamais le mot «gérant», mais à un certain stade, j'ai commencé à l'aider à faire les inventaires, à passer les commandes, à former les nouveaux employés. Mais avec Edwin, la confiance est graduée. Mon problème, pour l'instant, est que si je suis à peu près sûr qu'il a rangé la clef dans le coffre de son bureau, j'ignore la combinaison dudit coffre.

– Alors, tu prends un verre avec moi, oui ou non?

– Interdit par les toubibs, ma chatte.

– Sans déconner?

– Sans déconner.

– Pas même une bière?

– Pas même une bière.

– Quelle connerie, tout de même.

– Tu peux le dire, quelle connerie, ma chatte. Con-ne-rie.

– Ça t'embête si je continue toute seule?

– Me pose pas la question, ma chatte, ça ne me regarde plus.

Elle rit et se confectionne un nouveau greyhound. Elle se sert d'une chope à bière et ne mégote pas sur la vodka. Je dois le reconnaître, elle peut finir ronde comme une queue de pelle, il lui faut tout de même toute la journée pour y arriver. Elle avale une première gorgée de son breuvage.

– Aaaaahhh ! Encore meilleur que le lait de ma mère, Sailor.

– Génial, le Ciel en soit remercié. Écoute, j'ai deux ou trois courses à faire en face. Tu veux pas que je te ramène quelque chose ?

– Ouais, un paquet de sèches, tu veux bien ? Des Marlboro Light.

– Ouais, d'accord.

Elle veut me donner deux dollars pour les cigarettes, mais je refuse d'un geste.

– Garde-moi mon sac en attendant, tu veux bien ?

– Bien sûr.

Je lui passe mon sac qu'elle range dans un des placards derrière le bar. L'argent liquide est dans mon jean, mais tout le reste est là-dedans. Je me dirige vers la porte, elle s'éloigne derrière le bar. Je me retourne pour jeter un bref coup d'œil à son cul. Le temps a été clément pour Lisa. Cela dit, elle est plutôt bâtie pour la course de fond que pour le sprint. La bière est toujours sur le bar, là où elle l'a posée, et j'ai du mal à croire que c'est la deuxième que je zappe aujourd'hui.

– Sailor, eh, Sailor !

C'est Amtrak qui me fait signe depuis l'autre bout du bar.

– Hé, Sailor, faut que tu viennes voir ça !

Il me montre la télé et juste au moment où je regarde, s'affichent les résultats du match en cours : Dodgers 9, Giants 0. Amtrak ricane et me salue de sa casquette des Mets.

– Cette fois-ci ils l'ont dans le baba, mon vieux, ils sont foutus !

Je lui tends mon majeur et sors.

Je me retrouve à l'angle de la 14e Rue et de la Troisième Avenue, devant les Love Stores. Le pansement que m'a fait le Dr Bob s'est en partie décollé pendant ma balade dans le coffre d'Eddie et je voudrais arranger ça. J'entre dans la boutique, prends un panier dans la pile et m'engage dans la première allée. Je fais provision de plusieurs paquets de gaze stérile, d'adhésif chirurgical, d'un flacon d'eau oxygénée, de pansements Band-Aids et d'un peu d'Advil. J'apporte tout ça au comptoir et demande à la vendeuse d'y joindre une cartouche de Marlboro Light 100. Je me dis que ça fera un petit cadeau d'adieu pour Lisa. La fille a tapé le total et met mes affaires dans un sac; je laisse mon regard errer et vois un éclair d'une couleur brillante à travers la vitrine, derrière le comptoir.

– Merde.

– Quoi?

– Rien, désolé. Combien?

– Cinquante-neuf dollars, quarante-neuf cents… et surveillez un peu votre langage.

– Désolé, je me rends compte que j'ai oublié quelque chose.

– Oubliez tout ce que vous voulez, mais surveillez votre langage.

– D'accord, d'accord. Je sais que j'ai l'air de déconner…

– J'ai dit «surveillez votre langage».

– Oui, désolé.

– D'accord, vous êtes désolé. Bon, maintenant, c'est cinquante-neuf quarante-neuf.

J'étale trois billets de vingt et un de cent sur le comptoir.

– Ce que je voudrais vous demander, et je sais que ça va vous paraître bizarre, mais est-ce qu'il n'y aurait pas une sortie par le fond du magasin, et si oui, est-ce que je pourrais l'emprunter?

Je pousse le billet de cent vers elle. La vendeuse le regarde, l'air sceptique, et le repousse vers moi.

– Non, y a pas de sortie par l'arrière ici et de toute façon, on ne vous laisserait pas l'emprunter s'il y en avait une… et vous savez pas lire?

Elle me montre l'affichette collée à la caisse:

> *Devant la recrudescence des faux billets,*
> *nous ne pouvons accepter les coupures supé-*
> *rieures à vingt dollars.*

– Cela fait cinquante-neuf dollars et quarante-neuf cents, s'il vous plaît.

Je reprends le billet de cent et pousse les trois de vingt vers elle. Elle me rend la monnaie.

– Cinquante et un cents. Et la prochaine fois, soyez plus poli.

Je me sens incapable de répondre, je prends la mitraille et surveille mon langage. Sans compter que je suis très occupé à regarder dans son dos, à travers la vitrine, histoire de voir si je ne distingue pas à nouveau la crinière de Red de l'autre côté de la rue.

Je ne suis pas un surdoué de la comprenette. Cela n'explique cependant pas pourquoi il ne m'est pas venu à l'idée qu'il y aurait forcément quelqu'un qui surveillerait le Paul's. Pour ma défense, je me permets de rappeler que je ne m'étais jamais trouvé dans une telle situation et que je joue avec des professionnels. Cela dit, ceux qui ont chargé Red de m'espionner peuvent aller se rhabiller, question subtilité. On ne voit que lui là-dehors avec sa crinière rouge vif et sa tenue flamboyante, aujourd'hui composée d'un pantalon bleu électrique et d'un T-shirt doré. Il porte aussi une paire d'énormes lunettes teintées en jaune. La crainte de le perdre de vue n'est pas ce qui me tracasse le plus.

– Hé, mister Gros-Mots, ça vous ennuierait de laisser la place aux clients qui n'ont pas besoin de jurer pour s'exprimer ?

Je suis toujours devant le comptoir et la vendeuse me montre la vieille dame qui attend patiemment derrière moi.

– Désolé.

– C'est fou ce que vous êtes désolé, mon vieux. Et maintenant, dégagez.

Je me déplace de quelques pas vers la droite. Je n'ai pas tellement le choix. Je vais sortir et essayer de le semer. Je commence à me diriger vers la porte lorsque le type de la sécurité s'avance devant moi et me pose une main sur la poitrine.

– Monsieur…

– Oui ?

– Puis-je voir le billet que vous avez présenté à la caisse… monsieur ?

– Le billet ?

– Le billet de cent que vous venez de sortir.

– Vous devez… Écoutez, ce n'est pas… Je n'écoule pas de faux billets.

– Puis-je voir ce billet, s'il vous plaît?

Je n'ai pas peur. Ce que je veux dire, c'est que ce n'est pas le vigile d'une pharmacie qui va m'intimider aujourd'hui. Sauf que je veux filer; je sors le billet de cent et le lui tends. Il le prend, le présente à la lumière, l'examine longuement, puis me regarde.

– Très bien.

Il glisse le billet dans la pochette de son petit blazer bleu et me prend par le bras.

– Qu'est-ce que c'est que cette connerie?

Je tente de me dégager, mais il a une poigne solide et m'attire vers lui.

– Vous énervez pas, mon vieux, et suivez-moi.

Sur quoi, il commence à m'entraîner vers l'arrière du magasin. La fille à la caisse s'interrompt au milieu d'une transaction.

– Martin? Martin? Où tu emmènes ce type?

– Occupe-toi plutôt de tes putains d'affaires, Cheryl!

– Ne me parle pas comme ça, t'entends? Je supporte pas les grossièretés!

– Ouais, ouais, foutrement ouais.

– Oh! oh!

– Occupe-toi de ta caisse, Cheryl. C'est un problème de sécurité, ça te regarde pas.

– T'es un vrai taré, Martin, complètement taré…

Le reste de sa réplique se perd tandis que Martin m'entraîne dans la réserve.

– Allez mec, viens par ici.

Il me lâche le bras, me précède dans tout un labyrinthe de cartons empilés, emprunte deux couloirs très courts avant d'arriver à une porte qui comporte plus d'une demi-douzaine de verrous. S'arrête devant et me regarde.

– OK, vieux, c'est l'entrée des livraisons. Je vais l'ouvrir rapidement et tu vas juste sauter dehors, vu que je dois retourner calmer un peu Cheryl. D'accord?

– D'accord.

– Prêt?

– Prêt.

Il ouvre le dernier verrou, tire le battant à lui et je bondis dehors. La porte est dix mètres plus loin que l'entrée principale. J'entends Martin faire claquer tous les verrous l'un après l'autre, je lève les yeux et vois Red; il m'a tout de suite repéré et me fait signe de la main, un grand sourire sadique sur son visage chafouin. Je détale le plus vite que je peux.

Côté alcoolisme, je suis plus dans la catégorie amateurs enthousiastes que dans celle des vrais professionnels. J'ai tendance à être du genre fêtard, le type qui fait la foire pendant quelques jours, plutôt que du genre buveur métronomique qui se tue verre après verre. Même au milieu d'une virée, il est rare que je manque ma séance de gymnastique quotidienne. Ça me remet le cœur en place et contribue à éliminer les toxines tout en me protégeant du bloc de désespoir qu'est devenue ma vie. Il m'est arrivé de courir, de soulever de la fonte et de m'étendre sur le tatami alors que j'étais encore complètement sous l'effet de la cuite de la veille. Il y a sans doute de la vanité dans cette attitude, mais c'est surtout un moyen de lutter, de faire barrage à mon mode de vie, d'essayer de convaincre mon esprit que je n'essaie pas vraiment de me détruire. Je reste en forme. Cela étant, même dans les meilleures conditions, c'est-à-dire complètement à jeun, bien reposé, bien nourri, équipé de deux reins et n'ayant pas reçu récemment une raclée, y compris dans ces conditions, je ne suis même pas l'ombre de ce que j'ai été.

Je cours dans la 14e, vers l'ouest. Deux doubles voies de circulation dans chaque sens, le trottoir encombré de gens qui s'attardent devant les boutiques discount. Le sac de pharmacie, dans ma main gauche, se balance dans tous les sens et n'arrête pas de venir heurter ma plaie, mais je n'arrive pas à penser à autre chose. Au bout de vingt mètres, je le laisse tomber. Une fois les mains libres, je m'efforce de me concentrer sur ma course, de trouver la bonne foulée que je pourrais tenir, mais c'est difficile : je n'arrête pas de regarder par-dessus mon épaule droite pour voir Red et estimer à quelle distance il est. Et il n'est pas loin du tout ; de fait, il court exactement à ma hauteur, sauf qu'il est sur le côté nord de la rue et se contente de se maintenir à mon niveau. Je crois avoir une occasion à la Deuxième Avenue, un feu vert qui me permettrait de traverser par le passage piéton pour rejoindre l'autre bloc.

Quand je cours maintenant, ce n'est en fait que du jogging. Je pousse un peu les feux de temps en temps pour lutter contre l'ankylose, mais je n'y vais jamais à fond. Je n'aime pas prendre conscience de ce que j'ai perdu. Au base-ball, on parle d'«exploser» : la capacité de passer de l'immobilité absolue à sa pleine vitesse en un rien de temps. Contre les types du collège, en Petite Ligue, j'explosais comme je voulais et quand les chercheurs de talents étaient venus me voir jouer, ils avaient arrêté leur chrono et hoché la tête, incrédules.

Je suis à mi-chemin de la Troisième Avenue. Ma foulée est inégale, j'ai un point de côté qui commence à grandir sous la douleur bien réelle de ma plaie et le muscle, à la hauteur de l'ancienne fracture, fait une petite boule dure dans mon mollet. Je jette un coup d'œil à Red et, à la manière dont il observe la circulation, je comprends qu'il s'apprête à traverser. Je me dis qu'il va falloir faire quelque chose.

À hauteur de la Troisième, le feu est vert pour moi, mais au lieu de traverser je prends à gauche et fonce vers le centre. Je ne regarde pas derrière moi ; les coups de klaxon et les hurlements de pneus me disent tout ce que je dois savoir : Red est en train de traverser la 14e Rue au rouge pour rester derrière moi. J'espère, et pas qu'un peu, entendre le bruit sourd d'une carrosserie heurtant un corps. Pas de pot.

La 13e Rue arrive très vite ; dans la direction nord-sud, les blocs sont beaucoup moins longs que dans le sens est-ouest. Le feu est rouge pour moi, mais il y a un grand vide dans la circulation et je fonce sans problème au carrefour. Je cours tout le long du bloc et arrive à la 12e, croise un coursier à bicyclette qui va dans le mauvais sens et là, dans mon dos, j'entends un bruit de collision suivi d'une bordée de jurons.

Je tourne la tête pour avoir confirmation. Red est empêtré avec le Jamaïcain et sa bécane. Je zigzague entre les voitures pour rejoindre le côté nord de la Troisième Avenue et fonce jusqu'au Multiplex, à l'angle de la 11e Rue.

Une caisse, là, ouverte juste au coin; elle est invisible de l'avenue et donc de Red. Personne ne fait la queue. J'ai un billet de vingt à la main. Je le fourre sous la vitre, haletant.

– Une place.

Le type dans la cage de verre est en train de lire une revue. Il ne lève même pas les yeux.

– Pour quoi?

– Quoi?

– Quel film voulez-vous voir?

– N'importe lequel, je m'en fiche.

– Ben, faut en choisir un.

– Je vous le dis, je m'en fiche. Je veux juste… N'importe quoi, d'accord?

Il pose sa revue.

– Écoutez, faites pas d'histoires, choisissez un film!

– Bon Dieu!

Je regarde la sélection. Huit salles, mais seulement trois films et les trois sont des navets. Située à l'angle de l'entrée, la caisse donne sur la 11e Rue et sur la Troisième Avenue. À travers la vitre, derrière le caissier, j'aperçois le bloc où Red est en train de se dépêtrer du Jamaïcain et de sa bicyclette.

– Donnez-moi un billet pour celui que vous préférez, d'accord?

– Eh bien, j'aime assez *Shell Shock*, mais il a commencé il y a une demi-heure.

– Je prends.

– Mais il a commencé il y a une demi-heure; vous avez manqué la scène la plus sensationnelle.

– Une place pour *Shell Shock*.

– OK, mon vieux, mais ce ne sera pas ma faute

s'il ne vous plaît pas et si vous ne comprenez rien à l'histoire.

– Une place ! S'il vous plaît !

– Ouais, ouais, calmez-vous.

Il valide mon billet et le pousse sous la vitre avec un billet de dix, et trois ou quatre coupons pour des portions monstrueuses de soda et de pop-corn à prendre au comptoir du cinéma. Je prends le billet et la monnaie. Une fois à l'intérieur, je regarde dans la rue à travers les vitres teintées du hall. Red me cherche des yeux tandis que le Jamaïcain l'engueule ; quelques personnes se sont attroupées pour regarder l'altercation. Red fait quelque chose au Jamaïcain. J'arrive pas à voir exactement quoi, mais bon : le coursier tombe par terre d'un seul coup et les spectateurs se rendent brusquement compte qu'ils ont sûrement mieux à faire et s'éloignent. Red jette un dernier coup d'œil autour de lui et repart dans ma direction, mais toujours sur le mauvais côté du trottoir. Je donne mon billet au contrôleur et le type le regarde.

– Vous savez qu'il a commencé il y a une demi-heure ?

– Je sais.

– Vous ne voulez pas attendre ? Il y en a un autre qui commence dans vingt minutes.

– Je suis pressé.

– Bon, d'accord.

Il déchire mon billet, m'en rend la moitié.

– Deuxième sous-sol par l'escalier mécanique, comptoir sur la droite.

– Merci.

– Mais vous avez manqué le meilleur.

J'emprunte l'escalator.

J'ai déjà vu *Shell Shock*. Je n'ignore pas que je viens effectivement de manquer le morceau de bravoure, ce qui en dit beaucoup sur un film qui dure plus de deux heures. Les toilettes sont au niveau moins un et c'est là que je m'arrête. Elles sont vides. J'entre dans une cabine, enlève la veste d'Yvonne et mon chandail et ôte mon T-shirt. Et bien entendu, le pansement est fraîchement taché de rouge. Je m'assois sur la cuvette, la tête dans les mains.

J'ai soif.

Je me lève, laisse veste et chandail dans la cabine et gagne le lavabo. Dans ce modèle, on appuie sur un bouton-poussoir, l'eau coule quelque temps et s'arrête toute seule. J'appuie, tenant mes deux mains en coupe dessous, mais l'eau s'arrête avant que mes paumes ne soient pleines. Je maintiens le poussoir enfoncé d'une main, l'autre dessous, mais je n'arrive même pas à recueillir une gorgée convenable de cette façon. Finalement, je garde le poussoir enfoncé, mets la tête dans le lavabo et bois directement sous le robinet. J'ai vraiment très soif et avale de grandes rasades de l'eau qui cascade le long de mon oreille, raison pour laquelle je n'entends pas la porte s'ouvrir quand Red entre.

Je ne me rends même pas compte de sa présence avant qu'il ne m'ait dépassé pour aller inspecter la cabine. C'est alors qu'il voit ma veste et mon chandail, accrochés au portemanteau derrière le battant; je suppose que c'est à ce moment-là aussi qu'il comprend que l'espèce de clochard en T-shirt en train de boire au robinet est en fait l'enfoiré qu'il cherche.

Au même instant, mes yeux se lèvent vers le miroir et je vois l'arrière de son crâne écarlate dans la porte ouverte de la cabine.

L'élément de surprise est un phénomène étonnant et, comme on l'a souvent observé, peut constituer un élément décisif, même dans le conflit le plus inégal. Dans le cas présent, la surprise est mutuelle et nous restons quelques instants paralysés. Je me redresse, l'eau me coulant le long du menton et sur le T-shirt, mais je n'ai pas le temps de m'enfuir qu'il pivote impeccablement sur lui-même pour me faire face. C'est donc dans le miroir que je les regarde, lui et ses hublots jaunes, dans le miroir que je devine le reflet de ses yeux. Il me rend mon regard. Il a une coupure au menton et une éraflure sur le vinyle par ailleurs nickel de son blouson rouge ; je ne sais comment, j'ai la conviction qu'il est plus fâché par celle-ci que par celle-là. J'essuie lentement l'eau qui me coule sur le menton. Nous sommes dans des toilettes publiques. N'importe qui pourrait entrer d'un instant à l'autre.

— J'ai parlé à Roman. Je lui ai dit que j'allais récupérer la clef. Que je le rappellerais.

Il cligne des yeux derrière ses hublots. Lentement.

— Roman ? Qu'il aille se faire enculer.

Je pivote et recule en même temps. Je suis d'un gabarit supérieur au sien ; mais pour en tirer avantage, il me faudrait de la place. Il avance en sautillant tandis que je cale mes pieds par terre, redresse le menton et brandis les poings. Il se contente d'un petit écart, gardant ses mains à peine repliées le long de ses hanches. J'aimerais être plus mobile, mais je porte des grosses chaussures qui ralentissent mes mouvements, si bien que c'est avec ma tête et mon buste que je sautille, si je puis dire, de manière à rester une cible mouvante. Le manque d'espace joue en faveur de sa petite taille ; mais si j'arrive à le tenir à distance, j'aurai peut-être une chance. Il se jette en avant et tente de passer sous ma garde : je lance un poing pour le repousser. Mon bras n'est pas encore pleinement détendu qu'il m'a déjà frappé trois fois.

De petits coups secs qui criblent mes côtes flottantes. Et la séance de boxe est pratiquement terminée. Je recule en rentrant les épaules et je me tourne ; il en profite pour m'envoyer une bonne droite sur ma blessure. J'émets un son qui tient à la fois du cri et du hoquet, et mon corps se tord, happé par la douleur. Après quoi, de ses doigts tendus, il me porte un coup au plexus solaire. Je me plie en deux. Il m'attrape, me porte une sorte de clef et m'entraîne dans la cabine, refermant la porte d'un coup de pied, derrière lui.

– Qu'il aille se faire enculer, Roman. Je veux la clef.

Il m'écrase le visage contre le mur qui fait face à la porte. Il a entortillé les doigts de sa main droite autour de ceux des deux miennes dans je ne sais quelle super-prise mortelle à la Shaolin. En prime, il enfonce le pouce de sa main gauche dans ma plaie, dans la plus pure tradition des maîtres bourreaux asiatiques.

– Je veux la clef, répète-t-il.

– Ouais, ça, j'ai déjà compris.

Il enfonce un peu plus son pouce, je me mords la lèvre.

– La clef.

– Ouais, écoute, j'ai dit à Roman…

Il recommence avec son pouce, fait quelque chose à mes doigts et je me sens partir. Mes genoux me

141

trahissent, je n'ai plus d'air dans les poumons, le noir se fait devant mes yeux et si je reste debout, c'est parce qu'il me maintient dans cette position.

– Je vais tout simplement te tuer, là, tout de suite. Te tuer et trouver la clef tout seul. Roman ? Qu'il aille se faire foutre. Je veux la clef.

– Je ne l'ai pas. Je ne l'ai pas encore récupérée.

– Où est-elle ?

– Je l'ai confiée à un ami.

– Quel ami ? Nous connaissons tous tes amis. Lequel ?

Ils connaissent tous mes amis.

Mon prof de boxe est du genre teigneux. Il enseigne aussi le combat de rue. Quand je me suis présenté à sa salle, il m'a demandé pour quelle raison je voulais apprendre à boxer ; je lui ai répondu que j'avais parfois des problèmes avec certains clients au bar et que je souhaitais être mieux préparé à maîtriser ce genre de situation. Il m'a pris dans son cours de boxe, mais m'a aussi suggéré de suivre son autre formation. Il estimait qu'elle répondait mieux à mes besoins. Et vous voulez que je vous dise ? Il avait fichtrement raison.

Je me déplace contre le mur et hoquette tandis que j'essaie de me ménager un peu d'espace pour respirer. Red reculant d'un pas pour avoir un meilleur appui, j'en profite pour lever mon pied gauche et lui porter un coup qui lui racle le tibia et le déséquilibre. La partie supérieure de son corps recule, mais il garde sa prise. Je lui donne alors un violent coup de tête. Je suis trop grand pour l'atteindre au nez, comme je l'aurais voulu, mais je lui en colle une bonne au front. Et avant de penser à la douleur qui me cisaille le crâne, je recommence l'opération. Cette fois, il a le visage redressé; je sens quelque chose qui devient tout mou contre mon occiput et il me lâche.

Je fais un pas à droite et me retourne. Il est à moitié effondré contre la porte de la cabine et là, derrière ses hublots de travers, ses yeux sont plus chinois que jamais. Un à un, rayon nez cassés. Le sien paraît salement amoché et pisse le sang. Une flaque s'agrandit par terre. J'avance rapidement d'un pas et lui donne un solide coup de pied à la tête pour être certain qu'il ne se relèvera pas pour me frapper encore.

Je prends mon chandail et ma veste, le pousse de côté et sors de la cabine. J'enfile mes vêtements sur l'escalator et me retrouve dans le hall d'entrée du cinéma, où je fonce vers la porte. Et passe devant le caissier qui me fait signe.

– Hé! Hé! Si vous cherchez votre copain, il vient juste de descendre pour vous rejoindre.

Je franchis la porte et me retrouve dans la rue.

Je me sens ragaillardi. Ma plaie me fait mal, mon nez me fait mal, mes côtes et mes tripes me font mal, mes mains me font mal, mes pieds me font mal. Bon Dieu, j'ai mal partout. Mais je me sens tout de même sacrément ragaillardi. Il est presque dix-sept heures, le jour commence à tomber sur la ville et j'avance à grands pas sur le trottoir. J'ai pris la direction du Paul's. Un peu de sang me coule sur la nuque, mais ce n'est pas le mien et je m'en sens encore plus ragaillardi. Si Red a voulu la jouer en solo, cela veut dire que mon accord avec Roman tient toujours. Et je vais tout simplement partir du principe que c'est le cas. Comme si j'avais le choix.

Une fois à hauteur de la Deuxième Avenue, je prends la 14e Rue, puis je tourne vers l'est en direction d'Alphabet City. Et qu'est-ce que vous dites de ça ? Mon sac Love Stores est toujours sur le trottoir, à l'endroit même où je l'ai laissé tomber. Je le ramasse. Rien n'y manque. Je me retrouve sur le trottoir, un grand sourire de crétin sur les lèvres. Parfois, mon chou, on a de ces coups de pot !

Je trottine joyeusement jusqu'à l'Avenue B, prends à droite et entre dans le bar. Quelques clients de plus sont venus faire un tour de chauffe avant les *happy hours* et j'ai droit à une chouette ovation du comité d'accueil. Je réponds avec des sourires et des hochements de tête et me dirige vers les toilettes en lançant au passage la cartouche de Marlboro à Lisa qui est toujours derrière le bar, toujours à siroter un verre.

– Dis donc, tu en as pris un temps, Sailor !

– J'ai dû m'arrêter quelque part, ma chatte. Juste un petit arrêt.

– Hé, je ne voulais qu'un paquet, Hank.

– Pas de problème, ma chatte.

– Eh bien, merci. Quand tu sortiras des chiottes, je t'offrirai un soda ou un truc comme ça.

Je lui souris, entre dans les toilettes et m'enferme. Dans le bar, la version de *With a Little Help from my Friends* de Joe Cocker passe au juke-box. Je fredonne avec la mélodie et m'examine en détail. Je nettoie le sang de Red sur ma nuque. Puis je défais le pansement de mon nez et ôte les petits bouchons de gaze que j'y avais mis pour le redresser. Il a l'air de tenir à peu près tout seul maintenant, je me contente d'enlever les écailles de sang séché et de ne pas y toucher davantage. Avec ma cicatrice, ce n'est pas aussi simple. Du sang continue à en suinter. Je la nettoie, la sèche du mieux que je peux, la recouvre de gaze propre et change l'adhésif. Et regarde la bouteille de Vicodine. Je peux en prendre deux toutes les heures, mais à ce rythme, je vais me retrouver complètement dans le coaltar. Je prélève un seul cachet, le casse en deux avec les dents et l'avale à sec. L'adrénaline a reflué et je commence à redescendre de l'excitation du combat ; mais je me sens tout de même sacrément bien. Je me regarde dans le miroir : aucun doute, je suis dans un état pitoyable. Mais je vais tenir le coup.

La cloche des *happy hours* vient de retentir quand je retourne dans la salle, et l'ambiance commence à devenir plus chaude. Tim est au bout du bar, où il s'en jette un rapide avant ses livraisons du soir. Certains autres habitués sont aussi arrivés. On me tape beaucoup dans le dos, on fait des commentaires sur mon nez.

– Ali, hé, Ali !

– Et l'autre, quelle gueule il a ?

– T'as ton permis poids lourd, Sailor ?

Je ris aux plaisanteries et m'installe sur un tabouret à côté de Tim. Il me jette un bref coup d'œil et hoche la tête.

– Bordel de Dieu, dit-il.

– Ouais.

– Bordel de Dieu.

– Je sais.

– Dis, mec, tu devrais penser à adopter un mode de vie plus sain, et plutôt vite.

– C'est ce que je fais, Timmy mon gars, c'est ce que je fais.

– Bon Dieu.

Lisa arrive et me passe mon sac; j'y fourre toute ma pharmacie.

– Alors, prêt pour ce verre?

– Non, apporte-moi seulement un…

– Un quoi?

– Et merde. Une eau minérale. Gazeuse.

Elle pouffe et va me chercher mon eau. Tim expédie son petit verre de Tullamore Dew et hoche la tête.

– De l'eau! Et ça, maintenant! C'est vraiment ce que j'appelle adopter un mode de vie plus sain!

Lisa pose le verre d'eau minérale devant moi. Je le prends et le lève en direction de Tim.

– Au mode de vie plus sain.

Il lève son deuxième verre de whisky et le fait tinter contre le mien.

– Santé.

Nous buvons. Il repose sèchement le petit verre à gros cul sur le comptoir, Lisa le remplit aussitôt. Pas besoin de poser la question avec Tim; on remplit son verre dès qu'il est vide et on ajoute une barre sur son ardoise. L'eau gazeuse n'est pas si mauvaise, elle est même plutôt bonne dans le genre rafraîchissant et je me sens bien, ici dans le bar, avec des gens que je connais et apprécie, des gens qui sont mes amis. Et dans ma tête, j'entends une voix qui me dit: *Nous connaissons tous tes amis. Lequel?*

Je ne dis au revoir à personne. Je ramasse juste mon sac et je m'esquive.

C'est la sortie des bureaux. Impossible de trouver un taxi. Je pars au petit trot, direction ouest. Je pourrais appeler, mais je risque de faire paniquer celui qui décrochera. Bordel, comment savoir ? Je cours en surveillant la circulation et en guettant l'apparition d'un taxi libre. Arrivé à la Troisième Avenue, j'endosse le sac de sport par les bretelles et me mets à courir pour de bon. J'accélère jusqu'à ce que j'aie trouvé mon bon rythme ; cette fois, j'y parviens. J'avale la rue. Mais c'est trop loin pour garder ce tempo soutenu jusqu'au bout. De l'autre côté d'Union Square, dans University Avenue, un type descend d'un taxi et le chauffeur branche le signal « libre ». Je me précipite par la portière entrouverte et me jette sur le siège arrière. Le taxbar commence à gueuler quelque chose dans sa langue maternelle, je ne sais pas laquelle. Je pousse un épais paquet de billets à travers la fente du Plexiglas, il la met en veilleuse sur-le-champ.

– West Side Highway, angle de Christopher Street.

Il regarde l'argent qui est tombé sur le siège avant. Il y en a pour nettement plus de cent dollars. Il démarre. Nous n'échangeons pas un mot. Il me jette de temps en temps un coup d'œil dans le rétroviseur, mais nous gardons tous les deux le silence.

Il s'arrête au croisement de la voie rapide et de Christopher Street, je descends, il prend le large. La circulation est trop dense pour que je me risque à traverser et je dois attendre que les feux changent. Je fonce aussitôt vers l'immeuble, entre, escalade l'escalier. Toutes les portes de l'appartement sont ouvertes.

Dans l'entrée, je tombe sur un sac d'épicerie renversé. Les boîtes d'aliments pour chat ont roulé partout. Je préférerais ne pas lever les yeux de ce bazar, mais je le fais tout de même. Elle est allongée sur la table, en croix, les membres attachés à chaque pied du meuble. Exactement là où j'étais moi-même quelques heures auparavant.

Ils lui ont fait quelque chose d'horrible. Le four fonctionne et il règne une odeur de brûlé dans le loft. Je m'approche d'elle, détournant la tête. Puis, les yeux fermés, j'appuie une oreille contre sa poitrine et n'entends que le silence. Elle est morte. Je cours chercher une des couvertures du futon et la recouvre avec. Puis je me coule sous la table pour me cacher.

Dans les films d'action, il y a toujours un moment où le héros est repoussé un peu trop loin dans ses retranchements. Les méchants ont sali sa réputation, lui ont piqué son fric et flanqué une raclée absolument terrible. Il a tout encaissé. C'est alors qu'ils franchissent la ligne rouge : ils ont tué son collègue, son épouse ou son gosse – peu importe. Ce moment est signalé lorsqu'on voit le héros pencher la tête en arrière et se mettre à pousser un hurlement désespéré : NOOOOOOOOOOOOOOOOOOOOON ! Sur quoi, il devient fou furieux.

Je ne me sens pas du tout dans cet état. Tout ce que je veux, c'est dormir. Laisser tomber et me faire avoir. Je m'en fous. Je m'en fous complètement.

Ils m'ont suivi. Ils m'ont suivi de mon appartement à celui d'Yvonne et ils ont attendu. Ils ont observé ses allées et venues et ont patienté jusqu'à ce que je quitte moi-même l'immeuble et me fasse kidnapper et jeter dans leur coffre par les cow-boys. Un des leurs a peut-être filé la Cadillac; Paris les a peut-être semés, mais peut-être pas. Toujours est-il qu'ils ont attendu jusqu'à ce qu'elle sorte; ils sont alors montés fouiller l'appartement pour trouver la clef et, quand elle est revenue, lui ont demandé où elle était, mais elle n'avait pas la moindre idée de ce qu'ils voulaient vu que je ne lui avais rien dit de ce qui aurait pu lui sauver la vie.

J'entends un bruit feutré, quelque chose qui heurte le sol régulièrement. Je vois Bud s'avancer vers moi. Un chat qui marche avec un plâtre. Il s'arrange pour se glisser sur mes genoux, se mettre en rond et s'endormir presque aussitôt.

Cette fois, la coupe est pleine. C'est le moment ou jamais d'appeler la police et de les laisser mettre de l'ordre dans tout ça, de tenter ma chance avec Roman et d'en finir. Mais je découvre qu'il est trop tard, même pour ça: juste au moment où je me fais ces réflexions, plusieurs policiers du NYPD arrivent au galop et me pointent leur pétard en pleine figure.

Ils découvrent que je n'ai aucun casier à New York. Qu'adolescent j'ai été arrêté une fois en Californie pour cambriolage avec effraction, que j'ai plaidé coupable, fait un an de conditionnelle et un peu plus de cent heures de travaux communautaires. Ils découvrent tout cela sans mon aide car je ne lâche pas un mot.

Mes yeux sont devenus deux minuscules fenêtres à l'extrémité de deux longs tunnels étroits et noirs. Et moi, je suis assis à l'autre bout du tunnel et j'assiste aux événements en spectateur. Des gens me parlent et on dirait que leurs voix me parviennent à travers des gobelets de carton attachés ensemble sur de longues ficelles. Tout au fond de moi, loin derrière les tunnels, j'ai conscience d'être en état de choc. Et à un niveau plus profond encore, de m'être fait monumentalement baiser.

On m'a mis dans une de ces petites cellules avec des écrans d'acier aux fenêtres, des meubles vissés au sol et un miroir sans tain dans le mur qui fait face à la porte. Ils s'imaginent que je suis un coriace. Ils s'imaginent que je leur fais le coup du psychopathe qu'a pété les plombs, du tueur taciturne. Le fait est que je suis incapable de parler. Des mots se forment bien dans mon esprit et je les envoie effectivement vers ma bouche, mais ils n'y parviennent jamais. Ce que je voudrais avant tout, c'est qu'ils enlèvent les photos qu'ils ont posées sur la table en face de moi parce que, en dépit de mes efforts pour ne pas les regarder, mes yeux ne cessent d'y être attirés. Ils l'ont battue. Ils ne lui ont pas donné de coups de couteau, ils ne l'ont pas brûlée, étranglée ou violée.

Ils l'ont battue jusqu'à ce qu'elle meure.

Yvonne partageait tout le dernier étage de l'immeuble avec le type qui occupe le second loft, à l'autre bout du palier. En rentrant chez lui, il a vu la porte grande ouverte et, en bon voisin, il a jeté un rapide coup d'œil pour voir si tout allait bien. Quand il a aperçu la forme étendue sous la couverture et moi recroquevillé sous la table, il est entré sur la pointe des pieds chez lui et a composé le 911. Brave type. Bien des gens n'auraient pas pris cette peine. Il leur a dit que je voyais Yvonne de temps en temps tandis que j'étais là, catatonique, couvert de bleus et d'ecchymoses, du sang sur mes vêtements depuis ma bagarre avec Red. La situation paraissait limpide aux yeux des flics : drame de la jalousie, sexe et violence. Affaire classée. Sauf que je commence à comprendre qu'il y a un truc qui cloche car des gens n'arrêtent pas de venir et de dire, à voix basse, des choses aux flics qui m'ont interrogé.

Les deux inspecteurs qui sont avec moi dans la pièce boivent du café et fument. Ils sont tous les deux chauves, bedonnants, rubiconds et arborent des moustaches assorties. Si je parviens à les distinguer l'un de l'autre, c'est que l'un d'eux à un rhume carabiné et n'arrête pas de se moucher, de tousser et de cracher dans la corbeille à papier. Il m'en veut manifestement parce qu'il préférerait être chez lui et dans son lit. L'autre m'en veut aussi parce qu'il me prend pour un «con de meurtrier cinglé». Ils ont commencé par essayer de jouer au bon flic/méchant flic. Ça s'est réduit à flic crevard/flic mort d'ennui. Ce qui ne les empêche pas de continuer à poser des questions ; moi, pendant ce temps, j'essaie de répondre toujours la même chose mais m'arrête juste avant, car je n'ai aucune idée de ce qui va arriver lorsque je prononcerai finalement la phrase : *C'est Roman qui l'a fait*.

Flic-Enrhumé balance une claire de bronche dans la corbeille et Flic-Ennuyé écrase le mégot de sa cigarette. Puis ils se regardent et ont un de ces instants télépathiques certifiés flic, après quoi Flic-Ennuyé allume une autre cigarette, me regarde et m'explique ce qui fout par terre leur belle théorie.

– Bon, d'accord. Nous savons quelque chose. Nous savons que plusieurs personnes sont impliquées dans ce qui s'est passé. Nous avons des poils, par exemple. Des fibres, aussi, et il y a des marques et des ecchymoses sur le corps qui nous font dire qu'il y avait deux personnes, peut-être trois. Nous savons que tu n'as pas fait ça tout seul. Bon très bien, alors complète le tableau : si ce n'est pas vraiment toi, tu étais présent. D'accord ? Quelque chose s'est mis à mal tourner entre toi, ta petite amie et vos amis. Tu étais présent et tu n'as rien fait. Très bien, ça nous va, on peut accepter cette idée. Alors complète le tableau et raconte-nous ce qui s'est passé, comment ce n'était pas toi, et parlenous un peu des types qui ont fait ce truc-là. Parle-nous de tes amis.

La corde casse. Je rapplique de l'autre bout des tunnels et les vitres devant mes yeux explosent. Je tends la main et retourne les photos. Je regarde directement dans le miroir sans tain parce que je connais celui qui se tient de l'autre côté.

– Ces enfoirés ne sont pas mes amis.

Sur quoi Roman entre dans la pièce.

Flic-Enrhumé et Flic-Ennuyé le regardent et lui adressent un signe de tête. Flic-Enrhumé prend un mouchoir en papier dans le petit sachet en plastique de sa poche de poitrine et le troue d'un hennissement.

– Lieutenant…

Roman pousse un petit grognement et fait signe aux

deux autres de le rejoindre près de la porte. Les trois têtes de flics se rapprochent et soudain ils éclatent de rire. Flic-Enrhumé s'esclaffe et s'étouffe sur ses glaviots, tandis que Flic-Ennuyé se boyaute en se tapant sur les cuisses. Roman rit aussi, tape Flic-Enrhumé sur l'épaule et tous les trois se calment. Puis les deux inspecteurs se mettent à rassembler leurs affaires et s'apprêtent à partir. Roman leur tient la porte et ajoute quelque chose que je n'entends pas quand ils sortent; ils se remettent à rire. Roman ferme la porte. Il s'approche de la table, prend le cendrier qui déborde de mégots et le vide dans la corbeille. Il va ensuite vérifier que l'Interphone, près de la porte, est bien en position éteinte, puis il revient s'asseoir à la table, en face de moi. Il ramasse les photos, les rassemble, les dispose en une pile bien régulière, les parcourt rapidement des yeux et les repose à l'envers sur la table. Et me regarde droit dans les yeux avec un mouvement de tête vers les photos.

– Ce n'est pas moi, dit-il.

Roman est un excellent conducteur. Il respecte scrupuleusement le code de la route – mieux que ça: il se montre courtois envers les autres automobilistes et les piétons. C'est quelque chose que j'admire. Je suis assis sur le siège passager de la voiture de police banalisée. Mes mains ne sont pas menottées et j'ai Bud sur les genoux. Et je ne suis pas accusé de meurtre.

Je suis retenu parce qu'on me soupçonne de meurtre, mais il n'y a eu aucune mise en accusation officielle. En attendant, la brigade des vols et homicides m'a confié à la garde du lieutenant Roman parce que j'ai quelque chose à voir avec une affaire sur laquelle il travaille déjà. Toute l'aide que je pourrais lui apporter ne pourra qu'être prise en compte pour l'appréciation de ma situation.

Roman me conduit à SoHo. Il tourne un peu dans le secteur, s'engage dans une des petites rues pavées, se gare et coupe le moteur. L'horloge du tableau de bord affiche 01:57 ; cela fait environ huit heures que les flics m'ont trouvé. Le lieutenant entrouvre sa vitre. La rue est très calme et le bruit le plus fort est le ronronnement de Bud. Les gens de la Société protectrice des animaux ne sont pas venus le chercher au poste de police et, quand nous sommes sortis, je l'ai vu roulé en boule sur un bureau. Roman m'a permis de le prendre, avec toutes mes affaires, lesquelles sont à l'heure actuelle dans le sac de sport, à l'arrière. Roman desserre légèrement sa cravate et défait le premier bouton de sa chemise.

– Un de mes hommes est branché sur toi, dit-il.

Je le regarde.

– Chaque fois que ton nom, le nom de tes associés ou certaines adresses apparaissent dans l'ordinateur, c'est repéré et on me tient au courant. Même chose pour Miner. C'est d'ailleurs de cette façon que j'ai atterri chez toi. L'adresse de Miner est sortie dans le cadre d'une autre affaire et finalement, quelqu'un me l'a fait savoir.

– Très habile. Je croyais que c'était parce que tu étais l'auteur de l'effraction.

– Il y a ça aussi.

Il sort un bristol de la poche intérieure de sa veste et me le tend. C'est la carte que m'a donnée Eddie. Elle était sur moi au moment de mon arrestation.

– Qu'est-ce que tu leur as raconté?

– Tout.

– La clef?

– Quoi, la clef?

– Est-ce qu'ils ont la clef? Tu la leur as donnée?

Encore une superbe nuit d'automne à Manhattan. L'air est pur et une lune pour amoureux vogue dans le ciel. On est vendredi soir – ou plutôt samedi matin (ça dépend du point de vue) et les gens sont sortis. Dans ma rue, l'animation doit avoir atteint son maximum, à l'heure qu'il est. J'aime bien me balader seul les soirs où je ne suis pas de service, aller faire une partie de billard, rencontrer des gens nouveaux, descendre plus que quelques godets.

J'ai un coup d'œil pour le siège arrière où il n'y a que mon sac.

– Où sont passés les autres, Roman?

– L'association est rompue.

– Fait chier.

– Elle n'a jamais été stable. Franchement, ça ne change rien à ma situation personnelle, dans cette affaire. Mais du coup, le danger est beaucoup plus grand pour toi.

– Comment ça?

– Il y a maintenant un certain nombre d'électrons libres qui se baladent dans la nature et qui tous sont à la recherche de la clef, et donc de toi. Et je peux t'assurer que si ces types ont fait preuve de mesure dans leurs réactions, c'était toujours parce que je les retenais. Ce sont des individus violents et tu vas avoir besoin d'un allié.

– Toi?

– Je m'auto-désigne. Des affaires de ce genre finissent par acquérir une impulsion propre; la brutalité conduit

155

à plus de brutalité et on peut être entraîné dans son sillage sans s'en rendre compte. Si tu attends trop longtemps, tu risques de te retrouver dans un endroit dont tu ignorais jusqu'à l'existence. Ou de faire des choses que tu n'aurais jamais crues possibles. Je peux tout à la fois te protéger et t'aider à reprendre une vie normale. J'aimerais bien le faire.

Il ferme fortement les yeux quelques instants et se pince le lobe de l'oreille.

– J'aimerais beaucoup faire ça.

Mes pieds sont à nouveau endoloris d'avoir tant couru. Je caresse Bud et sens les élancements douloureux de mes voûtes plantaires se caler sur mes battements de cœur. Yvonne me massait parfois les pieds ; pas toujours, de temps en temps. Elle exigeait que je me les lave avant.

Roman sort à nouveau un document d'une des poches de son veston et allume le plafonnier pour me le montrer. C'est une des photos. Un gros plan d'ecchymoses à son cou. Roman en suit les contours du bout des doigts.

– Regarde ici. Tu vois comme les marques sont toutes bosselées et égratignées ? Déchiquetées. Le genre de plaies qu'on fait quand on a enfilé un coup-de-poing américain. Ou alors c'est que le gars portait plusieurs bagues.

Je revois Eddie et Paris sur le palier, devant mon appartement. Je les revois en train de frapper à la porte de Russ avec leurs mains couvertes de bagues en argent. Avec des femmes nues et des têtes de mort dessus. Roman me donne la photo. Je la regarde et pense à Yvonne dans son maillot des Knicks, à Yvonne lovée contre mon dos sur le futon.

– Tes problèmes avec la loi ne sont pas négligeables, reprend-il, mais ils ne sont pas insurmontables non plus. C'est un point sur lequel je peux t'aider. Plus important, tu as des ennemis, et des ennemis féroces. Sur ce point aussi je peux t'aider. Soit à t'en sortir, soit à te venger.

Je pense à la première fois où j'ai couché avec Yvonne – qu'est-ce que nous étions soûls et qu'est-ce que nous avons ri ! Je pense à ses mains calleuses, éraflées et couvertes de petites brûlures à cause de son travail. Je regarde à nouveau la photo de son cou si délicat, marbré rouge, noir et bleu. Roman m'observe.

– Tu leur as donné la clef ?

– Non.

– Tu leur as dit où elle était ?

– Non.

– Où est-elle ?

– Au bar. Dans le coffre du bar.

– Allons la chercher.

Je contemple la photo et sens mes pieds douloureux tandis que des bruits précipités m'emplissent les oreilles ; pour tout dire, je ne suis pas tellement surpris quand Bolo ouvre la portière, me repousse et monte à côté de moi, me coinçant entre Roman et lui, de même que Red est coincé à l'arrière entre les Russkofs qui ont à nouveau endossé leurs survêts. Dans le rétroviseur, je vois la tête de Red, un énorme pansement sur le nez maintenu en place par un grand X en adhésif blanc. Il regarde Roman qui lance le moteur.

– Je t'avais dit qu'elle était dans le bar.

Bolo s'agite pour caler son imposante masse sur le siège et regarde Bud.

– Hé, vieux, comment va ton chat ?

– Spalding Gray.

– C'est qui ce con de mec, ce… Spalding Gray ?

– Spalding Gray, c'est comment on dit ? un monologuiste. Il baratine.

– On a dit les acteurs, seulement les cons d'acteurs.

– C'est un con d'acteur, il joue aussi dans des films.

– Des conneries, oui.

Bolo et les Russes jouent à *Six Degrees of Kevin Bacon*[1]. Bolo leur flanque la pile. La mauvaise humeur grandit. Bolo consulte sa montre.

– Allez, les mecs, Spalding Gray.

– Je connais pas ton con de Spalding. Ton con de Spalding n'est qu'un enfoiré.

– Alors tu perds un point.

– Va te faire voir.

Red est penché en avant et les Russkofs s'inclinent l'un vers l'autre dans son dos pour parler à voix basse. Bolo sourit.

– Allez, un point en moins, vous n'avez pas la moindre idée de qui est ce type.

– Va chier.

Red me donne une chiquenaude à l'oreille. Cela fait quelques heures qu'il se livre à ce petit jeu, mais il ne semble pas s'en lasser. Parfois il bouge comme s'il s'apprêtait à recommencer, juste pour me voir grimacer ; ça le fait rire. L'odeur du café qu'ils rapportent

1. Jeu de devinette consistant à trouver un lien entre l'acteur proposé et l'acteur Kevin Bacon en moins de six questions (d'après *Wikipedia*).

de l'épicerie, de l'autre côté de la rue, emplit l'habitacle de la voiture et, depuis une demi-heure, l'un d'eux a commencé à lâcher des pets. Heureusement, Roman oblige les Russkofs à descendre de voiture quand ils veulent fumer; sans quoi, ça deviendrait irrespirable. Roman se contente de rester assis derrière le volant et de ne pas quitter des yeux l'entrée principale du Paul's, un peu plus loin dans la rue.

– Encore combien de temps, à ton avis?

Il est presque cinq heures; une poignée d'irréductibles se trouvent encore dans le bar et il tarde à Roman de les voir décamper.

– Je ne sais pas. Des fois, Edwin continue à faire la foire jusqu'à midi ou presque.

Roman fait courir le bout de ses doigts sur le volant et hoche la tête.

– Spalding Gray, Spalding Gray, Spalding Gray.

– Va t'faire foutre, va t'faire foutre, va t'faire foutre avec ton con de Spalding Gray!

– Hé vieux, c'est de rage que tu t'étouffes ou c'est juste une remontée de bile?

– On concède le point. À nous.

Red murmure aussi de temps en temps dans mon oreille, toujours la même chose:

– Couilles molles, couilles molles, couilles molles.

– Christopher Lee!

Bolo s'esclaffe.

– Christopher Lee? Vous êtes sûrs?

– Ouais, cet enfoiré de Christopher Lee.

– OK. Lee joue avec Peter Cushing dans *Le Cauchemar de Dracula*, Cushing avec Carrie Fisher dans *La Guerre des étoiles*, Fisher avec Billy Cristal dans

Quand Harry rencontre Sally, Crystal avec Robin Williams dans *La Fête des pères*, Williams avec John Lithgow dans *Le Monde selon Garp* et, bien entendu, Lithgow avec Kevin Bacon dans *Footloose*.

– Merde ! Merde !

Et encore dans mon oreille :

– Couilles molles, couilles molles, cou-ou-ou-ouilles molles.

Bolo rit toujours.

– Christopher Lee ? C'est ça votre joker, les gars ? Christopher Lee ?

– On arrête ! Espèce de con, on joue plus à ton putain de jeu à la con !

– Ouais, laissez tomber, vous laissez toujours tomber, bordel.

Encore dans mon oreille :

– Couilles molles, couilles molles, couilles molles.

Je m'éclaircis la gorge.

– Dis-moi, Roman, est-ce que le Chinetoque t'a raconté que lorsque nous nous sommes rencontrés hier, non seulement je lui ai esquinté le portrait, mais qu'il essayait de récupérer la clef pour lui tout seul ? Et tu sais ce qu'il m'a dit, mister Red ? *Roman, qu'il aille se faire enculer*. C'est bien ça, tête de nœud ? *Roman, qu'il aille se faire enculer* ?

Dans mon oreille, le murmure s'est tu et un grand silence règne tout à coup, tandis que Roman se tourne, enfonce le canon de son petit automatique dans la bouche de Red, et tire. Il y a un bruit étouffé. On dirait qu'une lumière s'allume un instant dans la tête du Chinetoque et de la fumée lui sort par le nez. Le silence retombe dans la voiture puante jusqu'à ce que je me mette à crier comme une fille. Bolo me met un de ses battoirs sur la bouche et me fait taire.

Les Russkofs enveloppent ce qui reste de la tête de Red dans un vieux journal et le balancent dans le coffre; après quoi ils restent sur le trottoir pour fumer tandis que Bolo va à l'épicerie. Roman et moi restons dans le véhicule, vitres baissées pour dissiper l'odeur de la cordite, du sang et de la merde – les intestins de Red l'ont trahi pendant qu'il mourait.

Cinq heures vingt-trois, un samedi matin, Avenue B. Les rues sont vides. Aucun témoin, sauf peut-être un drogué ou un squatter et de toute façon, qui s'en soucie?

Roman me regarde. Il se tapote la lèvre inférieure, tend l'index vers moi, recommence à se tapoter la lèvre inférieure. Je pige et m'essuie les lèvres du revers de la main; il y a du sang dessus. Roman hoche la tête et se tapote une fois de plus la lèvre.

– Non, il y en a encore. Ici.

Il prend un mouchoir et me le passe à deux reprises sur la bouche et le menton.

– Voilà. Désolé pour ça. Crade.

Il replie le mouchoir taché de sang et le glisse dans sa poche.

– Tu es sûr de ne pas connaître la combinaison?

– Certain.

– Je commence à me dire que tu vas devoir y aller et la récupérer.

J'ai toujours le sang sur le revers de ma main. Il

sèche. Je frotte ma main contre le siège pour me débarrasser du sang.

– Non… Je ne… Je veux plus… Je peux plus… Je suis tellement…

J'essaie de dire quelque chose. La peur m'étrangle la voix et je halète sans finir mes phrases. Bud commence à s'agiter sur mes genoux. L'agitation, le bruit, les odeurs – tout ça l'a énervé et je n'arrive pas à le calmer parce qu'il sent à quel point j'ai peur. Roman me le prend.

– Laisse-le-moi.

Il tient Bud serré contre lui et se met à le gratter derrière les oreilles. L'animal se calme et frotte son crâne au menton du lieutenant.

– Rends-moi le chat, dis-je.

Roman arrête de le gratter et sourit un peu.

– Pas de problème.

Il me passe Bud et je le pose sur mes genoux. Roman se penche, met ses bras croisés sur le volant et pose le menton dessus.

– Tu as vu ce qui s'est passé ? Comment les circonstances font qu'on perd tout contrôle, comment elles sortent du domaine de l'expérience ? Le monde que tu connais te paraît de plus en plus lointain. Je sais. Je sais que plus on avance dans cette voie, moins on a de chances de retourner chez soi un jour. Alors…

– Alors quoi, mec ? Alors quoi, bordel ?

– Alors, si toi, tu n'es pas capable d'entrer là-dedans et de récupérer la clef, c'est nous, j'en ai peur, qui allons nous en charger.

Bolo ouvre la portière arrière et monte. Il a acheté une bouteille de détachant et un rouleau de papier absorbant. Il se met à nettoyer les giclures de cervelle de Red.

On avait prévu d'attendre la fermeture du bar; nous y serions alors rentrés avec ma clef et l'un des bras cassés de Roman aurait forcé le coffre. Après ça, c'était le vague en ce qui concernait mon avenir. Mais je pensais que c'était tout de même un très bon plan, dans la mesure où il n'impliquait aucune des personnes qui me sont chères. J'ai bien aimé ce plan jusqu'au moment où Roman a répandu la cervelle de son forceur de coffres sur tout le siège arrière.

Roman m'explique les avantages qu'il y aurait à ce que j'aille chercher la clef tout seul alors qu'il n'y aurait que des inconvénients à ce que lui et sa bande de nervis s'en mêlent.

– Tu as l'avantage de pouvoir entrer et de tout simplement demander à ton ami de te rendre la clef. Tandis que si c'est nous qui entrons, nous devrons avoir recours à des menaces et user de violence.

Je commence à hyperventiler; Roman me prend par la nuque et m'oblige à me courber jusqu'à ce que j'aie la tête entre les genoux.

– Respire, dit-il. Lentement.

Je respire. Bud se tortille pour sauter de mes genoux et va se réfugier sur le plancher. Roman me serre légèrement l'épaule.

– Bien. Je dois dire que j'aimerais autant ne pas entrer dans cette boîte. Trop de variables, trop de risques, et l'issue la plus probable serait sanglante.

Mais les lumières commencent à s'éteindre et il faut que quelqu'un fasse très vite quelque chose. Il me faut cette clef, il me la faut vraiment.

Je me redresse et regarde le ciel qui devient gris. L'horloge du tableau de bord indique 05:34. La rue est encore vide, mais les matinaux ne vont pas tarder à apparaître. À l'arrière, Bolo continue de faire le ménage en fredonnant une chanson. Je crois reconnaître *Car Wash*. Roman regarde droit devant lui à travers le pare-brise; ses yeux ne quittent pas la porte du Paul's. J'essaie d'imaginer que les choses se terminent bien, mais tout ce que j'obtiens, c'est l'image cauchemardesque d'Yvonne crucifiée sur la table. Il n'y a plus d'issue heureuse possible et je n'ai plus qu'une envie: rentrer à la maison. Je veux quitter New York, retrouver ma famille, la sécurité du foyer, et tout oublier.

– Tu m'aideras?

Roman garde le silence.

– Me protégeras-tu d'Eddie et Paris et m'obtiendras-tu un non-lieu avec les flics? Continueras-tu à me protéger?

Roman se gratte le lobe de l'oreille et répond d'un hochement de tête.

– Rien n'a changé. Récupère la clef, rapporte-la et je t'aiderai. Mais fais-le tout de suite, et vite. Si tu traînes, nous serons obligés d'intervenir.

Je donne une caresse à Bud, descends de voiture et traverse la rue.

Ils ont mis Black Sabbath. Edwin est fou de Black Sabbath. Il a tous les CD des prises originales stockées dans son juke-box. C'est sa musique de soir de bringue. Je jette un coup d'œil par la petite fenêtre de la porte et pas de doute, c'est la foiridon, là-dedans.

Edwin et Lisa sont sur le bar. Edwin fait des pompes, Lisa sur le dos. Un petit groupe d'habitués les entoure ; ils tiennent le compte des pompes en hurlant les chiffres tandis qu'Edwin se soulève et s'abaisse comme un métronome, sans donner le moindre signe de fatigue. J'aperçois aussi Wayne, l'ex-gendarme, et sa petite amie hippie, Sunday ; Cokehead Dan et Amtrak John sont là, eux aussi. C'est une fiesta d'après fermeture et, à voir les monstrueuses lignes de coke que Dan a disposées sur le bar, je dirais qu'elle n'est pas près de finir.

Je jette un coup d'œil vers la voiture de Roman. Les Russkofs y sont remontés et je ne distingue que des silhouettes. Je leur adresse un petit geste, en réponse les phares s'allument brièvement. Je prends ma clef, déverrouille la porte et entre.

Le Paul's était un restaurant thaïlandais quand Edwin l'a racheté. Il l'a complètement vidé, ne gardant que les murs, et a tout refait du sol au plafond. Toute en longueur, la salle mesure environ quatre mètres de large pour une profondeur de vingt mètres. Un bar court le long du mur de droite, tandis qu'un simple rebord qui sert d'accoudoir en fait autant sur le mur de gauche et qu'une trentaine de tabourets sont éparpillés entre les deux. Le bar lui-même est une antiquité qu'Edwin a achetée lors d'une vente aux enchères, de même que le miroir placé derrière. Il a installé un plancher en vrai bois et le plafond en étain de style ancien cache en réalité un isolant phonique pour ne pas déranger la propriétaire, qui habite au-dessus. C'est très efficace. Les martèlements de *Master of Reality*, le deuxième album des Black Sabbath, sont assourdissants, mais personne ne paraît s'en plaindre. Je repousse le battant et referme à clef derrière moi.

Edwin a un peu plus de cinquante ans, mais il est encore bâti comme un tracteur. Je l'ai vu monter et descendre de la cave un tonneau de bière plein. Il est toujours en train de s'activer sur le bar, apparemment parti pour battre son précédent record. Le décompte du petit groupe va crescendo et Edwin commence à ralentir.

– Quarante-trois ! Quarante-quatre !

Avec Lisa sur le dos, son record est de cinquante-trois. Il en a fait une fois une quinzaine avec Amtrak, mais Amtrak pèse dans les cent vingt kilos. Sans personne sur le dos, Edwin est capable de faire des pompes jusqu'à ce que ceux qui comptent soient fatigués avant lui.

– Quarante-neuf ! Cinquante ! Cinquante et un !

Son public est surexcité. *Children of the Grave* vient juste de commencer à hurler dans le juke-box et là-haut, sur le dos d'Edwin, Lisa est prise d'un fou rire incontrôlable. Elle essaie d'avaler une gorgée de son greyhound, mais la boisson lui coule sur le menton. Edwin tremble et grogne. De la sueur lui coule sur le visage et les bras.

– Cinquante-deux ! Cinquante-trois !

Edwin avale de grandes bouffées d'air pendant que Lisa réussit à prendre une solide rasade du mélange vodka-pamplemousse ; Edwin continue à se hisser sur ses biceps.

– Cinquante-quatre! Cinquante-cinq! Cinquante-six!

Le record est pulvérisé et Edwin s'effondre sur le bar, roule sur le dos et expédie Lisa par terre, derrière le bar. Elle atterrit en pouffant encore de rire. Haletant, Edwin crie alors:

– J'ai gagné mon pari! Casquez, maintenant!

Toute la bande applaudit et l'acclame. Ils vident de la bière directement dans la bouche d'Edwin et sortent des billets de leurs poches pour les lui lancer.

Réussie, la fiesta.

Edwin me repère au moment où il se redresse sur le bar.

– Sailor! Enfin te voilà, espèce de crapule!

Tout le monde se tourne pour me regarder et ce sont de nouvelles acclamations.

– SAILOR!

Chacun prend son verre et le brandit à ma santé.

– Alors, Sailor, comment va?

– Ça boume, Hank?

– Hé, t'as vu cette putain de partie des Giants, mec? Les Mets, y en a plus que pour eux en ce moment, mec.

Edwin saute du bar et se précipite sur moi. Il me passe les bras autour de la taille, me soulève et serre. J'en ai le souffle coupé sur-le-champ et ne réussis qu'à émettre de petits couinements.

– Regardez-moi c'te gonzesse, c'te putain de gonzesse! Tu vas voir ce que je vais te passer, moi, putain de gonzesse!

L'un de ses bras appuie sur ma plaie tandis que les

miens sont collés contre mes flancs; je n'arrive pas à accumuler assez d'air pour lui dire de me poser par terre, bordel!

– Qu'est-ce qui t'arrive, ma poule? On dirait que tu vas chialer.

Edwin se met à valser en me tenant. Tout le monde délire, rigole, crie. Amtrak secoue sa bière et m'asperge avec la mousse, tandis qu'un autre me bombarde de cacahuètes. À ce moment-là, Lisa se relève de derrière le bar et voit ce qui se passe.

– Edwin! Bon Dieu de Dieu, Edwin, Lâche-le! EDWIN!

Elle va jusqu'au juke-box et le débranche.

– Bordel de Dieu, Edwin, pose-le, il vient d'être opéré!

Edwin arrête de tournoyer et me pose délicatement sur mes pieds.

– Oh, merde, merde, Hank! Je suis désolé, vieux. J'y pensais pas, mec, je suis juste content de te voir…

– Ça va, Edwin… je… je suis moi aussi très content de vous voir, toi et les autres. C'est génial.

Ma réponse déclenche une nouvelle salve de hourras; Edwin me prend par la nuque et me secoue un peu. Il est bourré comme un coing, le con. Une sueur alcoolisée perle sur sa peau, la coke lui a contracté les pupilles et la salle empeste l'herbe. Toujours en me tenant par la nuque, il me cornaque vers le bar et fait signe à Lisa.

– Tournée générale, Lisa. Wild Turkey à gogo pour tout le monde, tout-le-mon-de.

Lisa prend la bouteille de Wild Turkey 101 et commence à remplir les petits verres à gros cul. Ils se sont tous alignés devant le bar. L'un d'eux remet la musique, mais ce n'est plus Black Sabbath. Après un bruit de vent et une cloche, arrivent les premières notes à l'orgue, et *Funeral for a Friend* d'Elton John emplit le bar. J'approche la bouche de l'oreille d'Edwin.

– Écoute, Edwin, faut que tu me rendes un service.

Il me regarde, sourit, acquiesce.

– Bien sûr, vieux, tout ce que tu veux.

– C'est rien de compliqué, c'est juste que j'ai besoin de cette petite enveloppe que je t'ai demandé de mettre dans le coffre, l'autre soir. J'en ai besoin tout de suite.

– Quoi ?

– L'enveloppe, j'en ai besoin.

– Tiens, Hank, bois ça.

Il place un des petits verres dans ma main et pousse ma main vers ma tête.

– Je ne peux plus rien boire, Edwin.

– Il ne peut plus rien boire ! Vous entendez ça ? Ce branleur est tombé de son tabouret l'autre soir, et aujourd'hui il peut plus rien boire !

– Sérieusement, Edwin, faut que tu m'ouvres le coffre, vieux.

– Cet enfoiré me laisse tomber et je pourrais lui faire remarquer qu'il me laisse tomber sans même me donner le préavis légal de quinze jours, et il ne veut même pas boire un coup avec moi !

Toute la bande en rajoute, m'asticote et me hurle de boire.

– Edwin, mon vieux ! C'est important et je suis pressé.

Edwin parcourt son public des yeux.

– Et en plus, il est pressé. Il est pressé ! Eh bien, tu ferais mieux de commencer par te presser de vider ce verre, mec.

Nouveaux cris. Tout le monde brandit son verre et entonne un seul et même commandement :

– BOIS ! BOIS ! BOIS ! BOIS ! BOIS !

– Edwin, je t'en prie.

– Bois d'abord, les affaires après.

Je vide le verre cul sec. Toute la bande hurle de plus belle et s'envoie des claques dans le dos. L'alcool tombe comme une pierre dans mon estomac et je manque de peu de tout dégobiller. Ça ne m'empêche pas d'avoir envie d'un deuxième verre. Edwin me serre à nouveau contre lui et me passe un bras autour des épaules pour m'entraîner le long du bar, m'éloignant du groupe.

– OK, vieux, OK. Alors, raconte-moi un peu ce qui se passe et pourquoi je dois ouvrir le coffre. J'espère que tu n'imagines pas qu'il y a du fric à toi dedans, vu que je retiens ta paye en attendant que tu reviennes.

– Non, vieux.

– Sérieusement, si tu as besoin de liquide, je peux t'aider.

– Non, Edwin, c'est de l'enveloppe dont j'ai besoin, l'enveloppe que je t'ai confiée l'autre soir.

Il me regarde.

– L'enveloppe ?

– Tu sais bien, l'enveloppe que je t'ai demandé de ranger dans le coffre. Il y a une clef dedans. J'en ai besoin tout de suite, vieux, l'enveloppe avec la clef, ça urge.

Il pose une main sur mon épaule.

– Hank, mon vieux, je suis désolé, mais tu ne m'as pas donné la moindre enveloppe, l'autre soir.

La musique enchaîne sur *Love Lies Bleeding*. Depuis combien de temps suis-je entré dans ce bar? Cinq minutes? Dix? Non, pas dix, mais entre cinq et dix. Combien de temps Roman va-t-il encore patienter dehors? À partir de quand sera-t-il trop tard?

– Fais pas le con, Edwin, je sais que je t'ai refilé cette clef.

– Et moi je sais que tu m'as refilé que dalle l'autre soir, sinon une sacrée migraine parce que t'étais plus soûl qu'un Polonais, raison pour laquelle t'es pas foutu de te rappeler ce que tu m'as donné ou pas donné. Ta clef n'est pas dans le coffre. Point final.

La bande des piliers de bistrot accompagne la musique de ses braillements, Lisa dirigeant le chœur depuis le bar. Edwin et moi sommes maintenant devant le mur du fond, où s'ouvrent quatre portes. Les deux de gauche sont celles des toilettes; la suivante donne sur l'espèce de cagibi qui fait office de bureau et dans lequel se trouve le coffre; la dernière ouvre sur une petite cour close par d'autres bâtiments; elle est encombrée de toutes sortes de débris et n'a aucune issue, sinon en passant par un des immeubles ou en escaladant la série de bricolages branlants qui tiennent lieu d'escaliers de secours.

– Je suis dans la merde, Edwin.

– Ouais, j'avais plus ou moins pigé ça.

– Une sacrée merde, même.

– C'est-à-dire?

– Des types me cherchent, Edwin.

– Les enfoirés qui t'ont foutu une torgnole ?

– Ouais, mais c'est bien pire. Edwin, ils… ils vont rappliquer ici. Oh, mon Dieu, merde ! Je suis désolé, vieux. Ces mecs, ce sont de gros gros ennuis, Edwin.

– Pas de problème.

Ses petits yeux brûlent à la coke et brillent. Edwin adore la bagarre. Vers la fin des années soixante-début des années soixante-dix, il faisait partie d'un groupe de motards de Saint Louis baptisé les Sable Slaves – un genre de croisement entre les Hell's Angels et les Black Panthers. Il a le dos couvert de tatouages et couturé de cicatrices. Les tatouages représentent des femmes nues, des araignées, des poignards, des squelettes, des dragons et le plus grand un encapuchonné du Ku Klux Klan attaché à une croix en feu. Les cicatrices ont été faites par des chaînes de distribution de motos, des couteaux, des battes de base-ball cloutées, des bouteilles de bière cassées et il y en a au moins une qui a été faite par balle. Edwin est le mec le plus coriace que j'aie jamais rencontré, et il adore la bagarre. Et en ce moment, il sent pointer une bonne bagarre.

– Les ennuis, c'est pas un problème, Hank. On va s'en occuper, mon gars. S'en occuper… on va !

– Non, non, Edwin. Non ! Nous… nous… Écoute, vieux, faut qu'on se tire tout de suite, faut qu'on fasse passer tout le monde par la porte du fond et qu'on se tire de là fissa !

– Arrête de déconner. Tu parles si je vais foutre mes potes à la porte, à la porte de derrière de mon propre bar !

Je commence à déverrouiller la porte qui donne sur la cour. Edwin essaye de m'arrêter et me prend les mains en s'efforçant de ne pas me faire mal.

– EDWIN, HÉ, EDWIN !

C'est Sunday qui a crié. Elle se tient devant la petite fenêtre de la porte qui donne sur la rue. Elle se remet à crier, elle couvre la musique et ne cesse de regarder dehors.

– EDWIN, Y A UN GROS BALÈZE QUI VEUT ENTRER. EST-CE QUE JE LUI OUVRE ?

Nous nous arrêtons de nous bagarrer pour les verrous et la regardons. Fracas de verre brisé ; la petite fenêtre vient d'exploser. La tête de Sunday part violemment en arrière et la fille tombe à la renverse par terre avec un petit trou à la place du nez. L'énorme main brune de Bolo démolit ce qui reste de verre et commence à tâtonner à l'intérieur, à la recherche du verrou. Edwin est déjà parti en courant vers l'entrée tandis que je fais sauter le dernier verrou et ouvre la porte du fond. Et je me retrouve nez à nez avec Blackie et Whitey, les survêts salis par leur balade sur les toits. Chacun tient un de ces pistolets-mitrailleurs qui ont l'air de jouets d'enfant mais qui n'en sont pas. Bolo réussit à ouvrir la porte de devant et à entrer – et Edwin se jette sur lui et envoie valser le pétard avec lequel il vient de descendre Sunday. Bolo adopte la solution de facilité qui consiste à se laisser tomber en avant et à écraser Edwin entre l'énorme masse de son corps et le cadavre de Sunday. Edwin multiplie les efforts pour dégager un de ses membres avec l'intention de frapper Bolo ; mais à ce moment-là, Roman entre à son tour, referme la porte en lui donnant un tour de verrou, ramasse l'automatique et le colle dans l'oreille d'Edwin. Fin de *Love Lies Bleeding*.

Soudain, c'est le silence.

– Faut le secouer un poil.

Roman essaie d'ouvrir le coffre. Edwin lui a répété la combinaison à plusieurs reprises, dans tous les sens, mais le flic n'arrive pas à ouvrir le coffre.

– Je te l'ai dit, faut le brandouiller en tournant à droite. Il déconne.

Roman recommence.

– Non, pas quand tu arrives sur le chiffre, juste entre les deux, avant d'arriver à neuf.

Nouvel essai de Roman.

– Brandouiller lé-gè-re-ment, pas secouer !

Roman s'y colle à nouveau.

– Bordel, t'as qu'à me laisser faire, pourquoi tu me laisses pas faire ?

Le coffre est encastré dans le plancher, sous le bureau lui-même appuyé au mur qui fait face à la porte. On doit se glisser à quatre pattes sous le meuble pour soulever une petite trappe et avoir accès à la porte blindée et à son cadran à chiffres. C'est Roman, en nage, qui est accroupi là-dessous. Edwin et moi sommes collés au mur en face, tandis que Bolo est obligé de rester dans l'encadrement de la porte, sa masse l'empêchant d'entrer dans le cagibi. Les Russes ont fait mettre tous les autres à plat ventre derrière le bar et les braquent de leurs méchants petits pétards.

Des gémissements arrivent clairement jusque dans le minuscule bureau. Wåyne répète sans fin le nom de Sunday tandis que Lisa s'efforce de le faire taire.

Roman essaie encore.

– Laisse-moi faire… laisse-moi… faire.

Roman se tourne vers Edwin et essuie la sueur qui coule sur son front. Ils sont entrés il y a environ six minutes et c'est indiscutablement cinq de trop à son goût.

– Tu m'as donné la bonne combinaison?

– Il déconne, je te l'ai déjà dit. T'as qu'à me laisser l'ouvrir.

Roman sort de son espèce de niche et se déplie.

– Tu vas faire la combinaison. Tu ouvriras le coffre. Tu reculeras. Tu ne mettras pas la main dans le coffre… sinon, je te descends. Est-ce clair?

– Bordel, oui. Et maintenant, laisse-moi ouvrir ce putain de truc.

Roman et Edwin échangent leurs places dans le minuscule espace. Edwin se coule avec beaucoup plus d'aisance que Roman sous le bureau. Il avance la main dans le secteur caché par la trappe et commence à faire tourner le gros bouton. Bolo est penché en avant, appuyé au chambranle, et tient négligemment son pistolet à la main. Roman se plante entre nous, l'arme rangée dans son étui. Il sort le mouchoir avec lequel il a essuyé le sang de mon visage et sèche sa sueur avec. Je ne lui dis pas que la clef n'est pas dans le coffre. Je ne lui dis pas parce que je sais ce qu'il y a dans le coffre et que je veux qu'Edwin l'attrape.

– Tu vois, dit Edwin, si tu le fais à peine brandouiller, ça s'ouvre sans problème.

Il y a un *clic*; Edwin tourne le bouton et ouvre le coffre. Il se déplace pour sortir de sous le bureau, mais se cogne la tête et replonge sous le choc.

– Merde!

Il se prend la tête de la main gauche, mais il a toujours la droite cachée par la trappe relevée. Roman commence à glisser la main dans sa veste et Bolo change de position dans l'entrée.

– Ta main! Je veux voir ta main!

– Ouais, ouais.

Le coffre est un profond cylindre d'acier coulé dans du béton. Edwin m'a un jour confié qu'il lui a fallu un certain temps avant d'en trouver un suffisamment profond pour contenir un Remington calibre 12 entièrement monté, même à canon scié. Il se laisse tomber sur l'épaule gauche, roule sur le dos; sa main droite remonte du coffre et tient le fusil. Je m'écarte autant que je peux vers la gauche et me laisse tomber par terre. Roman essaie de sortir de la pièce et se heurte à Bolo qui, de son côté, s'est avancé pour mieux voir avant de tirer. Allongé sur le dos, Edwin pointe le canon raccourci du Remington vers le haut et appuie sur la détente. La cartouche est chargée en petits plombs, mais, à moins de trois mètres, la mitraille n'a pas le temps de se disperser. Roman la prend dans le haut de la poitrine; elle le repousse contre Bolo et les deux hommes s'écroulent dans la salle. On entend à ce moment-là les coups de feu des Russkofs qui tirent du bar avec leurs minuscules pétards. Une pluie de balles pénètre dans le cagibi. Edwin se tortille par terre, referme la porte d'un coup de pied et enclenche le double verrou du genou, nous enfermant à l'intérieur. La porte est blindée et comporte une simple fente par laquelle on peut faire tomber le contenu de la caisse tard le soir, à la fermeture. Les balles miaulent contre le métal, mais ne le traversent pas. Edwin se relève, colle le canon du Remington dans la fente et tire plusieurs coups d'affilée.

Le petit bureau est plein de fumée et des larmes me coulent sur les joues. Edwin prend une boîte de cartouches dans le bureau et recharge.

– Ces trous du cul vont crever. Tous ces trous du cul doivent crever ! Je vais te les descendre tous, ces trous du cul !

Le volet qui recouvre la fente se relève et le canon d'un des pistolets-mitrailleurs s'y glisse. Se déplace dans tous les sens en larguant une longue rafale qui pétarade comme une petite moto sans pot d'échappement. Dans le bureau, tout explose. Edwin et moi nous nous pressons contre le battant sous une pluie d'éclats de bois et de verre. Une balle ricoche et vient s'encastrer dans la paroi à côté de la tête d'Edwin.

– Font chier ! Vont crever, ces trous du cul !

Edwin enfonce le Remington dans la fente et ouvre à nouveau le feu. Il vide le magasin du fusil de chasse et entreprend aussitôt de le recharger. Nous nous collons contre la porte et attendons, mais le pistolet-mitrailleur ne revient pas.

– Merde ! OK, merde ! OK, on y va. Les deux cons Butch et Sundance en Bolivie, d'accord, Hank ? Allons-y, vieux.

Il remplit ses poches de cartouches.

– Edwin, vieux, les flics ! Attends ces cons de flics !

– Qu'ils aillent se faire foutre, vieux. Butch Cassidy et le Sundance Kid, c'est nous. On y va. C'est parti !

Pas question que je sorte d'ici, moi, pas question que je bondisse en hurlant que je veux mourir ! On entend de nouveau une rafale de mitraillette, mais aucune balle ne vient frapper la porte. Au lieu de ça, ce sont des cris assourdis qui nous parviennent de derrière le bar.

– C'est notre musique, Hank. Ouvre la porte ! Ouvre-moi cette putain de porte !

Je m'exécute.

Je me tiens à côté de la porte et… à peine ai-je tourné

les verrous et tiré le battant que nous nous mettons à hurler comme des déments – et Edwin s'effondre sur place, comme s'il venait d'être criblé d'une douzaine de balles à la fois.

Je referme le battant, pousse les verrous, m'adosse à la porte et je m'accroupis en m'efforçant de ne pas m'asseoir dans le sang d'Edwin. De l'autre côté, Roman se met à parler :

– Ça ne s'est pas bien passé du tout, pas vrai ?

On entend alors un bruit de sirènes qui se rapproche.

J'attends autant que je peux avant de sortir. Les sirènes sont maintenant très près et il faut que je fiche le camp. Roman, Bolo et Whitey ont disparu. Blackie est juste derrière la porte du bureau, la tête retombant sur le buste ; le gilet pare-balles que j'aperçois sous son survêt déchiré n'a pu rien faire pour lui. Ils devaient tous en porter.

Tout le monde est derrière le bar. Tout le monde. Empilé en un grand tas.

Amtrak John le cheminot ne me faisait pas payer quand je prenais son train pour aller voir des amis dans le Nord. Wayne nous avait aidés à monter l'énorme table dans le loft d'Yvonne et Sunday me préparait ses décoctions à base d'herbe quand j'avais un pet de travers. Dan apportait son décodeur pirate les soirs de finale et on la suivait gratos, puis on passait le reste de la nuit à regarder des films porno.

Lisa.

Edwin.

Les sirènes sont juste au coin de la rue. Je sors par

la porte de derrière et j'escalade un des escaliers de secours. Par les toits, je regagne l'Avenue A, ma rue, qui est tout à côté de celle du bar. Je redescends et traverse. Jason est en pleine activité: il explore les immondices qui s'entassent devant mon immeuble. Je passe devant lui et prends mes clefs pour ouvrir la porte d'entrée. Puis je m'arrête et me tourne vers Jason. Il dénoue soigneusement chaque sac-poubelle et le referme tout aussi soigneusement après y avoir récupéré les boîtes en alu. Je m'approche de lui et me mets à examiner l'empilement de sacs. Jason me jette un regard noir, mais poursuit son travail, nullement intimidé. Je repousse plusieurs sacs jusqu'à ce que j'aie trouvé celui qui pue le plus. Je l'ouvre et en retire le jean dans lequel j'ai chié. Et elle est exactement là où je l'avais mise, dans la poche revolver, en attendant de la donner à Edwin pour qu'il la mette dans le coffre – sauf que j'ai pris une cuite et que toutes ces personnes sont mortes parce que je n'arrivais pas à me rappeler où elle était. Je sors la clef de l'enveloppe, la mets dans ma poche et entre dans l'immeuble en laissant Jason à ses activités.

Les scellés et les rubans de la police sont apposés à ma porte, comme à celle de Russ. Les flics ont dû passer l'appartement au peigne fin après m'avoir récupéré chez Yvonne. Ne voulant pas faire sauter les scellés, je passe par le toit. Mon sac de linge propre est toujours là-haut, je le prends avec moi quand je redescends par l'escalier de secours. Je dois une fois de plus enjamber le garde-fou pour atteindre ma fenêtre. Une fois à l'intérieur, je me penche dehors pour récupérer le sac de linge.

Les flics ont consciencieusement fait leur boulot, mais à ce stade, je m'en fiche. La lumière du répondeur clignote. Maman a appelé trois fois, mais je n'écoute aucun de ses messages. Peux pas. Je m'assois sur le canapé et contemple ma clef. Le panneton est dentelé des deux côtés et elle se termine par une grosse tête, un bloc de plastique bleu portant gravé dessus le numéro 413d. C'est la clef d'un local de rangement. Un local de rangement de location. Je le sais, car j'en ai moi-même loué un dans un des immenses entrepôts du West Side ; j'ai une clef similaire, mais à tête rose, sur mon porte-clefs. Je reste assis et regarde droit devant moi, prenant soudain conscience de ce que j'ai sous les yeux. La caisse qui sert à transporter Bud. Bud est toujours dans la voiture de Roman. Sur le palier, quelqu'un fait sauter les scellés de la police et commence à forcer la serrure.

Je prends la batte en aluminium dans le placard, me place sur le côté de la porte et attends. Le verrou cède, le bouton tourne et l'intrus entre.

C'est un homme. Je lui plante la batte dans le ventre et, lorsqu'il se plie en deux, je lui en file une bonne sur l'arrière du crâne. Il s'étale pour le compte. Je repousse brutalement la porte de l'épaule et la verrouille avant que quelqu'un d'autre puisse entrer. Personne n'essaie. Je regarde le type allongé par terre, passe la pointe du pied sous lui et le retourne. C'est Russ.

La batte sous le bras, je vais jusqu'à l'évier, prends une chope en plastique sur le séchoir à vaisselle. C'est un souvenir rapporté du Candlestick Park[1]. Sur un

1. Ancien foyer des San Francisco Giants.

côté, on voit Willie Mays. Je la remplis d'eau froide, retourne jusqu'à Russ et la lui vide sur la figure. Une partie lui rentre dans le nez et dans la bouche, le faisant s'étouffer; c'est ce qui le réveille. Il roule sur l'estomac, tousse et finit par reprendre sa respiration. Il porte la main à sa tête et tâte l'endroit où s'est formée une belle bosse; il en coule lentement un filet de sang. Il lève alors la tête et me voit pour la première fois.

– Hank! Oh mon vieux, Hank! Bon, bon. Écoute, vieux, je viens récupérer mon chat.

Je le frappe avec la batte jusqu'à ce qu'il soit de nouveau inconscient, mais je m'arrête avant de le tuer.

TROISIÈME PARTIE

29 septembre 2000

Plus que deux matches de championnat à jouer

On parle de moi à la télé. À un coin de rue d'ici, NY1 et toutes les autres stations locales sont en direct de la scène du pire massacre dans l'histoire récente de New York et repassent toutes les cinq ou dix minutes la déclaration de la police.

Un flic en grand uniforme, la poitrine constellée de médailles tellement il a arrêté de criminels, se tient devant le Paul's et lit son communiqué :

– Voici, euh… excusez-moi, s'il vous plaît, mais j'ai une déclaration à faire et je ne la lirai qu'une fois. Il s'agit d'une simple déclaration préliminaire. Pour l'instant, nous savons… nous croyons… qu'il vient de se dérouler une véritable bataille rangée à l'arme à feu entre le propriétaire du Paul's et un certain nombre d'agresseurs qui semblent avoir voulu cambrioler son établissement. Nous avons… nous avons sept morts confirmés, y compris un des assaillants. Nous demandons à toute personne s'étant trouvée dans le secteur et ayant pu voir ou entendre quelque chose d'anormal de bien vouloir nous contacter. Nous euh… nous recherchons également un ancien employé du Paul's pour l'interroger dans le cadre de cette tragique affaire. C'est tout.

Les flics ne sont pas idiots. Ils sont arrivés dans mon appartement il y a un peu plus d'une heure, ont vu les scellés brisés, y ont fait irruption l'arme à la main et l'ont trouvé vide. Russ et moi étions assis en silence dans son appartement de l'autre côté du palier, pendant qu'ils fouillaient le mien de fond en comble avant d'y apposer de nouveaux scellés.

Russ est installé sur le canapé, un sac de glace sur la tête, et regarde la télé le son réglé le plus bas possible, pendant que je me coupe les cheveux avec ses ciseaux pour ne garder qu'une brosse ultracourte. Je me suis déjà soigneusement rasé pour me débarrasser du chaume que j'avais au menton quand la police a pris ma photo la veille.

Tôt ou tard, les flics devront manger le morceau. Un petit malin de journaliste va flairer quelque chose et il faudra lui expliquer par quel mystère un homme qu'ils avaient arrêté dans le cadre d'un meurtre s'est échappé et s'est retrouvé impliqué, cette fois, dans un massacre. Après quoi, ma photo paraîtra partout. J'espère bénéficier d'un délai de grâce d'au moins vingt-quatre heures.

Sur le canapé, Russ est encore un peu groggy des coups qu'il a reçus sur le cigare; je ne pense pas qu'il va me poser beaucoup de problèmes maintenant que j'ai son pistolet.

À son second réveil, il était pas mal dans le cirage.
– Bordel, Hank. Qu'est-ce qui te prend?
– Roman te cherche, Russ.

– Roman ?

– Roman te cherche, Russ.

Il touche la bosse sanglante à l'arrière de son crâne et fait la grimace.

– Bordel, Hank, j'sais pas qui est ce con de Roman. Qu'est-ce que tu déconnes, mec ! Pourquoi tu m'as frappé ?

– Le type aux cheveux rouges, le Chinetoque… il est mort. L'un des Russkofs aussi. Roman, Bolo et l'autre Russe te cherchent, me cherchent et cherchent la clef, Russ.

– Des Russes ? À quoi ils ressemblent, tes Russes ?

– Et Eddie et Paris te cherchent, eux aussi.

Il me regarde. Le sang qui lui coule de la tête a atteint son cou et tache le col de sa chemise.

– Eddie et Paris ?

– Ouais.

– Merde, oh, merde ! Oh, mec, merde-merde-merde.

– Ouais, merde, en effet, Russ.

C'est à peu près à ce moment-là qu'ayant suffisamment repris mes esprits, j'ai pensé à sortir par la fenêtre pour rejoindre l'appartement de Russ par l'escalier de secours avant que les flics ne se pointent. Ils ont monté l'escalier de manière très discrète, mais une fois qu'ils ont vu que les scellés avaient été rompus, ils n'ont pas fait dans le détail. Je les ai surveillés par l'œilleton de Russ jusqu'à ce qu'ils repartent. Quand je me suis retourné, Russ me braquait un petit calibre .22 chromé sur la figure.

– Désolé, vieux, mais faut que j'y aille. Alors donne-moi la clef, OK ?

Du menton, je lui montre ma veste sur le canapé.

– Dans la poche.

Il jette un coup d'œil à droite, j'en profite pour détourner l'arme de mon visage d'une bonne claque. Je m'empare de son poignet de la main gauche tout en l'attrapant par sa chemise de la droite et lui balance un coup de genou dans l'entrejambe. Il s'effondre par terre, je lui mets quelque chose sur la bouche pour étouffer ses grognements. Après quoi je ramasse son arme et allume la télé pour regarder les informations et, exactement comme on le voit dans les films de gangsters, on parle de mes «crimes». C'est à ce moment-là que je passe dans la salle de bains pour me raser.

J'ai dû lui provoquer un traumatisme crânien la deuxième fois où je l'ai frappé avec la batte. Cela me serait parfaitement égal s'il n'avait pas autant de mal à se concentrer et à se montrer cohérent.

– J'suis désolé, vieux, je suis foutrement désolé, tu peux pas savoir. Oh, bon Dieu, j'suis désolé.

– Il faut qu'on parle, Russ, maintenant. J'ai besoin que tu m'expliques certaines choses. Tu m'écoutes, Russ?

– Non, vieux, c'est fini, vaut mieux pas que je te dise. Oh, bon Dieu, j'suis désolé. Je suis juste un tas de merde et je suis désolé.

– Calme-toi, Russ, calme-toi un peu qu'on parle tous les deux, OK?

Il se balance sur le canapé en tenant le sac de glaçons contre son crâne et détourne les yeux dès que j'essaie de croiser son regard.

J'ai échangé ma veste contre une des siennes, un

coupe-vent doublé avec le logo des Yankees dans le dos. Enculés de Yankees. Ils se prennent pour les maîtres du monde. Rien d'autre de ce qu'il a ne me va, mais j'ai tout de même trouvé des lunettes noires enveloppantes qui cachent assez bien mon œil au beurre noir. Je lui ai aussi piqué son radio-baladeur. Je pourrai rester branché sur les infos et cela ne fera que contribuer un peu plus à mon déguisement.

– Allez, Russ, bouge-toi ! Faut y aller maintenant.

– Non. Non, vieux. Je vais rester ici.

– Les flics ne sont pas complètement idiots, Russ. Ils vont rappliquer. Et si ce ne sont pas eux, ce sera Roman.

– Fait chier. Rien à foutre. T'imagines pas le merdier…

– Eddie et Paris sont déjà venus ici, Russ.

Il arrête de se balancer et me regarde.

– Merde, Hank, faut se barrer.

Nous sortons une fois de plus par la fenêtre.

Nous passons par les toits pour éviter les flics en bas de l'immeuble et faisons tout le tour du bloc jusqu'à la Première Avenue. Un hélico tourne dans le ciel, mais il semble surtout s'intéresser au secteur à l'est de l'Avenue A, qu'il ne cesse de balayer avec son projecteur. Nous connaissons une alerte sérieuse lorsque nous tombons sur une équipe d'ouvriers au travail sur un des toits. Ils réparent les trous du papier goudronné et nous tournent le dos. Nous nous faufilons par la porte donnant accès au toit qu'ils ont maintenue ouverte à l'aide d'une brique. Nous descendons l'escalier et sortons dans la Première. Nous passons sous le nez de deux représentants de la fine fleur policière de New York, je hèle un taxi et nous voilà partis. Parlez-moi du flair des flics de la Grosse Pomme.

Russ s'effondre sur le siège et laisse sa tête ballotter contre le dossier. Il est en plus mauvais état que je ne croyais. Je l'oblige à me regarder, couvre son œil droit de la paume de ma main et la retire brusquement, pour voir sa paupière se dilater, puis je recommence avec le gauche. Le droit va bien, mais le gauche se dilate irrégulièrement. Ça doit faire de sacrés nœuds là-bas derrière. Pour couronner le tout, du sang commence à suinter sous sa casquette. Je n'ai pas eu le temps de lui faire un pansement quand nous étions dans l'appartement et tout mon matos de premiers secours se trouve dans le sac que j'ai laissé dans la voiture de Roman. J'ai pris un gros paquet de papier toilette que j'ai imbibé de vodka (une bouteille traînait sous son évier), je le lui ai collé sur le crâne et par-dessus j'ai enfoncé un bonnet de ski pour tout tenir en place.

Nous avons atteint le secteur nord de l'avenue et le chauffeur voudrait avoir une destination un peu plus précise. Je donne une petite secousse à Russ.

– Russ, hé, Russ. Qu'est-ce que t'en penses, mec? Si tu me disais exactement où on doit aller?

– Quoi, où on doit aller? Que…

– Russ, où on va? Russ?

Le chauffeur devient nerveux d'avoir à simplement remonter la Première. Je lui dis d'emprunter la voie rapide du West Side. Puis je me tourne vers Russ et lui fais danser la clef bleue devant les yeux.

– Alors, mec? On va jeter un coup d'œil?

Son regard se focalise sur la clef.

– Hé, mec, mais c'est ma clef, ça.

– À quoi elle sert, Russ? À quoi elle sert?

– Bordel, mec, comment ça se fait que t'as ma clef?

– À quoi elle sert?

– C'est pour ma… mon box, mec.

– Où ça?

– Le garde-meuble Mini Storage. Chelsea.

Je dis au taxi de nous conduire au Chelsea Mini Storage. Russ se laisse retomber contre la banquette, je lui fouille les poches à la recherche de monnaie pour payer la course. Mon argent est aussi dans la voiture de Roman, avec Bud. Je trouve soixante-dix-huit dollars, une carte de crédit, le rossignol dont il s'est servi pour forcer ma porte et un paquet de chewing-gums. Je lui pique son portefeuille et les chewing-gums.

Il faut signer le registre avant de monter. Russ est encore trop secoué pour le laisser avoir des inter-actions avec quelqu'un d'autre; je signe à sa place et donne au type derrière la vitre le numéro du box. Il ne demande ni pièce d'identité ni rien, nous refile deux passes qu'il nous demande de porter en permanence et nous montre l'ascenseur.

Le type qui manœuvre l'ascenseur nous demande nos numéros de passe. Je lui donne les deux. Russ se tient debout dans un coin et secoue la tête de temps en temps. Le type de l'ascenseur ne cesse de nous jeter des coups d'œil. Entre le crâne bosselé de Russ et le mien pratiquement rasé, nous avons l'air de nous être évadés d'un pavillon de cancéreux en phase terminale. L'ascenseur s'arrête au quatrième et nous sortons.

Des couloirs et des couloirs, des enfilades de portes partout, toutes parfaitement identiques au numéro près. Russ ne m'est d'aucune utilité pour trouver le chemin et nous errons çà et là jusqu'au moment où nous trouvons enfin le 413d.

Je dois un peu brutaliser la serrure pour qu'elle s'ouvre et le pêne reste bloqué à l'extérieur. Nous nous retrouvons dans un volume de cinq mètres par cinq, au beau milieu duquel est posé un énorme sac de hockey. Je fais passer Russ à l'intérieur, allume le néon et referme la porte derrière nous. Puis je m'avance jusqu'au sac et en ouvre la fermeture à glissière.

Lorsque Roman m'a dit qu'ils étaient à la recherche d'un «objet», j'avais imaginé des oiseaux noirs incrustés de pierres précieuses, des petites statuettes d'or, voire l'Arche d'Alliance. Apparemment, il avait simplement voulu dire qu'ils couraient tous après un sac bourré de liasses et de liasses et de liasses de billets.

Je contemple toutes ces coupures de vingt, de cinquante, de cent. Russ a un vague geste englobant la pièce.

– J'aurais pu avoir un box moins cher, mais j'ai pris un grand pour avoir, euh… eh bien, assez de place pour le compter dedans.

Russ compte les vingt et les cinquante pendant que je m'occupe des cent; c'est effectivement une bonne idée d'avoir toute cette foutue place parce qu'une fois qu'on commence à faire des piles avec tout cet argent, ça n'est pas de trop. C'est le genre de pactole qui rend un homme idiot, très idiot. Russ, par exemple, s'est montré très idiot.

Il a rencontré Eddie et Paris dans un camp de jeunesse du Montana.

– On s'est entendu, Eddie et Paris et moi, parce qu'on était tous des fanas de BD, genre *X-Men*, *Les Quatre Fantastiques*, *Chapeau melon et bottes de cuir* et autres conneries du genre. On avait le droit d'aller en ville de temps en temps, comme les week-ends par exemple, alors moi, eh ben, je piquais des BD et je les partageais avec Eddie et Paris. Ces conneries de bandes dessinées, c'est beaucoup plus marrant quand tu peux en parler avec quelqu'un, alors moi, Eddie et Paris, on parlait BD tous les trois, tu vois ? On devait tous rentrer chez nous à peu près à la même époque et on a imaginé comment se retrouver vu que moi, de mon côté, j'envisageais d'aller en ville. Mais voilà, un des conseillers, il se prend le gros béguin pour Eddie et il essaie ben... disons... de le violer et tout le bazar, alors Eddie et Paris lui tranchent la gorge et donc, ils se retrouvent en taule pour de bon.

J'atteins la somme de cent mille dollars et j'arrête un instant de compter. La pile de billets en vrac est encore considérable.

– Bref, moi, je suis rentré chez moi, mais, tu vois, j'ai continué à leur envoyer des BD parce que j'étais désolé pour eux, tu comprends, dans leur taule pour mineurs, tout ce qu'ils avaient fait, c'était zigouiller un enfoiré de pédophile et de violeur d'enfants. On avait, quoi ? Dans les douze ou treize ans quand tout ça est arrivé et ils sont restés bouclés jusqu'à leurs dix-huit ans et tu peux me croire qu'ils avaient appris toutes les combines, ce qui ne les a pas empêchés de terminer leurs études secondaires. Ils étaient vraiment reconnaissants que je sois resté en contact avec eux, tu vois, en leur envoyant toutes ces BD et des conneries du genre. Leur mère voulait plus les voir après l'affaire du conseiller égorgé, si bien qu'ils n'avaient nulle part où aller, rien, pas de maison, et comme j'avais un appart dans le Harlem hispano, ils sont venus s'installer chez moi.

Au début, j'essayais de compter les billets. Maintenant, je me contente de les faire passer rapidement sous l'ongle pour vérifier qu'il n'y a que des cent et de supposer que chaque liasse fait mille dollars avant de l'empiler sur la précédente. À un moment donné, je m'arrête pour souffler un peu et prends un chewing-gum pendant que Russ continue de parler et d'empiler les petites coupures.

– À cette époque, je piquais déjà pas mal de trucs à droite et à gauche. Ouais… la cambriole avec effraction, quoi, mais à petite échelle, des trucs sans conséquences. Mais Eddie et Paris, ils avaient été, comment dire? élevés à la haute école pendant qu'ils faisaient leur temps. Ils faisaient déjà dans les trucs violents: vol avec agression, gros bras pour les usuriers, vol de bagnoles, cambriolage des magasins d'alcool, de cigarettes et des trucs comme ça. Mais là, ils étaient passés au stade de vol à main armée. Mmm.

Les petits silences se multiplient dans le récit de Russ. Pendant quelques instants ses paupières deviennent lourdes; puis il secoue la tête, émet un de ses petits «mmm» et reprend le fil de son récit.

Il continue de former des piles de billets, mais il a de plus en plus de mal à les faire tenir debout. Je m'approche et les redresse. Il me remercie d'un petit signe de tête et je lui montre le mur. Il s'y adosse pour poursuivre son histoire.

– Ils se sont fait repiquer, bien sûr, et ce coup-là, ç'a été du sérieux. Ils avaient dessoudé le type de la sécurité qui gardait les distributeurs automatiques. Bon, ils sont condamnés mais écoute un peu ça: on décide de les transférer de Rikers à une autre prison dans le nord de l'État, on les fout dans un van et, comme c'est l'hiver, le van tombe sur une plaque de verglas et se fout en l'air. Et figure-toi que les flics de l'escorte, eh bien, la loi les oblige à mettre la ceinture de sécurité aux prisonniers, mais eux ils n'avaient pas mis la leur. Donc le van se retourne, les flics volent dans tous les sens, tués tous les deux, et Eddie et Paris ont seulement à défaire leur ceinture et à sortir du van… juste avec quelques égratignures.

Toutes les piles sont bien droites à présent, et je m'arrête une seconde pour les regarder. Je pense aux accidents de voiture et aux ceintures de sécurité et dans ma tête je revois Rich franchir le pare-brise à l'horizontale à côté de moi. Je me remets à compter.

– Et ça rate pas, t'as le Bon Samaritain qui s'arrête pour voir s'il peut faire quelque chose et Eddie et Paris l'assomment, lui piquent ses clefs, son fric et sa bagnole, et reviennent en ville encore équipés de leurs chaînes et du sarrau de prisonnier. Ils débarquent chez moi et je leur arrange ça. Ils piquent une autre bagnole et se barrent de la ville. Mmm. À ce stade, on n'était encore que des gosses, au fond. C'était en 89 ou 90, à peu près, on avait une vingtaine d'années.

Ils descendent jusqu'en Floride où ils se retrouvent à faire le sale boulot pour des gangsters cubains. Moi… Mmm… Moi, je continue de faire mes conneries, sauf que je chope le virus de faire acteur, alors je commence à prendre des cours et tout le tremblement. C'te putain de New School ! J'ai joué dans des trucs comme *As the World Turns* [1] pendant un moment, j'ai eu des petits rôles à Broadway, aussi. Hé vieux, j't'ai jamais dit que j'avais joué avec Richard Foreman ? Sans déconner, à poil sur scène. Mais tu vois, je continuais à piquer des trucs et à faire des conneries. Le théâtre, c'était mon boulot officiel. Mmm…

Les tas de billets sont de plus en plus hauts. Je crois avoir terminé les vingt et les cinquante. Ne restent plus que les cent. Les nombreux, très nombreux billets de cent qui restent. En regardant ce qui est déjà empilé et en comparant avec ce qui reste dans le sac, je commence à me faire une idée plus précise de ce que doit représenter le total. Mes mains tremblent un peu et je suis obligé de serrer les poings très fort un instant pour qu'elles arrêtent.

– Bon, ils restent en Floride quelques années, mais ils finissent par avoir un différend avec les Cubains et ça se termine plutôt mal. Je ne connais pas vraiment les détails, mais d'après ce que j'ai pu comprendre, il y a eu une scène dans le genre, tu vois, plein de pétards, des tas de coke et une machette. Un truc à la *Scarface* Chicago années vingt. Mmm… Ils ont donc été obligés de se tirer et vu que du temps avait passé, ils décident de revenir à la maison et se repointent

---

1. *Soap opera* le plus long de la TV américaine (il débuta en 1956).

dans le secteur. Ils me téléphonent un jour, comme ça, et je les aide à trouver une piaule. Mmm… À trouver une piaule et tout comme il faut. Ils restent tranquilles un temps, puis ils se remettent aux braquages dans le genre gros joueurs de poker et fric de la drogue. Ils s'imaginaient pouvoir garder profil bas s'ils restreignaient leurs activités au monde des criminels. Ils se disaient, de toute façon tout le monde s'en fout, pas vrai ?

Je continue de compter.

– Pendant un moment, je leur donne un coup de main de temps en temps, genre conseiller technique pour des boulots particuliers. Mais leurs coups étaient foutrement trop chauds pour mon goût. Ça rapportait gros, mais on risquait gros aussi. Mmm… J'aimais pas trop les risques, là. Dans un crime normal, les flics te piquent et te foutent au trou, c'est tout. Mais dans le genre de conneries qu'ils faisaient, quand ce sont d'autres criminels qui te chopent, ils te font passer un sale moment et ça peut se terminer très mal. Mmm… Bref, c'est à peu près à ce moment-là que j'ai fait équipe avec Lum. Le petit Chinetoque. Celui qui a les cheveux rouges.

Russ est toujours assis par terre, adossé au mur, les yeux fermés.

– J'avais rencontré Lum grâce à des amis, tu vois, et lui, c'était un vrai prodige du crime. Il voulait passer à la vitesse supérieure et je l'ai donc mis en cheville avec Eddie et Paris, ils l'ont en quelque sorte pris sous leur aile. Mmm… Bon, évidemment, ça devait mal finir un jour ou l'autre et ça n'a pas raté. Ce qui est arrivé, c'est que des gens, des gens de l'autre côté, ont eu vent de ce qu'ils mijotaient et leur ont fait parvenir des informations bidon, tu vois, par des canaux auxquels ils se fiaient d'habitude. Ils sont partis braquer les joueurs d'une partie de cartes en les prenant juste pour des mecs qui s'occupaient de paris clandestins. Sauf que c'étaient des flics, les joueurs de cartes.

Je compte.

– Eddie et Paris mouftent pas. Ils font comme si de rien n'était alors que les flics leur disent qu'ils sont cuits et recuits. Et les choses se mettent à mal tourner quand un flic essaie de prendre le pétard qu'il a à la cheville. Mais bon, Eddie et Paris sont pas idiots. Ils ne veulent surtout pas tuer un flic; ils l'amochent sérieusement et foutent le camp avec le fric du pot. Sauf que maintenant, ils sont dans des putains de sales draps et ils se demandent s'ils ne feraient pas mieux de foutre le camp… et c'est à ce moment-là que Roman entre dans la danse. Mmmm… Roman, il était dans le genre super-flic comme autrefois, style Serpico, la loi le faisait bander. Sauf que, voilà l'histoire: il aimait jouer. Ce sont des choses qui arrivent, pas vrai? Il parie ici et là, commence à avoir des dettes et fait un ou deux petits coups pour se refaire et, le temps de le dire, le voilà devenu un vrai malfrat. C'est comme ça que ça marche, tu vois. Mmmmmmm… À ce stade, c'est un as de la cambriole et il est aussi crade que l'enfer. Il se met aux trousses d'Eddie et Paris, un vrai chien de meute. Et il les retrouve. C'est le grand face-à-face et il étale son jeu. Il leur raconte que ça fait un moment qu'il les surveille. Qu'il les admire beaucoup, en quelque sorte, qu'il reconnaît leur talent et qu'il aimerait bien, tu vois, être leur manager. Et c'est ce qui arrive. Il les embauche et en fait des stars. Mmmm…

Je compte.

– Pour commencer, il recentre toutes leurs combines, les jeux de cartes et les autres, sur les Blacks du Bronx. Ces types savent ce qui est arrivé à Amadou Diallo[1] et ne mouftent pas quand ils se font racketter. Ensuite, il se met à leur fournir des coups en se servant de ce qu'il sait en tant que policier et tout le bazar. Il commence dans le secteur, puis il étend ses activités aux trois États. Mmmm… J'en croque aussi, des trucs comme du recel, leur procurer un outil, les débarrasser d'une bagnole, rien de bien méchant. De temps en temps, Roman les met sur un super-coup, et pour ça il leur envoie son gorille. Bolo. Bolo, autrefois, c'était un docker. Roman l'avait arrêté pour des détournements de marchandises, puis l'avait mis au travail pour lui. Il en avait fait son homme dans la rue. Mmmm… J'vais te dire. T'as vu Eddie, Paris, Lum et Bolo arriver dans une pièce et se mettre au boulot ? On entre dans un monde différent, mec. La peur à l'état pur. Ensemble, ces gars-là dégagent des ondes de peur. Les gens leur donnent tout ce qu'ils veulent et si jamais ils se montent récalcitrants ou font des manières, le marteau tombe et c'est tout. Genre, malheur à cet enculé.

Je regarde ce qui reste dans le sac. Je suis dans la dernière ligne droite.

– Mmmm… Bon, bon, ça dure comme ça des années, OK. Ils font quatre ou cinq coups par an, profil bas le reste du temps, et recommencent. Tout baigne. Roman repère une affaire potentielle, fait les recherches, envoie son équipe, ils font le coup, lui calme le jeu au max ensuite, et tout le reste est

1. Africain victime d'une bavure policière en 1999.

purs bénefs. Roman, il est toujours autant accro au jeu. C'est pour ça qu'il investit tous son fric dans les actions des casinos d'Atlantic City, si tu vois ce que je veux dire. Bolo et Lum, ce qui les intéresse, c'est juste faire la foire, et ils la font. Eddie et Paris vivent comme des putains de moines ; ce que je veux dire par là, c'est qu'en dehors des nanas et des bagnoles, ils n'ont besoin de rien, ces types. Ils picolent et s'envoient des putes, mais pas de drogue, pas de joncaille, pas de babioles, pas de putain de Lexus, pas de palais. Rien que leur Cadillac et les meilleures armes sur le marché. Ils stockent leur pognon mais pas dans une banque… sous leur matelas, si ça se trouve. Mmmm…

J'ai fini de compter. Je m'adosse au mur à côté de Russ et regarde les piles de billets en mâchant mon chewing-gum pendant qu'il finit son histoire.

– À un moment donné, y a du grabuge. Les gars se sont lancés dans un coup sur les microprocesseurs. Les trucs en silicone, les puces, si tu préfères. Ça a un côté irréel, ce genre d'affaires. C'te connerie technologique t'a changé toute la bon Dieu d'économie. Bref, manque de pot, une autre bande est sur le même coup. Sacrée fusillade, mec. Ça déménage sec. Les flics rappliquent et Eddie, Paris, Bolo et Lum ne s'en tirent qu'à coups de pétard, sauf que cette fois trois poulets restent sur le carreau. Mmmm… Le genre de scandale que même Roman ne peut pas étouffer. Il est temps que la bande se sépare. Roman planque Bolo quelque part dans le New Jersey pour pouvoir s'en servir en cas de besoin, mais les autres, il les envoie balader. Pour Eddie et Paris, pas de problème. Ils font leurs valises et retournent dans le Sud. Mmmm… Là, ils restent sans faire de vagues pendant un an, puis ils ont une idée et me passent un coup de fil. Tu comprends, Eddie et Paris, ils voudraient bien se ranger des voitures, mais ils estiment qu'ils n'en ont pas assez de côté pour ça ; alors ils veulent monter une série de coups, récupérer leurs billes et foutre le camp au Mexique ou dans un coin de ce genre.

Le Mexique. J'imagine une bière mexicaine avec un filet de citron vert…

– Mmmm… Mmmm… Eddie, ouais, Eddie, il a pas mal appris avec Roman et il a un plan. Son idée, c'est écumer le Sud et remonter par le Midwest en attaquant des banques. Pas les grandes agences, mais beaucoup de petites, les banques des fermiers et des commerces dans les petits patelins, tu vois. Ils reprennent contact avec Lum pour en faire leur chauffeur, leur spécialiste en alarme… tous les problèmes techniques. À moi, ils me demandent de les aider avec les billets. Mmmm… L'argent des banques est chaud et il faut le recycler. Mais ils savent que je ne peux pas faire ça tout seul, et c'est là qu'ils appellent Roman pour le mettre dans le coup. Mmmm… Roman a tous les contacts, y compris, écoute-moi un peu ça… mmmm… y compris la mafia russe. Et voilà comment ces deux crapules de Bert et d'Ernie se retrouvent à leur tour sur le coup. Mmmm…

Bert et Ernie. Je revois Blackie sur le plancher du bar, presque décapité. Je me demande lequel des deux c'était.

– Voilà comment c'était organisé. Eddie et Paris m'expédiaient le fric… par Federal Express, t'imagines ça, c'est pas croyable. Moi, je le passais à Roman, qui le passait aux Russes, et les Russes se chargeaient du recyclage et me le retournaient ; et moi, j'étais chargé de le planquer. Si Eddie et Paris s'étaient fait choper, ils ne voulaient pas avoir le fric avec eux, tu comprends. Moi, j'avais droit à un fixe. Les Russes touchaient un solide pourcentage sur le tout, Roman en prenait un autre sur le solde net et les gars et Lum se partageaient le reste. Et ça marchait au poil. Mmmm… Bref, Eddie et Paris se lancent dans une campagne criminelle grand format, hold-up sur hold-up, on se serait cru à Dodge City, sans déconner. Ils sont bien connus des flics et font partie des dix criminels les plus recherchés par le FBI, mais on dirait qu'ils sont insaisissables. Ils sont tellement rapides qu'on n'arrive pas à leur mettre la main dessus. Leurs attaques se multiplient pendant presque deux ans et le fric s'entasse, s'entasse… d'ailleurs, tu vois le résultat, mec.

Il ouvre les yeux et nous contemplons tous les deux l'argent. Il y en a vraiment beaucoup.

– Mais il y a environ deux semaines, ils disent, c'est bon, on va venir en ville pour récupérer le paquet. Ils envoient le pognon de la dernière banque, je recycle, je l'apporte ici et je le mets avec le reste… et je crois que c'est là que j'ai commencé à péter un câble et à penser à de drôles de trucs, tu sais, et que tout a commencé à déconner. Mais tu comprends, mec, c'est juste que, juste que… un putain de tas de fric, tu vois ? C'est juste que ça m'a rendu zinzin. Mmmm… Je me sens pas trop bien, vieux.

Il s'évanouit. Je l'allonge par terre, vérifie à nouveau ses pupilles. La gauche déconne encore un peu. Je lui retire le bonnet de ski. Le paquet de papier toilette tombe en même temps, mais il en reste un peu de collé à la plaie. J'essaie de l'enlever de son cuir chevelu, mais Russ fait plusieurs fois la grimace sans se réveiller et je laisse les choses en l'état. Il faudrait nettoyer la plaie et la recoudre, mais pour le moment l'hémorragie est arrêtée et il faudra s'en contenter.

Je me place devant la porte et m'allonge par terre avec le blouson des Yankees en guise d'oreiller. Je n'ai pas dormi depuis que je suis passé chez Yvonne – je ne sais même plus à quand ça remonte. Dès que je me tiens tranquille, je me rends compte que ma plaie est terriblement douloureuse et je suis obligé de prendre un cachet entier de Vicodine.

Étendu là, je fixe les piles de billets pendant que le brouillard envahit mon cerveau. Il y a plus de quatre millions et demi de dollars et je sais exactement ce que Russ a voulu dire. Je commence à me sentir un peu plus zinzin à chaque seconde qui passe.

D'être réveillé par un cauchemar ne fut pas une surprise. Le froid s'était glissé insidieusement du sol jusque dans mes os ; je m'assois lentement, je m'étire pour atténuer les courbatures, puis j'enfile le blouson de Russ en jouant des épaules. Il dort encore. Sa respiration est lente et régulière. Je ne le réveille pas. Le sommeil est certainement ce qu'il y a de mieux pour sa tête en ce moment. En le regardant, je me rends compte qu'il présente une certaine ressemblance avec Rich. Même chevelure bouclée brun clair, bien que nettement plus courte. Un grand sourire tout en dents. Un même corps noueux. Plutôt des cousins que des frères. J'arrête de m'occuper de lui pour contempler le pactole.

Je fais quelques calculs de tête. Quatre millions

et demi divisés par neuf font cinq cent mille. À ma connaissance, neuf personnes sont mortes à cause de cet argent. Je pense à la famille d'Yvonne. À son illuminé de papa philosophe et à sa maman prof de yoga. Je pense à la fille de Wayne et à l'ex-femme d'Amtrak John – avec laquelle il vivait encore et qu'il aimait. Je sens mon estomac se retourner. Je ne peux pas désirer tout ce fric. Et pourtant si, et même… je le veux. J'ai la clef, Russ, l'argent. Pour la première fois de ma vie, j'ai tout ce que tout le monde désire et je ne veux pas le perdre ce coup-ci.

Je ferme les yeux et, encore une fois, Rich passe comme un projectile à côté de moi, franchit le pare-brise explosé, se fracasse contre l'arbre. Mes années de vie médiocre s'empilent et me cernent. Cet argent n'est pas à moi. Cet argent n'est pas pour moi. Il est destiné à une personne plus méritante ou moins impitoyable. Pour moi, il représente l'instrument qui me permettra de reconstruire ce qui reste de ma vie. J'inspire profondément, j'exhale et recommence jusqu'à ce que mon cœur arrête de cogner et que je me sente de nouveau moi-même.

J'ouvre les yeux. Russ est réveillé. Il me regarde, un petit sourire sur le visage.

– Ça rend difficile de penser clairement, pas vrai ?

Russ range l'argent dans le sac de hockey pendant que je cherche un bulletin d'information à la radio. Sa concentration s'est améliorée, mais son œil gauche est toujours dans le même état et il continue à avoir des absences quand il parle. Je le surveille de près pour vérifier qu'il ne barbote pas quelques billets au passage.

À la radio, on ne parle que du Paul's. On ne prononce toujours pas mon nom, mais on continue de mentionner l'existence d'un «ancien employé». Puis je me branche sur NPR et constate que les radios nationales ont repris la nouvelle:

Une tentative de cambriolage ratée dans un bar s'est soldée par sept morts ce matin à New York.

J'éteins la radio. Je me mets à transpirer par tous les pores de ma peau et des larmes tentent de s'accumuler dans mes yeux. Comment ai-je pu être aussi con et ne rien voir venir?

– Russ, faut y aller, dis-je.

– Attends une minute. Mmmm… J'suis presque prêt.

– Faut y aller tout de suite.

– Une minute.

Je l'agrippe, le fais mettre debout et le repousse contre la porte.

– Tout de suite, putain de con, tout de suite!

– OK, mec, OK.

Je commence à sortir du box et reviens sur mes pas. Russ a remis presque tous les billets dans le sac, mais il en reste quelques tas éparpillés sur le sol. Je prends une liasse de vingt et une autre de cent et suis Russ à l'extérieur.

Nous attendons l'ascenseur.

– Qu'est-ce qui se passe, mec?

– Il faut que je téléphone.

– Et pour le… mmmm… fric?

La cabine met un temps fou à monter. J'appuie de nouveau sur le bouton, je l'enfonce et j'entends la sonnerie qui retentit dans le puits de l'ascenseur, bruyante.

205

– Hé, mec, et le fric?

Je maintiens le bouton complètement enfoncé et ferme les yeux. Mais qu'est-ce qu'il branle?

– Hé, mec, je te demande, le f-f-f-fric?

Je lâche le bouton, prends Russ à la gorge et le plaque contre le mur. Ses yeux tournent dans tous les sens, les rugosités du ciment font à nouveau saigner la plaie de son crâne.

– Fais pas le con, mec, fais pas le con!

Je lui écrase un peu la gorge, il arrête de jurer, il cherche de l'air.

– Le fric, y en a pas, Russ. Y a plus de putain de fric! Tous mes potes sont morts, bordel, morts, clamsés! Il n'y a plus de putain de fric parce que tous mes amis sont morts, tout ça parce que tu m'as donné ton con de chat à garder, et maintenant y a plus rien, t'entends?

Son visage est passé du rouge au pourpre enflammé. Je le lâche. Il se laisse glisser le long du mur et reste assis, hoquetant, se tenant la gorge, tandis que je m'appuie du front contre la paroi.

– Merde, Hank, merde…

– Ouais, merde, c'est ça.

Nous restons silencieux quelques instants, puis il se remet lentement debout.

– Dis, Hank?

– Ouais.

– Où il est… mmmm… Bud… au fait?

Je détache mon front du mur et ouvre les yeux.

– C'est Roman qui l'a.

– Merde.

– Ouais. Russ?

– Ouais?

– Tu saignes encore. Remets ton bonnet.

Il remet son bonnet. J'enfonce encore une fois le bouton et les portes de la cabine s'ouvrent. Le liftier est là.

– Arrêtez d'appuyer comme ça sur ce bouton, mec. J'suis là.

Pendant la descente, il reprend nos passes. Je lui explique que nous risquons de revenir plus tard, mais il me dit qu'il nous faudra de nouveaux passes. Dès que nous atteignons le rez-de-chaussée, je me précipite vers le taxiphone et décroche avant de remarquer le panneau EN DÉRANGEMENT scotché à côté sur le mur.

Journée ordinaire pour les taxiphones de New York. Nous prenons vers l'est en essayant d'en trouver un qui fonctionne. Je finis par en dégotter un qui me donne la tonalité, c'est dans la Huitième Avenue, mais quand j'appuie sur les chiffres, je n'ai aucun son. Je fais claquer le téléphone sur sa fourche, une fois, deux fois… jusqu'à ce qu'il explose et ne tienne plus que par quelques fils. Je cherche des yeux la cabine suivante lorsque Russ me prend par l'épaule et me montre le magasin d'appareils électroniques de l'autre côté de la rue. Je lui fais *oui* de la tête et nous traversons.

Je paie le téléphone en liquide et ouvre la ligne avec une des cartes de crédit de Russ. Quand il constate que je détiens son portefeuille, il commence à vouloir dire quelque chose, mais s'interrompt de lui-même avant. Le vendeur n'arrête pas de m'offrir ci et ça. Pour que les choses aillent plus vite, je prends le modèle luxe et tout ce qu'il veut… je me fous de ce que ça coûte. En tout, cela nous prend vingt minutes et je me retrouve avec un de ces appareils dont l'antenne se détourne de votre tête pour que le signal ne vous colle pas de tumeur au cerveau.

De nouveau dans la rue, j'entraîne Russ dans un coin de porte tranquille un peu à l'écart et compose le numéro.

C'est samedi. Ils sont tous les deux à la maison.

– Salut, m'man.

– Henry ! Oh, mon Dieu, Henry ! Oh, mon Dieu, mon Dieu !

– Écoute, m'man…

– Henry, oh, mon Dieu !

– M'man, je vais bien, je vais bien, je… écoute-moi… très bien, je te dis.

– Henry on était tellement, tellement… Des gens ont appelé, et les informations, on a vu les informations, on a vu le bar. Oh, Henry, la police et toutes ces personnes…

– Ça va, m'man. Je vais bien.

– On a eu tellement peur, Henry. Oh, mon Dieu !

Elle se met à pleurer et n'arrive plus à parler. J'entends des bruits divers et mon père prend l'appareil.

– Henry ?

– Salut, p'pa.

– Bon Dieu, Hank, tu vas bien ?

– P'pa, ah, p'pa…

– Qu'est-ce qui se passe, Hank ? Grâce au Ciel tu vas bien, mais il faut qu'on sache.

– Oui, p'pa.

– Ah, fiston, je suis content d'entendre ta voix.

– P'pa ? J'ai quelques ennuis, tu comprends.

– Qu'est-ce que c'est ? Qu'est-ce que tu veux qu'on fasse ?

– De gros ennuis, p'pa.

– Dis-moi.

– Non, j'peux pas, mais j'étais sur place dans le bar, p'pa, et la police, la police pense que c'est moi qui ai fait le coup.

– Quoi?!

– Ils croient que c'est moi, p'pa, mais c'est pas moi, et il fallait que je vous appelle pour vous dire que ça va, je n'ai rien et que c'est pas moi qu'ai fait le coup. Je ne ferais jamais un truc pareil, p'pa. Jamais je ne tuerais des gens. Mais eux, ils croient que c'est moi.

– Mais pourquoi? Bon Dieu, qu'est-ce qui se passe?

– C'est juste, juste que je me retrouve dans le pétrin, p'pa.

– Eh bien, on va t'en sortir.

– Ce n'est pas euh… ce genre de pétrin-là, p'pa. Je voudrais juste que toi et m'man vous soyez prêts, parce que je ne sais pas très bien comment je vais m'y prendre.

– Prêts à quoi?

– Il se peut… il se peut que je sois obligé de disparaître quelque part. Ce n'est pas sûr, mais c'est possible, c'est un sacré pétrin, et je te dis, je vais peut-être être obligé de disparaître un moment.

Je m'arrête. Je les imagine très bien, debout près du comptoir de la cuisine, penchés l'un vers l'autre, mon père écartant légèrement l'écouteur pour que ma mère puisse entendre.

– Qu'est-ce que tu veux qu'on fasse, Hank?

– Je veux juste que vous sachiez que ce n'est pas moi qui ai fait le coup, p'pa. Ces types, ce sont eux et ils ont aussi tué Yvonne, p'pa.

– Seigneur!

– Et aussi, p'pa, j'essaie de faire ce qu'il est bien de faire. J'ai besoin que tous les deux vous sachiez que je n'ai fait de mal à personne, quelle que soit l'histoire que vous entendrez raconter.

– Je te connais, Hank, et je te crois.

– Merci, p'pa.

Nous gardons tous les deux le silence pendant quelques instants.

– Et la police, Hank?

– Ne leur mentez pas, c'est tout. S'ils vous le demandent, dites que je vous ai donné un coup de téléphone et répétez-leur ce que je vous ai dit, c'est tout. Mais ne leur mentez pas.

– Entendu.

Russ est adossé à la porte de l'immeuble et s'efforce de regarder ailleurs, mais il entend tout ce que je dis.

– Faut que j'y aille, p'pa.

– Vaut mieux que tu dises au revoir à ta mère avant, fiston.

– Ouais. Je t'aime, p'pa.

– Moi aussi, fiston.

Il passe le téléphone à ma mère.

– Tu as bien tout entendu, m'man?

– Oh, Henry, comment pourrait-on croire que tu aies fait une chose pareille? Comment peuvent-ils le croire?

– C'est... c'est juste un sacré gâchis, m'man. C'est tout.

– Je t'aime, Henry.

– Moi aussi, m'man, je t'aime.

– Fais attention à toi, d'accord?

– Bien sûr. Et je vous rappellerai très bientôt. Enfin… dès que je pourrai. D'accord?

– J'y compte bien. Ne dis pas que tu vas appeler si tu dois oublier. Tu sais que j'ai horreur de ça.

– Je sais.

– Nous t'aimons tellement.

– Moi aussi je vous aime.

– Sois prudent.

– Je serais prudent, m'man, promis.

– OK. Au revoir, Henry.

– Au revoir, m'man.

Il n'y a plus que le souffle de sa respiration sur la ligne; je sais qu'elle est incapable de raccrocher. J'écarte le petit appareil de mon oreille et appuie sur le bouton rouge. Le cadran à cristaux liquides s'éteint.

À l'enterrement, les parents de Rich, effondrés l'un contre l'autre, se tenaient en se balançant. Ils étaient seuls. Ils n'avaient pas d'autres enfants. Seulement Rich. Et je l'avais tué. Ils ne m'en avaient pas voulu. Ce n'était d'ailleurs pas la peine : je m'en voulais moi-même assez comme ça.

Je me représente mes parents à mon enterrement : seuls, inconsolables.

Je ne mourrai pas. Je ne mourrai pas pour de l'argent, je ne vivrai pas en échange de la vie de quelqu'un d'autre. Je regarde Russ, qui paraît fasciné par un truc qu'il contemple par terre.

– Je vais laisser tomber le fric, Russ. Je vais laisser tomber le fric et toi avec.

Il incline la tête et me regarde dans les yeux.

– Voilà qui me paraît correct, mec.

Dans un drugstore Duane Reade, je me procure une trousse de premiers secours et des pansements Ace. Tous mes trucs se trouvent toujours dans la voiture de Roman. Russ s'achète une cartouche de Camel légères. Dans une bodega, nous remplissons deux sacs de fruits, de viandes froides, de bouffe diverse toute prête, et prenons des sodas. Russ exige un pack de six de bière et je ne discute pas. Nous nous rendons dans la 23e, à deux coins de rue de là, et prenons une chambre au Chelsea Hotel. Le coin est peut-être à la mode aujourd'hui, mais l'établissement est toujours aussi miteux. L'employé de la réception est tellement pété qu'il ne lève pas un œil, même pas quand nous le payons en liquide.

Russ est resté très silencieux pendant tout ce temps et, une fois que nous sommes dans la chambre, il n'a qu'un désir: prendre une douche. J'allume la télé pour avoir les dernières nouvelles. Je n'ai pas besoin de chercher longtemps. C'est partout. Quelqu'un a dû lever un lièvre. Toutes les chaînes annoncent une information juteuse. J'attrape une rediffusion sur NY1:

Le suspect le plus recherché, dans le cadre du massacre du bar de ce matin, était en garde à vue, mais avait réussi à échapper à la police seulement quelques heures avant les meurtres, d'après une source du NYPD. Qui plus est, toujours d'après la même source, le suspect était impliqué dans un autre meurtre qui a eu lieu hier. Pour l'instant, le NYPD n'a pas réagi, mais on s'attend à un communiqué lors de la conférence de presse qui doit avoir lieu un peu plus tard dans la journée.

On ne peut pas dire que ce sont de bonnes nouvelles, mais elles ne sont pas entièrement mauvaises non plus. Si la police commence à s'interroger sur moi, ça doit commencer à chauffer aussi pour Roman, et l'idée de ce putain de policier véreux enfin sur le gril me réjouit profondément.

Russ sort de la salle de bains en boxer-short, une serviette sur les épaules. Il saigne de nouveau du crâne.

– Mmmm… Tu peux pas faire quelque chose pour ça, par hasard ?

Assis sur une chaise, il s'envoie une bouteille de Coors Original grand format pendant que je soigne sa blessure. À l'aide des ciseaux de la trousse de secours je coupe une partie de ses cheveux, puis je tamponne la plaie avec de l'eau oxygénée. Il s'agite un peu quand elle commence à le brûler, mais je le repousse dans son siège ; il vide sa bière et en ouvre une autre. Une fois que j'ai épongé le sang et dégagé les peaux mortes et les croûtes de la plaie, je vois à quoi j'ai exactement affaire. C'est pas joli joli. Je dis à Russ de continuer à picoler et je prends du fil et une aiguille dans la petite trousse qui se trouve dans la chambre.

Il n'est pas très chaud, mais je réussis à le convaincre que la plaie ne va pas se refermer toute seule. L'odeur de la bière me monte droit dans les narines, mais mes mains ne tremblent pas et je m'efforce de ne pas trop faire mal à ce salopard minable. Pas facile. À l'époque où j'envisageais de devenir urgentiste, j'ai suivi tous les cours de secourisme imaginables. Mais on s'entraînait sur des steaks. C'était il y a longtemps et les steaks ne bougeaient pas et ne saignaient pas. Ça me prend un certain temps. Russ en profite pour finir son histoire.

– Une fois, oh, putain ! Tu parles d'une merde, mec… Une fois, bon, que j'aurais disparu, je savais que je ne

213

pourrais plus revenir en arrière et qu'ils seraient tous après moi. Tous. Pas seulement Eddie et Paris. Vu la manière dont fonctionnent les autres, si je me tirais avec le paquet, je savais que ce serait chacun pour soi et que le meilleur gagne. Bon, je me disais que je n'irais… Mmmm… que je n'irais pas bien loin avec ce foutu sac sur le dos. Sans compter que s'ils m'attrapaient avec le… euh… fric, j'avais des chances qu'ils me descendent, et basta. Par contre, si le fric était planqué, alors là, ouais, j'avais peut-être de quoi négocier. Je me tirerais du coin… merde! Aïe! Merde, mec!… je me tirerais, changerais de planque pendant un temps, attendrais que les choses se calment un peu, puis je reviendrais en douce chercher le sac et cette fois, je foutrais le camp pour de bon. Mmmm… C'est pourquoi j'ai loué ce box, que je t'ai laissé le chat et la clef avant de mettre les voiles. Ça n'a pas raté, à peine j'ai fichu le camp que les mecs sont au courant et qu'ils envoient Lum pour me chercher, vu qu'il n'aurait pas été prudent pour les deux frangins de sortir de leur planque à ce stade. À partir de là, je suppose que Roman entend dire que je me suis fait la malle et que Lum tourne dans le secteur; alors lui, eh bien, il fait une proposition à Lum: doubler Eddie et Paris et faire équipe avec lui pour avoir une plus grosse part du gâteau.

Il faut recoudre la plaie à partir de la peau saine, sans quoi ça ne tient pas. C'est du charcutage, mais ce qui me fait paniquer, c'est le gros plan que j'ai sur le trou que je lui ai ouvert dans le crâne. Je vois, et sens, l'os cassé et broyé et l'image que je me fais de ce qu'il y a de l'autre côté me retourne l'estomac. Mais je ne peux rien y changer et j'essuie la sueur de mes yeux avant de me remettre au boulot.

– Mmmm… Et ça ne rate pas, les Russkofs ont vent de l'affaire et envoient Bert et Ernie récupérer une part du gâteau. Roman les intègre dans le circuit plutôt que de les avoir dans la rue à foutre la merde. Moi, bon, je me la coule douce à regarder les couleurs de l'automne dans le Nord, je change de planque et je garde profil bas. Aïe! Aïe! Aïe! Ça fait mal, mec! Fais gaffe, merde!

Je l'oblige à se tenir tranquille; il ouvre une autre bière et enchaîne:

– Eddie et Paris ont dû aussi avoir vent de quelque chose. Ils commencent à additionner deux et deux et finissent par comprendre que bon, ils sont cuits dans tout le secteur et qu'il est temps d'entrer en scène et de s'occuper de leurs foutues affaires. À peu près à ce moment-là, je passe à Rochester voir mon paternel en vitesse, parce que tu sais, tu sais, il était vraiment malade depuis un moment. Et quand je me pointe, je trouve… mmmm… je trouve que bon, les choses vont encore plus mal et tu parles d'une putain d'ironie, hein?

Je viens de terminer le dernier point. C'est affreux, mais ça devrait tenir. Je commence à nettoyer la plaie et prépare un pansement.

– Il est… bon… sur son lit de mort, c'est pas du chiqué, et moi… mmmm… moi, je peux pas partir comme ça, alors je reste. Il a encore quoi?… deux jours à vivre et ma mère a laissé tomber cet enfoiré y a des années et je n'ai ni frères et sœurs, bon, donc y a personne, donc je reste. Mmmm… Et c'est comme ça que les Russkofs me logent. Je suis là depuis deux jours et je sors de l'hosto pour fumer une sèche et pouf, je vois ces deux clowns dans le parking et je sais que je suis cuit. C'est pas Bert et Ernie mais, bon, c'est du pareil au même, vu la manière dont ils sont fringués. Je retourne à l'intérieur et sors par l'arrière et je me dis que cette fois, c'est cuit, que si je veux me tirer avec le fric, bon, faut que je me bouge. Alors, bon, je reviens pour mon chat.

Je finis de lui bander le crâne et mets l'adhésif.

– Comment va ton père?

– J'en sais foutre rien, Hank.

Il boit encore un peu de bière et s'endort sur le lit. Je m'occupe de ma propre cicatrice. Je la nettoie, la panse et termine en m'entourant la taille de l'un des bandages Ace que j'ai achetés à la pharmacie. Je tiens à offrir une protection supplémentaire au boulot du Dr Bob et me dis qu'il a pas mal de chances d'être soumis une fois de plus à de mauvais traitements. Le Dr Bob… merde!

C'est un type bien. Un vrai citoyen. S'il ne l'a pas déjà fait, il va aller voir la police dès qu'il verra ma photo aux infos de la télé. «Hé, ce type, là, c'est lui l'assassin en masse? Eh bien, je l'ai recousu hier.» Il va se dire qu'il m'a réparé juste à temps pour que j'aille descendre tout un paquet de gens. Encore un truc qui m'aide à me prendre pour un vrai trou du cul. Désolé, Doc.

Russ ronfle doucement. Je me prépare un sandwich et le mange tandis que la dernière bière qui reste me fait de l'œil. Je finis par en avoir assez d'essayer de regarder ailleurs et je la fous dans les chiottes pour ne plus la voir ou l'entendre. Russ la voudra peut-être plus tard.

Je m'habille. La télé marche, son coupé, et la radio est branchée sur une station que j'aime bien.

Springsteen chante *Atlantic City*. Je l'écoute jusqu'au bout. Puis je prends le portable, sa carte, et compose un numéro.

– Roman.

Voix normale, ton professionnel, pas de tension, pas de panique, rien. Un flic au boulot, c'est tout.

– Hé, Roman, comment va le chat?

– Oui, euh, ce n'est pas facile de parler ici, pour le moment. Tu pourrais peut-être me donner ton numéro.

– Va chier. Donne-moi celui de ton portable et c'est moi qui te rappellerai.

– Ce serait plus facile si…

– J'ai la clef, Roman. Non seulement la clef, mais aussi les foutus quatre millions et demi de dollars, alors donne-moi ton putain de numéro.

Il s'exécute.

– Je te rappelle dans cinq minutes, alors trouve-toi dans un endroit privé.

Je coupe. Je me sens bien, exactement comme un gros dur ordinaire. Je repose le téléphone, gagne les chiottes et reste la tête dans la lunette jusqu'à ce que je sois sûr que je ne vais pas dégobiller. Quand je me redresse, je me retrouve nez à nez avec la dernière bière de Russ… et ça suffit. Je la descends le temps de le dire et je l'avoue: je me sens fichtrement mieux. Sauf que j'en voudrais sur-le-champ vingt-cinq autres. Je m'asperge le visage d'eau, me rince la bouche et retourne dans la chambre passer mon coup de fil.

– Roman.

– Alors, comment va le chat?

Il ne répond pas tout de suite.

– En fait, le chat va très bien. Bolo s'est pris d'amitié pour lui et s'occupe de sa bouffe et de son bien-être.

Le con!

– Parlons un peu, Roman.

– J'écoute.

– Je veux m'en tirer et je voudrais savoir si c'est possible, à ce stade. Est-ce que je peux encore être lavé de tout soupçon?

– Au point où tu en es, ce ne sera pas facile.

– Pas facile, mais possible?

Il garde de nouveau le silence quelques instants. J'entends la circulation en bruit de fond. Il a dû sortir du poste de police.

– J'ai regardé les informations. Je ne te l'avais pas dit?

– Non.

– Eh bien je les ai regardées et j'ai une théorie. J'ai l'impression que quelqu'un est en train de relier tous les éléments. De voir le rapport entre le bar, moi, Yvonne, moi, Russ et moi… et de tout ça avec toi. Je pense qu'on te pose des questions du genre: «C'est quoi, tout ce bordel?», et je pense que dans pas long-temps ta crédibilité sera sérieusement entamée et que tu auras grand besoin de ce fric pour disparaître. Alors t'as intérêt à trouver une combine pour me sortir de là avant que je décide de tout garder pour moi.

– Ce sera difficile, mais il doit y avoir moyen de faire tomber les charges qui pèsent contre toi.

– Et qu'est-ce qu'il faudra pour ça?

– Une seule chose en plus de l'argent.

Je ferme les yeux.

– Quoi?

– Quelqu'un à qui tout coller sur le dos.

Sur le lit, Russ se tourne dans son sommeil et pousse un petit soupir.

– J'ai ce qu'il te faut, dis-je.

Roman est on ne peut plus content que Russ soit de retour. Nous mettons les détails au point. Roman récupère le fric. Je récupère un semblant de vie normale. Et le chat. Russ fait partie de la combine qui nous met tous les deux hors du coup, Roman et moi. J'ai quelques questions.

– Et si les autres flics ne tombent pas dans le panneau?

– Ils y tomberont. Miner a un casier, il fait l'objet d'une enquête en cours et il est déjà mouillé dans cette affaire jusqu'au cou. Et maintenant, écoute-moi bien: il t'a laissé la clef à ton insu. Quand il est revenu la chercher, elle t'avait été subtilisée par des inconnus. Il n'a pas cru ton histoire et s'est donc mis à te poursuivre partout dans la ville pour la récupérer, ce qui l'a conduit à assassiner ta petite amie et à être l'instigateur du massacre du bar.

– Qu'est-ce qui va se passer quand Russ dira que c'est faux?

– Il ne le dira pas.

Je pense à ce que sous-entend cette réponse.

– Je ne veux pas qu'il meure, Roman. Je refuse de te le donner pour que tu l'abattes comme ça.

– Ne t'inquiète pas, nous avons besoin d'un Miner vivant si nous voulons avoir ses aveux. Et il avouera. Il comprendra qu'une lourde peine de prison est sa seule chance de garder la vie. Il restera en bons termes avec moi et à l'écart des frères DuRanté.

– Les frères DuRanté ?

– Eddie et Paris. Eddie et Paris DuRanté.

Géniaux, ces noms. Je dois le reconnaître, ils ont tous des noms géniaux, ces mecs.

– Et eux, au fait, qu'est-ce qu'il leur arrive ?

– Les deux frangins font l'objet d'une chasse à l'homme au niveau national. Ils vont être bientôt forcés de fuir la région. Et si jamais la police les trouve, la grêle de balles qui les attend réglera la question.

– Et moi ?

– Toi, tu restes planqué jusqu'au moment où on dira aux infos que Miner a été arrêté. À ce moment-là, tu te rendras et tu expliqueras que tu te cachais parce que tu avais peur et te sentais perdu. C'est à moi, et seulement à moi que tu te rendras. Je faciliterai ton passage par les différentes instances de notre système judiciaire à l'aide de ma bonne réputation et de beaucoup de fric. Avec un peu de chance, nous serons même tous les deux des héros. Garde juste ton calme. Tout ça sera bientôt fini et ils achèteront les droits pour le cinéma une semaine après.

Je ne suis pas idiot. Je n'ai pas confiance en lui.

– Henry ?

– Ne m'appelle pas comme ça.

– C'est bien ton nom, non ?

– Ne m'appelle pas comme ça. Et si tu tiens à le faire, appelle- moi Hank.

– Hank, il faut que tu restes calme. Tout ira très bien si tu ne paniques pas. C'est à notre portée, Hank. Ton ancienne vie, elle est à ta portée.

Ne voyant pas quelle autre issue il pourrait y avoir, j'accepte. Je donne mon accord et ne panique pas. Nous réglons la question du lieu et de l'heure pour l'échange. Il veut que j'apporte le pognon; je refuse; je veux bien lui donner la clef, mais il ira chercher le fric lui-même. Il insiste, je raccroche. Je le laisse mijoter deux ou trois minutes avant de le rappeler. Il accepte Russ et la clef. Il me dit de rester planqué jusqu'au soir et de surveiller les bulletins d'information. Je lui réponds que j'exige aussi que Bud soit en seul morceau ce soir et il me dit au revoir.

Je coupe la communication et prends un peu d'Advil dans la trousse de premiers secours. J'ai très envie d'appeler une épicerie pour me faire livrer de la bière mais quand je vois ce qui passe à la télé, je comprends que je vais devoir rester à jeun. La conférence de presse tant attendue vient de commencer et ils font défiler mes photos d'identité judiciaire, celles qu'ils ont prises l'autre soir, et racontent à quel point je suis dangereux.

Je regarde la télé pendant un moment et pense à la bière que j'ai bue. D'après le réveil il est 03:15 quand je déclare forfait. Je suis crevé. Complètement crevé. Je prends un des oreillers du lit et le laisse tomber sur la moquette, devant la porte. À présent que j'ai un peu de temps devant moi, je me rappelle les choses importantes. Les Giants jouent à 16:05, heure de la côte Ouest, et les Mets à 19:30, heure de la côte Est. Je règle la sonnerie pour 19:00. Le rendez-vous avec

Roman est pour dix heures du soir. Il faudra partir une heure avant pour être dans les temps, mais je devrais pouvoir suivre trois ou quatre manches. Je m'allonge par terre et m'endors avec une facilité que vous n'imaginez pas. Pas de rêves.

Ma première pensée, à mon réveil, est que l'alarme n'a pas fonctionné. Je sais que je dois me lever pour faire quelque chose, mais je ne sais plus si c'est aller au boulot, un rencard, un rendez-vous chez le médecin ou autre chose. Puis je me rends compte que je suis par terre et les choses se mettent en place. Y compris le lit vide.

Dans mon sommeil, j'ai roulé loin de la porte. Ce qui m'a réveillé? Le léger choc du battant contre mon flanc. Elle se referme! Cette putain de porte est en train de se refermer, tirée de l'extérieur! Je suis bien réveillé.

Toujours par terre, j'attrape le coin de la porte avant qu'elle ne se referme complètement. Mes doigts sont légèrement écrasés, mais il la manœuvre en douceur pour rester silencieux et ça ne me fait pas très mal. J'ai une bonne prise et je tire dessus aussi fort que je peux. Il résiste un instant, puis change d'avis. Le battant se jette sur moi lorsqu'il transforme sa traction en poussée. C'est mon épaule gauche qui prend, et je m'étale sur le dos. Il vient de prendre une petite avance. Par la porte maintenant grande ouverte, je le vois qui tente de s'élancer vers les ascenseurs.

Je me remets en position assise et me jette dans le couloir pour l'agripper par la cheville. Je réussis à crocheter d'un doigt l'ourlet de son pantalon, mais il se débarrasse de moi d'un coup de pied qui me déséquilibre. J'essaie de faire deux choses à la fois : l'attraper et me relever, et le résultat est une sorte de marche accroupie ridicule qui me fait tituber derrière lui. Il va arriver aux ascenseurs avant moi, mais à moins qu'il n'y en ait un à l'étage, je devrais pouvoir le coincer. J'aperçois un petit éclair de chrome dans sa main droite. Il a récupéré son calibre .22 dans ma poche pendant que je dormais. La vue de l'arme me ralentit. Je me demande s'il est prudent d'essayer de le rattraper dans ces conditions. Alors que j'hésite, il tourne soudain à gauche sans aucune raison apparente et fonce droit dans le mur.

Il rebondit dessus, s'arrête et hoche la tête. En deux foulées géantes, je suis sur lui et l'attrape par la jambe droite au moment où il repart. Il s'étale de tout son long et n'a même pas le temps de se servir de son arme pour ralentir sa chute. L'automatique lui échappe et glisse non loin de là. Je me jette sur son dos, lui coince les bras avec les genoux et le prends par la nuque avec la main gauche. J'étire mon bras droit et récupère le petit calibre. Je lui enfonce le canon dans la joue. Sa voix est étouffée par la moquette qu'il est en train de brouter, mais je l'entends tout de même :

– Déconne pas, mec, déconne pas !

J'enfonce un peu plus le canon.

– Oui, j'ai pigé, Hank ! Déconne pas !

Je me dégage de lui, tout en maintenant la pression de l'arme contre sa joue. Nous nous relevons ensemble.

– Dans la chambre, Russ.

– Ouais, mec, bon, la chambre. Pas de problème.

Nous parcourons les quelques mètres qui nous séparent de notre piaule sans qu'aucune porte s'ouvre sur quelqu'un voulant savoir la raison de tout ce tapage. J'aime bien cet hôtel. Je referme la porte derrière nous, donne un tour de clef et mets la chaînette. Russ se regarde dans le miroir au-dessus de la commode et inspecte son menton enflammé par la moquette. Je ne peux pas me retenir; en passant derrière lui, je lui donne une petite bourrade. Son front va heurter le miroir et il s'y cogne assez fort pour le craqueler. Il se redresse, puis se laisse glisser sur la moquette le long des tiroirs de la commode avec des *clonk!* de wagon passant sur un aiguillage. Il reste assis par terre en se tenant la tête.

– Bordel de Dieu, Hank! Tu vas arrêter, à la fin, de me taper sur la tronche!

Je m'accroupis et étudie ses yeux. La pupille gauche est toujours plus grande que la droite. Pas étonnant qu'il n'arrive pas à marcher droit. Je regarde l'heure: 19:49. Cet abruti a enlevé l'alarme. Je grimpe sur le lit, prends la télécommande et passe sur la 11, qui retransmet le match des Mets. Pour l'instant, égalité. Je monte le son et attends un flash sur la partie des Giants. À la fin de la manche, ils me disent ce que je veux savoir: Giants 1, Dodgers 0.

Russ se relève. Il a l'air de chercher quelque chose qu'il ne trouve pas.

– Hé?

– Je regarde la télé.

– Hé, où est passée ma dernière bière?

– Je l'ai bue.

– Fais chier.

Il fouille dans un des sacs d'épicerie et en ressort un pack de six de Coke, un sachet de chips et une boîte de cacahuètes. Il s'approche du lit et reste planté là en attendant je ne sais quoi. Je le regarde et me déplace sur le lit pour lui faire de la place. Il s'allonge à côté de moi, me tend un Coke et pose les chips et les cacahuètes entre nous.

– Alors, qui c'est qui mène ?

20:45. Je suis assis au pied du lit, à moins d'un mètre de l'écran. On est à la fin de la cinquième manche et il n'y a encore aucun point de marqué. Les Mets et les Braves sont enfermés dans un duel de lanceurs. De leur côté, les Giants en sont toujours à 1-0, mais Los Angeles a du monde sur les bases et le frappeur de San Francisco commence à fatiguer. Le commentateur des Mets donne régulièrement des nouvelles de ce qui se passe à Los Angeles, mais l'impossibilité de voir le match me fait grimper aux rideaux. Il est temps de partir et je ne peux me résoudre à éteindre la télé.

Je vais attendre la fin de la quatrième manche des Dodgers. Je ne peux pas partir comme ça, je ne peux pas partir sans savoir si les Dodgers ne sont pas repassés en tête. Les Mets sont en train de flanquer la pile aux Braves, alignant deux coups sûrs de plus… et c'est une page de pub.

– Merde, merde, merde, merde !

Russ est toujours allongé sur le coin du lit. Il est fan des Mets. Chaque fois qu'ils marquent, il brandit le poing et pousse un petit *ouais!* J'essaie de me dire que ça pourrait être pire, qu'il pourrait être un fan des Dodgers. Il est presque neuf heures. On revient à la partie et on nous informe que les Giants sont en plein changement de lanceurs. En attendant, les Braves mènent la vie dure aux Mets. Je regarde une fois de plus l'horloge. Merde, tant pis pour moi ! J'éteins la télé. Russ bondit du lit.

– Hé, ho, c'est quoi ce bordel ?

Je ramasse la trousse d'urgence et le portable, enfile le blouson des Yankees et les lunettes, pose les écouteurs sur ma tête.

– C'est l'heure d'y aller, Russ.

– Oh, mec ! Oh, mec !

– Je sais. Allez, viens.

À la porte, je me retourne et parcours la chambre des yeux. Il y a des cannettes, des miettes et des restes de bouffe qui traînent partout. Je prends un billet de vingt et le jette sur le lit pour la femme de chambre. Nous allons au bout du couloir et j'appelle l'ascenseur. Russ est nerveux.

– Où on va ?

– On a besoin d'une bagnole.

– Une bagnole ?

– Ouais.

Il me regarde, l'ascenseur fait *ding,* les portes s'ouvrent. Nous entrons dans la cabine et attendons que les portes se referment.

– Hank ?

– Ouais.

– Pourquoi on a… mmmm… pourquoi on a besoin d'une voiture ?

Les portes sont encore ouvertes. Je me rends compte que ni lui ni moi n'avons pensé à appuyer sur le bouton. Je me penche sur le tableau et enfonce le bouton du rez-de-chaussée.

– Nous avons besoin d'une voiture parce que je ne veux pas prendre le risque d'un taxi ou du métro. Et

226

comme ça, on pourra écouter la retransmission du match en attendant.

L'ascenseur n'est pas du genre rapide.

– Je croyais qu'on allait, bon… mmmm… qu'on allait à la police. Je croyais que tu me donnais.

Je le regarde pendant que la cabine rallie le rez-de-chaussée à toute petite vitesse.

– Je te donne, ouais. À Roman.

– Quoi?!

– Je te donne à Roman, avec l'argent. Roman te bouclera.

– C'est quoi, cette connerie?

– Je ne peux tout simplement pas t'amener chez les flics.

– T'es devenu complètement… mmmm… complètement cinglé! À ce con de Roman? CE CON D'EN-FOIRÉ DE PUTAIN DE ROMAN?

– Russ!

– Va chier!

Les portes s'ouvrent sur le hall de l'hôtel et nous nous retrouvons nez à nez avec un groupe d'ados européens très classe qui attend l'ascenseur. Russ réussit à prendre la tangente d'un pas vif sans trébucher sur rien, et dégringole au milieu d'une petite foule de tatouages, de piercings et de cheveux décolorés. Ils le rattrapent et le maintiennent debout pendant que je passe un bras autour de ses épaules et l'agrippe fermement par le biceps droit.

– Merci, merci beaucoup. Ça va aller.

Ils s'empilent dans la cabine et lancent des vannes en français sur ces ivrognes d'Américains. Foutus cours de français! J'aurais mieux fait de prendre espagnol au lycée. J'entraîne Russ vers la sortie.

– Calme-toi, Russ, calme-toi. Ça va aller. C'est toi qui vas morfler, mais tu vas t'en tirer vivant. Et ça va bien se passer.

Il tremble encore un peu, pas à cause d'une perte d'équilibre, mais tellement il sanglote fort.

J'aurais préféré louer une voiture, mais je n'ai aucune envie d'aller dans un endroit où je vais poireauter vingt minutes pendant que des gens auront tout loisir de m'observer; et pas question, évidemment, d'y envoyer Russ tout seul. Il me faut un certain temps pour le convaincre d'adopter la solution bis, mais il finit par céder. Il a beau être un peu dans le cirage, il ne lui faut pas plus d'une minute pour forcer une portière et connecter les bons fils. Nous restons assis dans la caisse, le moteur tournant au ralenti. Je lui mets une main sur l'épaule.

– OK, allons-y.

Il secoue son épaule pour se débarrasser de ma main.

– Non.

– Pourquoi?

– Mmmm… En dehors du fait que bon, je vais pas en plus conduire pour aller me faire exécuter, je suis pas sûr que c'est prudent que ce soit moi qui prenne le volant, bon, vu comment je me sens. Je peux à peine marcher droit grâce à toi et au pet à la Babe Ruth que tu m'as foutu sur la tête avec ta putain de batte.

– Faut que tu conduises, Russ.

– Mmmm… Pourquoi? Pourquoi faut que je conduise, bordel?

– Parce que moi, je ne conduis pas.

Il me regarde.

– T'es pas… mmmm… t'es pas sérieux, mec ? Tu viens de Californie. Tous les mecs savent conduire, là-bas.

– Je sais conduire, mais je ne conduis pas. Alors tirons-nous d'ici en vitesse, bordel, avant que le proprio de cette putain de caisse ne rapplique !

– Eh bien, qu'il… qu'il… rapplique mmmm… Qu'il rapplique et qu'il appelle les flics. Ça serait bon… génial, mec. Ça me sauverait la vie.

Je brandis le poing et le lance vers lui. Il se recroqueville dans son coin, mais j'arrête mon geste avant de le toucher. Il reste collé à la portière côté conducteur pendant que je respire à fond.

– Pourquoi moi, Russ ? Pourquoi m'avoir choisi, moi, pour planquer ton putain de chat ?

Par la fenêtre, il regarde la Neuvième Avenue.

– Je m'étais dit, bon… que tu t'occuperais bien de Bud. Tu sais, il est génial, ce chat. Je ne voulais pas le laisser à n'importe qui.

– Ouais.

Nous gardons le silence une trentaine de secondes.

– Conduis, Russ. Calmos. Et si tu commences à te sentir partir ou tout drôle, dis quelque chose.

– OK.

Il met les mains sur le volant et passe la première de la Celica.

– Et bon… où on va, mec ?

– Pour l'instant, on se barre d'ici. Je te le dirai quand on sera en route.

Il déboîte du trottoir et se coule en douceur dans le flot de la circulation du centre. Je branche la radio pour trouver la retransmission.

Nous empruntons Broadway, direction centre, jusqu'à Canal Street, puis East Broadway jusqu'à Montgomery. Ensuite, après avoir traversé FDR Drive, nous prenons la voie rapide Pier 8, qui mène tout en bas de Manhattan. Je montre le chemin à Russ qui s'engage lentement sur la bretelle d'accès et passe devant le panneau VÉHICULES AUTORISÉS SEULEMENT. C'est un endroit où je viens faire mon jogging plusieurs fois par semaine et je n'y ai jamais vu un flic, seulement un véhicule d'entretien des parcs de temps en temps. Nous roulons tranquille jusqu'à la hauteur de la passerelle de Houston Street, celle qui passe par-dessus FDR et donne accès aux terrains de base-ball de l'East River Park.

Nous nous garons près d'une voie donnant sur un terrain de base-ball. On entend les voitures qui filent sur FDR, mais leur bruit n'arrive pas à couvrir mes jurons : Dodgers 3, Giants 1. New York et Atlanta n'ont encore marqué aucun point. Russ a perdu tout son intérêt pour les matches. Il contemple l'East River, au-delà des terrains de jeu, et allume cigarette sur cigarette. La montre du tableau de bord de la Celica est cassée ; celle de Russ indique 21:47. Roman devrait arriver d'un instant à l'autre.

Le flic voulait que nous nous retrouvions dans un coin à l'écart, à Red Hook. Je lui ai dit d'aller se faire foutre et nous sommes tombés d'accord pour l'East River Park. Il reste ouvert jusqu'à minuit mais à cette époque de l'année, il y a juste quelques joggeurs et des gens qui promènent leurs toutous. Un peu plus loin, des jeunes en blouson se lancent la balle sous l'éclairage d'un terrain de base-ball. Russ tire une dernière et longue bouffée de sa clope et jette le mégot par la fenêtre. Les Braves rament à la fin de la sixième manche et c'est de nouveau la pub. San Francisco et Los Angeles sont au coude à coude dans la cinquième manche et vont bientôt attaquer la sixième.

Russ porte la main à sa tête bandée, à l'endroit où je l'ai recousu. Une petite tache rose s'y est formée et il grimace chaque fois qu'il la touche.

– Arrête de déconner avec ça.

Il recommence.

– Tu ferais mieux de pas y toucher tant qu'un vrai docteur ne t'aura pas examiné, Russ.

Il me regarde du coin de l'œil, puis il sort une fois de plus le paquet de Camel de sa poche et en allume une autre.

– Jamais je vais voir un vrai docteur.

La partie reprend.

– Les flics vont te faire examiner.

– Je suis pas sûr, bon… que je vais jamais voir ces putains de flics.

J'essaie de suivre la retransmission d'une oreille et d'écouter Russ de l'autre.

– Il peut pas te descendre, mec. Tu es celui qui doit prendre pour lui. Il a besoin de toi.

– Tu sais pas… mmmm… tu sais pas de quoi tu parles, bordel.

Quelque chose se passe du côté d'Atlanta, où les affaires se compliquent. Le commentateur ne parle pas des Giants.

– C'est toi qui vas tout prendre, Russ, parce que c'est toi qui as foutu le bordel. Tu vas aller en taule et c'est possible que tu crèves au trou, mais Roman ne te tuera pas.

Le troisième batteur des Braves en balance une, retour direct au lanceur. Le lanceur pivote et balance la balle à la deuxième base, manquant le double. Le dernier batteur se met en place. Toujours rien de Los Angeles.

– Pauvre connard. Si tu savais, bon… à quel point t'es con. Mmmm…

– Ferme-la un peu.

– Un sacré connard.

– Arrête de m'asticoter, t'entends?

– Va te faire foutre, foutu connard.

Deux coups rapides suivis de deux balles droites, puis changement de lanceur. Le commentateur a pitié de moi et donne les dernières nouvelles de la côte Ouest: fin de la sixième manche, les Giants ont les bases pleines, un de sorti. Les Dodgers sont au lancer.

– Ce serait le bon moment de la fermer, Russ.

– Sacré connard! Sacré connard! Sacré connard!

– Russ!

Le receveur des Mets s'installe derrière la plaque, le frappeur sur son monticule, et le receveur se met en place sur le caoutchouc.

Sur l'autre côte, les Giants contrent le changement de lanceur en mettant un gaucher à la batte.

– Hé, au fait, connard, c'est quoi ton plan pour te tirer d'ici après m'avoir envoyé me faire descendre, vu que bon… tu conduis pas ni rien?

Le frappeur d'Atlanta prend la balle de plein fouet. Le type de la radio décrit son arc loin dans le champ gauche. Le type s'en étrangle, hurle: le frappeur des

Giants vient de lancer un monstre très loin, plein centre. Sur les deux côtes opposées, deux balles fusent vers les murs des limites.

Russ éteint la radio.

– Hé, connard, comment tu vas te barrer?

– Fais chier!

Je lui prends la main droite de ma gauche et essaie de la détacher du bouton; il me saisit le poignet avec son autre main et m'empêche de tirer.

– Sacré connard! Sacré… mmmm… connard!

– Merde, Russ, tu fais chier! Merde!

À mon tour, je l'empoigne avec ma main gauche et chacun tire de son côté. Le bouton casse.

– Russ, merde, merde!

Je le prends à la gorge à deux mains et serre aussi fort que je peux. Il s'agrippe à mes doigts, m'empêchant de les refermer complètement, et reste en vie.

– T'es qu'un sale con d'assassin! T'as fait descendre tous mes potes! T'es qu'un sale connard d'assassin!

Des larmes me montent aux yeux, brûlantes. Je pèse sur lui de tout mon poids et le repousse contre la portière. Je serre encore plus fort.

– Hank.

– La ferme!

– Hank.

– La ferme, connard.

– Hank, il va…

– La ferme! La ferme! La ferme!

Ah, le salopard, l'enfoiré, le sale con égoïste.

– Il va nous tuer tous les deux. Il va nous tuer tous les deux, bordel!

En dépit de mes cris et des protestations étranglées

233

de Russ, j'entends, à l'arrière-plan, un bruit de moteur. Des phares s'allument trois fois, illuminant l'intérieur de la voiture volée. Russ a le visage violacé, les yeux qui lui sortent de la tête.

– Nous tuer… tous les deux.

Roman se gare une vingtaine de mètres plus loin. Je regarde mes mains et vois ce que je suis en train de faire ; je lâche le cou de Russ. Il hoquette, s'étouffe et régurgite une petite partie de son dernier repas sur le siège.

– Nous tuer tous les deux. Mmmm… Tous les deux, et nous faire porter le chapeau. Mmmm… Et les flics vont enfoncer les derniers clous du cercueil vu que bon… ils aiment rien tant qu'une affaire classée.

Les phares font un nouvel appel et Roman descend de sa voiture. Il reste sur place, m'attend.

Russ se masse le cou.

– Bordel, Hank, t'avais qu'à écouter la suite de ton foutu match sur le baladeur.

Nous nous retrouvons à mi-chemin. Il porte un costume noir différent et présente une belle collection d'égratignures au cou et au menton, souvenirs du petit plomb d'Edwin ; sinon, il a toujours son air grand seigneur. Un sacré pro, ce type.

– Hank.

– Va te faire foutre, Roman. Où est le chat ?

– Miner est dans la voiture ?

– Ouais. Où est le chat ?

– La clef ?

– Je l'ai avec moi. Le chat, Roman.

J'ai les mains bien enfoncées dans les poches de

mon jean; je me dis que c'est une bonne idée parce qu'au moins, Roman ne peut pas voir à quel point elles tremblent. Il m'étudie, jette un coup d'œil rapide à la Celica, puis fait un petit geste de la main en direction de sa voiture. Bolo sort du siège passager à l'avant. Il porte mon sac. Il est ouvert et quand il commence à s'approcher, je constate que Bud est dedans, niché dans son petit nid de serviettes de toilette. Bolo tient le sac par en dessous, d'une seule de ses énormes pattes, et gratte Bud derrière les oreilles de l'autre.

– Hé, mec, il est génial, ce chat.

Je le regarde.

– Non, parce que moi, en fait, je préfère plutôt les chiens. Mais un chat comme ça? Il est vraiment génial.

Roman se tourne à nouveau vers sa voiture et fait un geste de la main. Whitey descend du siège arrière en trébuchant légèrement. Il se dirige vers nous d'un pas incertain. Il tient dans sa main droite un des petits pistolets-mitrailleurs avec lesquels lui et son frère ont dézingué tous mes amis, et dans la gauche, une bouteille de vodka Smirnoff d'un litre à moitié vide. Il s'arrête à hauteur de notre petit groupe et m'examine de la tête aux pieds. Il a les yeux rouges et gonflés tellement il a pleuré et picolé. Il prend une rasade géante de vodka, en avale la plus grande partie et me crache le reste sur les chaussures. Roman pose une main qui se veut apaisante sur son épaule.

– Il est juste un peu déprimé. C'était son petit ami, celui qui s'est fait descendre au bar. Ils avaient prévu d'échanger des alliances au printemps.

– C'est vraiment une affreuse, une putain de tragédie.

Whitey veut se jeter sur moi, mais Roman lui étreint l'épaule et l'empêche de franchir le mètre cinquante qui nous sépare. Moi, je n'ai pas sorti mes mains tremblantes de mes poches.

Roman pousse légèrement Whitey vers la Celica.

– Va chercher Miner.

Le Russkof me jette un coup d'œil par-dessus l'épaule et s'éloigne. Roman fait une petite grimace et soupire par le nez.

– Tu deviens difficile, Hank.

– Tu veux la clef?

– Oui, s'il te plaît.

Je retire avec lenteur les mains de mes poches, en les gardant serrées pour essayer de contenir leur tremblement. Mais dès que je les ouvre, les clefs du trousseau se mettent à s'entrechoquer. Roman regarde mes mains, remonte vers mes yeux. Je suis incapable de regarder ailleurs.

– Hank.

Je trouve la bonne clef au toucher, toujours les yeux dans les yeux avec Roman, et commence à la retirer de l'anneau. Je respire profondément en essayant de calmer mes mains.

– Hank.

La clef est dégagée de l'anneau. Je la serre dans ma paume et en sens les dentelures s'enfoncer dans ma peau.

– Tu n'as plus besoin d'avoir peur, Hank. Tu ne risques plus rien à présent, je te le promets.

J'acquiesce d'un mouvement de tête.

– Donne-moi la clef.

J'ouvre la main. Il tend la sienne sans se presser.

– Alors, qu'est-ce qu'elle ouvre, Hank?

La clef tombe de mes mains tremblantes. Sa tête d'un rose fluo est parfaitement visible par terre, malgré le peu de lumière. Roman m'adresse un demi-sourire de compréhension. Je le lui rends.

– Désolé.

– Ce n'est rien.

J'entends le bruit d'une portière dans mon dos.

– Alors, qu'est-ce qu'elle ouvre ?

La clef rose fluo est par terre entre nous.

– Un box dans un garde-meuble de Manhattan. Le numéro est inscrit dessus.

Il hoche la tête. Je regarde Bolo. Roman aussi.

– Donne-lui le chat, Bolo.

Derrière moi, j'entends Whitey.

– Descends de cette putain de bagnole, Face-de-Rat. Allez, Face-de-Rat, dehors !

Roman commence à se baisser pour ramasser la clef tandis que Bolo me tend le sac avec le chat par-dessus lui.

– Je me sens comme un con de ce que je lui ai fait. C'est un chat génial.

Derrière moi :

– Cette putain de bagnole, t'en descends, Face-de-Rat ?

La bretelle du sac entoure la main de Bolo et pendant un instant nous cafouillons, tandis que Roman commence à se relever avec la clef. Bud est alors pincé par la fermeture et donne un coup de griffes de la patte droite au pouce de Bolo.

– Merde !

Je m'empare du sac pendant qu'il ramène son bras à lui et se fourre le pouce dans la bouche. Dans le mouvement, son coude heurte sèchement la nuque de Roman.

– Con de chat !

– Dehors, Face-de-Rat !

Roman replonge, pratiquement plié en deux. Il se redresse vivement, mais quelque chose dégringole de la poche de son veston et atterrit avec un claquement plus ou moins métallique. Nous restons un instant figés en regardant les menottes de laiton comme si c'était un as de pique tombé de la manche d'un joueur de poker juste au moment où il s'apprêtait à rafler le pot.

Les ecchymoses au cou d'Yvonne.

Derrière moi, un ballon explose.

Nous nous tournons tous les trois pour voir Whitey qui revient vers nous, tenant toujours sa bouteille, mais plus le pistolet-mitrailleur. De la main droite, il montre une tache noire dans le col de sa veste Nike d'un blanc éclatant. Nous restons pétrifiés. Une fois qu'il est à notre hauteur, on s'aperçoit que le doigt ne montre rien : il est enfoncé jusqu'à la deuxième articulation dans le trou qu'il a dans le cou. Trou fait avec une balle du petit automatique que j'ai laissé sur le siège au revêtement craquelé de la Celica.

Personne ne bouge en dehors de Whitey qui se dirige lentement vers la voiture de Roman et monte à l'arrière. Il s'installe et, le doigt servant toujours de bouchon au trou qu'il a dans le cou, il prend une longue rasade de vodka et pleure en silence.

Roman passe la main dans sa veste pour prendre son pistolet. Bolo fait de même de sa main libre en gardant son pouce blessé dans la bouche. Je me tourne vers la Celica au moment où Russ en sort, côté conducteur, en tenant le petit pistolet chromé de la main droite et le pistolet-mitrailleur de Whitey dans la gauche. Je suis à dix mètres de la voiture. Je détale, Bud agrippé à ma poitrine.

Russ appuie sur la détente du pistolet-mitrailleur. Il n'a pas anticipé la force du recul et le canon se redresse, entraînant sa main dans un grand arc qui disperse les balles dans le ciel. Derrière moi, j'entends deux bruits sourds: Roman et Bolo se sont jetés au sol. Je n'ai parcouru que deux mètres.

Il y a une explosion derrière moi et une mini-onde de choc passe en vrombissant au niveau de ma hanche droite. Un trou apparaît dans le pare-chocs de la Celica. Je me lance dans un brusque virage à gauche, essayant de m'éloigner de la ligne de feu de Russ qui ramène l'arme à la hauteur de son épaule. Il appuie une deuxième fois sur la détente. Cette fois il est prêt et les balles ouvrent des sillons dans le macadam, juste dans mon dos. Il n'a tiré qu'une courte salve, il prend le temps de viser à nouveau. J'accélère. Six mètres parcourus.

J'approche de la voiture du côté conducteur, mais Russ bloque l'accès à la porte. Il tire, et je ne peux m'empêcher de regarder derrière moi. Roman et Bolo sont pétrifiés, à plat ventre sur le sol. Une ornière court dans leur direction et s'arrête juste avant leurs têtes ; le chargeur du pistolet-mitrailleur est vide. Russ le laisse tomber et vise avec le calibre .22. Dix mètres.

En voulant m'arrêter, je dérape sur les graviers qui ont été projetés sur la chaussée. Je percute Russ au moment où il tire les cinq balles restantes du .22. Il est bousculé sous l'impact et ses balles vont se perdre dans les buissons. Pas le temps de faire le tour de la voiture. Je le balance par la portière ouverte et le repousse vers le siège passager tout en montant à mon tour et en essayant de lui refiler le sac avec Bud. Je m'installe sur le siège du conducteur, veux tourner la clef et tombe sur une poignée de fils détachés.

– Bordel, RUSS !

– Quoi ?

– LA BAGNOLE ! COMMENT JE FAIS DÉMARRER CETTE PUTAIN DE BAGNOLE !

Toujours allongés sur la route, Roman et Bolo, qui se protègent la tête des mains, risquent un coup d'œil entre leurs doigts. Russ plonge vers la colonne de direction, prend deux des fils qu'il a dénudés et les frotte l'un contre l'autre. Roman et Bolo se remettent debout. La Celica émet des bruits comme si elle allait démarrer, mais n'en fait rien.

Roman regarde autour de lui, puis là, à ses pieds, et ramasse le pistolet qu'il a lâché lorsque Russ s'est mis à tirer. Bolo s'avance lentement vers nous, le pouce gauche dans la bouche et un 9 mm pendant négligemment au bout de son bras droit. Roman essaie de nous viser, mais Bolo est dans sa ligne de mire.

REUHH-REUHH-REUHH ! fait la Celica.

Bolo est devant la voiture et braque son arme vers nous. Roman se déplace de quelques pas sur sa droite pour avoir une vue dégagée. Le moteur prend enfin, mais c'est à présent l'embrayage qui me pose un problème.

La Celica fait une série de petits bonds et heurte Bolo aux genoux. Le géant tombe sur le capot. Je piétine le plancher, à la recherche de la pédale d'embrayage. Russ tient Bud serré très fort contre son cou.

Roman tire, mais le mouvement de la voiture fait qu'il n'atteint que la vitre arrière, derrière moi. Je trouve enfin l'embrayage. Le moteur tousse et repart. Bolo est toujours sur le capot.

J'embraye en enfonçant l'accélérateur. Du gravier jaillit derrière nous et la Celica part en queue de poisson. Bolo glisse du capot. Les pneus trouvent la traction et nous bondissons brutalement en avant. Je passe la seconde et mets le cap sur Roman, à dix mètres de là. Il ne prend pas le temps de tirer une deuxième fois, préférant plonger hors d'atteinte pendant que je fonce par les buissons pour contourner sa voiture. Nous revenons en cahotant sur la route de service, je passe la troisième et roule à toute vitesse pour regagner la jetée et la rampe d'accès du FDR.

Je jette un coup d'œil à Russ. Il se tient de travers sur son siège, mais il se redresse sans cesser de serrer Bud contre lui. Je reviens sur la route.

– Russ.

– Ouais ?

– Mets ta ceinture.

– Oui.

Dans le rétroviseur, je vois Roman qui exécute un demi-tour et se lance à notre poursuite.

Conduire, apparemment, c'est comme la bicyclette : on n'oublie jamais. Le volant me donne de bonnes sensations, mes pieds jouent facilement avec les pédales et je n'ai aucun problème à passer les vitesses jusqu'à la quatrième. Ma vraie nature est là, pas de doute. Je suis un Californien. Et comme tous les vrais Californiens, j'aime conduire. Bon Dieu, même que j'adore ça.

La Celica est un coupé beige âgé de quinze ou vingt ans. Elle a quelques problèmes. Les roues ont un jeu de plus de deux centimètres dans les deux directions, elle tire légèrement à droite, elle est poussive à l'accélération, les pneus sont lisses et les freins répondent mollement. Cela dit, sur un parcours sinueux elle devrait être plus vive que la péniche de Roman. Des virages m'auraient bien aidé, mais la voie d'accès est une longue ligne droite et Roman est déjà derrière moi, le nez de sa tire dans le cul de la mienne, et tente de me pousser sur le bas-côté.

Les gamins du terrain de base-ball se sont alignés le long du grillage et nous regardent foncer. La plupart des gens à pied déambulent du côté de l'eau, mais quelques-uns sont sur la route. De la main droite, j'enfonce l'avertisseur au centre du volant. Je roule pleins phares et la voie est dégagée devant moi, semble-t-il. Sous la brutale poussée de Roman, la Celica fait une embardée.

Le volant me saute un peu des mains et nous obliquons vers la gauche. Nous rebondissons contre un banc du parc et sommes propulsés vers le centre de la voie. Je reprends le contrôle de la trajectoire et enfonce à nouveau l'accélérateur jusqu'au plancher. Roman a pris un peu de champ pour voir ce qui se passait, mais accélère à nouveau. À côté de moi, Russ se tient les jambes toutes raides comme s'il essayait d'enfoncer un frein imaginaire. Sa main droite étreint la ceinture et sa gauche est agrippée à Bud.

– Hank ?

Je ne détourne pas les yeux de la route.

– Ouais ?

– Je voudrais pas jouer les donneurs de leçons, mais

242

tu sais peut-être pas que cette caisse, bon… a une cinquième.

– Merde !

Je passe la cinquième et me dégage en douceur. Ça ne va pas durer. Juste devant nous, le pont Williamsburg coupe le ciel en deux. En dessous et parallèlement, la passerelle de Delancey Street traverse le FDR, sa rampe d'accès prenant directement dans la voie d'accès du parc. On peut prendre d'un côté ou de l'autre, mais la rampe paraît beaucoup plus étroite quand on l'aborde à cent vingt à l'heure et pas à trente.

Roman nous heurte encore, je dérape légèrement sur la gauche. Il accélère et remonte à notre hauteur, sur la droite. Je serre un peu plus à gauche en essayant de m'aligner sur l'étroit espace entre le pied de la rampe et la rangée de lampadaires. J'aimerais bien jeter un coup d'œil en direction du flic, mais le jeu du volant me donne des vapeurs. Ne pas avoir peur. L'autre me rappelle sa présence en me heurtant de nouveau de flanc, avant de foncer pour se placer dans l'alignement de l'entrée de la rampe. La Celica est déportée trop loin et le rétroviseur extérieur, côté conducteur, est arraché par un lampadaire. Il ricoche sur le pare-brise, qui explose instantanément et là, des centaines de minuscules galets de verre pleuvent sur mes genoux, tandis que le rétroviseur passe à deux doigts de ma tête et va se perdre à l'arrière.

Tout mon corps se contracte et je ferme un instant les yeux. Quand je les rouvre, nous abordons la sortie. Je dois donner un coup de volant pour redresser. Nous franchissons l'étroit espace en zigzaguant et j'ai l'impression que le pare-chocs a accroché quelque chose, car je sens une légère traction venant de l'arrière. Nous sommes passés, mais la Celica est déportée sur la droite. J'essaie de la remettre dans l'axe de la voie. Trop tard. Nous heurtons la voiture de Roman, qui est sur l'autre côté de la rampe. Sa voiture est beaucoup plus grosse que la nôtre et nous rebondissons vers le milieu de la chaussée. Lui-même perd un instant le contrôle de sa direction et va se frotter au rail de sécurité de son côté. Une fontaine d'étincelles part en gerbe dans le ciel et nous accélérons à nouveau.

La voie décrit une grande courbe à droite, laissant Corlears Hook Park sur la gauche. Juste devant nous, le passage se réduit à une seule voie à la hauteur du parking du périmètre de stockage de la jetée. Roman est pratiquement sur nous ; je rétrograde et me crispe sur le volant.

– Tiens bien Bud, Russ.

Du coin de l'œil, je perçois son rapide hochement de tête au moment où nous abordons le premier ralentisseur à environ soixante-dix kilomètres à l'heure. L'avant bondit ; l'arrière l'atteint à son tour et l'avant retombe, du coup, sous un angle encore plus prononcé. J'écrase le frein et tâche de garder mes roues bien dans l'axe. Nous rebondissons et dérapons vers le ralentisseur suivant que nous heurtons sèchement. Dérapage sur la gauche. J'essaie de contrôler à l'accélérateur. Je retrouve de la traction et me raidis en attendant le troisième que nous passons sans difficulté à trente à l'heure.

Juste derrière nous, Roman aborde le premier ralentisseur à fond la caisse : il s'envole littéralement, mais reste dans l'alignement. Le second, par contre, lui fait faire une embardée qui le précipite contre le grillage du périmètre de stockage. La berline s'arrête brutalement, incrustée dans le grillage, tandis que nous arrivons dans le parking. Je braque brutalement à droite, pointe la Celica sur la sortie, brûle le feu et prends un virage en épingle à cheveux pour emprunter la rampe d'accès au FDR en accélérant à fond. Nous passons près de la voiture de Roman, toujours pointée dans la direction opposée sur la voie d'accès. Mais il s'est déjà dégagé et fonce vers la rampe du FDR.

J'essaie de me perdre au milieu de la circulation. Je stabilise ma vitesse. Nous repassons sous le pont Williamsburg, mais en direction du nord, cette fois. Russ, le nez enfoui dans le dos de Bud, lui murmure à l'oreille tandis que Roman nous rattrape.

Nous sommes sur la voie de droite, il se place à notre gauche. Je jette un coup d'œil. Bolo est à moins de deux mètres de moi et se suce toujours le pouce. Roman ne prend pas la peine de me regarder, les yeux braqués devant lui, attentif à la circulation. Whitey est toujours à l'arrière ; impossible de dire s'il est vivant ou mort. Jamais je ne les sèmerai en jouant sur la vitesse. Il faut ralentir le rythme de la poursuite. Je prends la sortie de Houston Street. Roman freine brusquement et oblique pour nous suivre. Au sommet de la rampe, je brûle le panneau STOP et ignore les coups d'avertisseur des autres véhicules ; je me coule au milieu des voitures qui roulent dans Houston, vers l'ouest. Roman est toujours derrière.

La circulation est dense et Roman ne décroche pas. Depuis la voie du milieu, j'oblique brusquement sur ma droite pour quitter Houston Street et rejoindre l'Avenue A. Je coupe la route de plusieurs automobilistes qui m'insultent à coups de klaxon indignés. Roman s'empêtre au milieu, je prends un peu d'avance dans l'avenue.

Nous avons beaucoup ralenti à cause de la circulation du week-end, et lorsque nous arrivons à la hauteur de la 9e Rue, Roman nous a rattrapés. Mais ce n'est pas un problème parce que je vois déjà les gyrophares devant nous.

On dirait qu'un décor de cinéma a été monté devant mon immeuble : voitures de patrouille, vans de la presse, barrières mobiles et la foule habituelle des badauds. Roman a lui aussi vu le tableau et il ralentit. Je peux à la rigueur prendre le risque de passer au milieu et d'être reconnu, mais Roman, même lui, aurait du mal à expliquer à ses collègues comment il se fait qu'il a un gangster russe mourant sur sa banquette arrière. Il tourne à hauteur de la 12e Rue et prend à l'est. Il va être obligé de faire tout un détour de plusieurs blocs, sans quoi il va retomber dans le même genre de situation du côté du Paul's, s'il reprend la première à gauche. Russ relève la tête et enregistre la scène.

– Hé, Hank, bon... c'est quoi ce bordel ? Mmmm...

– Reste tranquille, mec.

– Mmmm...

– Tranquille.

Il frotte son nez au museau de Bud.

– T'entends ça, Bud ? Faut rester tranquille. Mmmm... Tranquille. Mmmm...

Je le regarde. Il est toujours nez à nez avec le chat.

Les flics détournent les véhicules un à un au carrefour de l'Avenue A et de la 13e Rue, et ils roulent au pas devant mon immeuble. Arrive enfin notre tour et le flic nous bloque une seconde de sa main levée pour laisser passer la circulation dans l'autre sens. Je repère, au milieu des journalistes et des badauds, quelques personnes du quartier que je connais de vue. Je remonte le col de ma veste et me tasse un peu sur mon siège.

Le flic nous fait signe de passer; il n'a pas un seul regard pour la Celica. La police a été obligée d'installer les barrières pour pouvoir dégager une voie étroite au milieu de la chaussée. Nous avançons au pas. Je me représente la même scène devant la maison de mes parents. Des journalistes qui campent sur la pelouse, des gens qui passent au ralenti pour mater, des voisins qui pointent le doigt et hochent la tête depuis leur porche. Russ a enfoui de nouveau son visage dans la fourrure du chat. Nous sommes arrêtés une deuxième fois par un flic à l'intersection avec la 14e et je jette un coup d'œil vers l'est pour voir si Roman n'aurait pas fait le tour. Je ne le vois pas, mais notre voiture doit être recherchée et il faut l'abandonner le plus vite possible. Le flic nous fait signe et à peine ai-je tourné à gauche que la Celica se met à tousser et à trembler.

Nous franchissons poussivement le carrefour et je vais me garer le long du trottoir, juste après l'arrêt de bus. Je regarde par la fenêtre et vois le flic qui fait la circulation me demander d'un geste si nous avons besoin d'aide. Je lui souris et lui réponds «non merci» de la même manière. Il acquiesce et retourne à son boulot.

– Russ?

– Mmmm…

– Russ !

– Mmmm… Quoi ?

– La voiture est morte.

– Mmmm…

– Russ ?

– Ouais ?

– Tu vas bien ?

Il relève enfin la tête et me regarde. Sa pupille gauche est plus dilatée que jamais et lui dévore presque tout l'iris.

– Bon, j'sais pas trop, Hank. Je me sens pas très bien.

Il faut nous tirer de cette bagnole.

– C'est bon de te revoir, Buddy. Mmmm…

Il faut absolument nous tirer de cette bagnole.

– C'est bon de te revoir. Mmmm… Désolé, hé, bon… désolé de t'avoir laissé si longtemps, Buddy.

Il faut se tirer de cette putain de bagnole. Le flic qui est au carrefour ne cesse de nous jeter des coups d'œil. À quelques coins de rue d'ici, Roman et Bolo doivent s'être débarrassés de Whitey ou l'avoir planqué dans le coffre et se sont remis en chasse. Le côté gauche du visage de Russ s'est affaissé et figé et il n'arrête pas de se frotter au cou du chat tout en lui murmurant des trucs. Il faut qu'on se tire de cette bagnole avant que le flic ne vienne voir ce qui se passe, mais je ne sais pas où nous devrons aller ensuite.

Le portable sonne.

– Buddy, Buddy, Buddy, tu m'as manqué, Buddy. Mmmm…

Il sonne encore.

– Buuuudy.

Je sors le téléphone de ma poche à la troisième sonnerie et le regarde.

– Je suis désolé que t'aies été, bon… blessé, Buddy.
Mmmm… C'est… c'est vraiment de ma faute.

Quatrième sonnerie. Je l'ouvre.

– Allô ?

– Allô ?

– Allô ?

– C'est Russ Miner ?

Merde !

– Euh… oui.

– Monsieur Miner, je suis l'inspecteur Craig Williams, de la police de New York.

Et remerde.

– Oui ?

– Êtes-vous seul, monsieur Miner ? Êtes-vous libre
de parler ?

– Oui.

Le flic qui fait la circulation nous regarde à nouveau.

– Nous avons épluché le relevé de votre carte de
crédit, monsieur Miner, et avons découvert que vous
avez ouvert un compte de téléphone au cours des dernières vingt-quatre heures.

– Heu-hum.

– C'est comme ça que nous avons trouvé votre
numéro.

– Hum.

– Nous pensons que vous courez un grave danger,
monsieur Miner.

– Ah bon, pourquoi ?

– Connaissez-vous Henry Thompson, monsieur

Miner ? Ses parents ont été appelés avec votre téléphone un peu plus tôt aujourd'hui.

Aïe, aïe, aïe, merde !

– Hum.

– Êtes-vous avec Henry Thompson ? Vous détient-il contre votre volonté ?

Tu te fous de moi ?

– Si vous n'êtes pas libre de vous exprimer, répondez simplement non. Vous comprenez ?

– Hum.

– Nous voulons vous aider, Russ. Vous êtes toujours là ?

Je coupe la communication et jette l'appareil sur le siège arrière. Russ relève le nez de la fourrure de Bud et me regarde de ses yeux qui déconnent.

– Qui c'était ? Quelqu'un que je connais ?

Je descends de voiture, fais le tour jusqu'à la portière de Russ et commence à l'aider à descendre. Le flic fait signe à un de ses collègues de prendre sa place et se dirige vers nous d'un pas tranquille.

Russ est descendu de voiture et nous nous éloignons. Je compte les secondes. Je compte les secondes et là, quand j'arriverai à trente, je me retournerai et verrai le flic penché sur la voiture et matant tout le verre brisé, les fils de l'allumage arrachés. J'en suis à vingt quand je jette un coup d'œil par-dessus mon épaule.

Il n'examine pas la bagnole ; il lui tourne même le dos. Il lui tourne dos de manière à pouvoir parler à Roman, qui vient de débarquer de sa berline à présent débarrassée de son gangster russe, Roman qui lui demande sans doute s'il n'aurait pas vu deux types dans une Celica beige. Je pousse Russ dans l'escalier du métro aérien au coin de la rue.

250

Il nous faut un temps fou pour nous procurer ces conneries de tickets. Russ s'appuie sur moi pendant que je sors un billet de vingt de ma poche. Le type derrière la vitre veut savoir combien je souhaite de titres de transport et j'ai un passage à vide, je me demande s'il ne serait pas prudent de se procurer quelques tickets d'avance. Puis je reprends conscience de l'endroit où nous sommes, de la présence toute proche de Roman et de Bolo et lui dis de nous en donner simplement deux, vite, s'il vous plaît. Il glisse les tickets par la fente et commence à compter mes dix-sept dollars de monnaie en billets d'un dollar. Puis je sens la brise dans le tunnel annonçant l'arrivée de la rame. L'employé me glisse enfin les billets, je les empoche et entraîne Russ vers les tourniquets. C'est toute une affaire d'arriver à les lui faire franchir, puis de descendre les escaliers. La rame entre dans la station, mais c'est celle qui va dans l'autre sens, direction Brooklyn. J'oblige Russ à repartir vers l'autre bout du quai, loin des tourniquets et de l'entrée.

– Qu'est-ce que t'en dis, Russ ?

– Mmmm… J'sais pas, Hank.

Pour l'instant, on avance normalement. Je suis à sa gauche pour le soutenir, mais il paraît exercer un certain contrôle sur sa jambe gauche et je suis seulement là pour lui permettre de garder l'équilibre.

– Tu te sens pas un peu mieux ?

– Hank ?

– Ouais.

– Qu'est-ce que tu branles au juste, mec ?

251

– Eh bien, j'essaie simplement de nous sortir de ce merdier, Russ.

– Mais alors, bon… tous ces flics là-bas, mec? On n'a qu'à… Mmmm… Je n'ai qu'à, mec… je n'ai qu'à juste me rendre parce que bon… je crois que je suis pas mal esquinté.

Nous arrivons presque à l'extrémité du quai et je vois le tunnel s'éclairer: une rame qui approche. Je regarde dans la direction opposée. Toujours pas de Roman en vue. Une fois tout au bout du quai, Russ s'appuie à la paroi. Le sac contenant Bud pend de son cou et le chat se tortille pour se dégager. Je le repousse à l'intérieur et remonte complètement la glissière au moment où la rame fonce dans la station.

– C'est que je me disais que nous pourrions aller récupérer le pognon, Russ. Ensuite, on pourrait aller voir un médecin pour qu'il t'arrange ça. Puis on irait se planquer quelque part. Qu'est-ce que t'en dis, mec?

– Ouais, ça paraît, euh, pas mal, bon… mais toi, t'as donné la clef à ce fumier de Roman. Mmmm… Tu lui as donné la clef, mec.

Je le pousse vers le bord du quai alors que la rame s'arrête. Les portes s'ouvrent avec un petit bruit. *Ding-dong!* Nous nous rangeons de côté pour laisser descendre la bande de jeunes artistes frimeurs de Williamsburg empilés dans la voiture et partis faire la tournée des bars de l'East Village.

– Je ne lui ai pas donné la bonne clef.

– Hein?

– Je lui ai donné la clef de *mon* box, Russ. Nous avons toujours l'argent.

Au moment où nous montons dans la dernière

252

voiture, je décèle une certaine agitation à l'autre bout du quai. Roman et Bolo dégringolent les dernières marches et, au milieu de la foule, tentent de monter dans la première voiture.

– Alors bon... on a le fric?

– Exact, mec, nous l'avons toujours. Alors détends-toi et tout va s'arranger.

Ding-dong! Les portes se referment à moitié, s'immobilisent et se rouvrent comme lorsque l'une d'elles, quelque part sur le train, rencontre un obstacle. *Ding-dong!* Elles se referment complètement. Moi? Je dirais que Roman a réussi à monter.

La rame doit faire encore cinq arrêts avant d'atteindre le terminus de la ligne, dans la Huitième Avenue. J'essaie de calculer le temps qu'il faudra à Roman et à Bolo pour remonter toute la rame jusqu'à nous. Il y a huit voitures. Les portes de communication étant fermées, ils devront sauter d'une voiture à l'autre en passant par le quai à chaque station. Je me représente la disposition des différentes stations jusqu'au terminus et tente d'imaginer comment leur échapper. Nous arrivons à la station de la Troisième Avenue.

Ding-dong! Les portes s'ouvrent. Quelques personnes descendent, d'autres montent. J'ai parqué Russ sur un siège. Je vais à la porte et passe le nez dehors. À l'autre bout du train, dans la deuxième voiture, Bolo fait de même. Il me voit. Je me replie dans la voiture. *Ding-dong!* et nous voilà repartis. Prochain arrêt: Union Square. La rame ralentit et devrait s'arrêter avec notre voiture à la hauteur de l'escalier, qui est en bout de station. On pourrait courir jusqu'à l'escalier en espérant qu'ils ne nous verront pas descendre, puis prendre une autre rame ou sortir dans la rue.

Je prends Russ par le bras et veux l'aider à se lever de son siège, mais il n'est plus que poids mort. Personne ne nous porte la moindre attention. Un New-Yorkais? Dieu te garde de lever les yeux, tu pourrais voir quelque chose. Je m'assois à côté de lui et lui prend le pouls. Je le sens battre. Avec un peu de chance il s'est juste évanoui, il n'est pas dans le coma. Union Square.

— Allez Russ, amène-toi, mec. Faut y aller. Bouge-toi!

Pas de réaction. La rame s'arrête. Je pourrais le laisser là. Aucune raison de ne pas le laisser tomber. Sauf, bien sûr, que Bolo et Roman vont le tuer s'ils le trouvent.

— Russ.

Je lui donne une gifle peu appuyée. Rien. Sur ses genoux, le sac bouge légèrement sous l'effet des mouvements de Bud. *Ding-dong!* Les gens qui descendent et montent sont plus nombreux. Je vais jusqu'à la porte et regarde. Bolo est là, toujours dans la deuxième voiture. Il m'adresse un petit salut. Je lui réponds et descends de la rame. Il dit quelque chose en se tournant vers l'intérieur de la voiture et lui et Roman descendent sur le quai. Je remonte. Ils remontent. Je ressors. Roman reste dans le train, mais Bolo saute sur le quai et commence à se diriger vers moi. *Ding-dong!* Je plonge au moment où les portes se referment. Les portes se bloquent et se rouvrent. *Ding-dong!* Elles se referment complètement. Il a réussi à remonter. Mais le voir valser comme ça valait la peine. Prochain arrêt: Sixième Avenue.

Russ ne sort pas de sa léthargie. Nous entrons dans la station de la Sixième Avenue. *Ding-dong!* Je regarde de nouveau par la porte. Roman sorte de la deuxième voiture et se précipite vers la troisième. Ils sont invisibles un instant. Je prie pour que les portes se referment avant qu'ils ne soient plus près. Pas de pot. Ils font irruption par les portes proches de la cinquième voiture et bondissent dans celle-ci. *Ding-dong!* Ils vont tomber sur une nouvelle porte intérieure fermée entre la sixième et la septième voiture. Ils ne pourront pas remonter plus haut avant la station de la Huitième Avenue. Le terminus. Je m'assois à côté de Russ et lui prends la main quand la rame repart.

– Houlà…

Je le regarde.

– Houlà, mec, je crois que je bon… que je suis tombé dans les pommes.

Il secoue la tête et regarde autour de lui.

– Bon, alors oui, mec, allons chercher le fric.

Nous entrons dans le terminus de la Huitième Avenue; debout devant les portes, nous attendons qu'elles coulissent. Ça n'en finit pas. *Ding-dong!* La sortie est juste devant nous. Russ s'accroche à moi et nous nous précipitons les premiers vers l'escalier qui donne accès à la station proprement dite. Deux voitures derrière nous, Roman et Bolo sont coincés dans la foule qui se bouscule vers la sortie.

Nous sommes en haut de l'escalier qui conduit au cœur de la station, je prends le temps de me retourner. Roman et Bolo sont encore en bas. Ils se déplacent rapidement au milieu de la foule, Bolo ouvrant la marche. Je regarde les tourniquets, mais Russ fonctionne trop au ralenti pour que nous puissions tenter la rue. Je tourne à droite, vers le quai de la Ligne A.

Nous passons devant deux escaliers d'accès fermés l'un et l'autre pour entretien. Russ a passé un bras autour de mes épaules et sautille plus ou moins maladroitement pour s'accorder à mes foulées. J'entends une rame qui entre sur les voies A-C-E, mais sans pouvoir dire si elle se dirige vers le centre ou vers la banlieue. J'y vais au pifomètre, entraîne Russ vers la gauche, et nous empruntons l'escalier qui rejoint le quai pour la direction centre. J'ai l'impression de sentir l'haleine de Bolo et Roman sur ma nuque. Si je me suis trompé, c'est ici qu'ils nous coinceront.

Il y a une rame de la Ligne C juste là, portes ouvertes, et un express de la Ligne A qui s'arrête juste de l'autre côté du même quai. Une fois en bas des marches, je me retourne. Ils sont en haut et nous regardent, et descendent rapidement. Le A s'arrête. *Ding-dong!* Les gens se croisent sur le quai pour passer d'un train à l'autre. J'entraîne Russ avec moi du côté du A, m'assurant que Bolo et Roman nous ont bien vus avant de disparaître dans la foule. Celle-ci est dense et je dois jouer des coudes pour passer derrière l'escalier par lequel Bolo et Roman descendent. Et pour gagner le C.

Nous contournons donc l'escalier et, lorsque nous arrivons de l'autre côté, je vois la nuque de Bolo, qui domine la foule de toute la tête. Lui et Roman s'immobilisent une seconde au pied de l'escalier, nous cherchant dans le A. *Ding-dong!* Les portes du C se referment juste devant nous. Je tends un pied; elles viennent le heurter. *Ding-dong!* Elles se rouvrent et nous sautons dans le C. Mais Roman et Bolo aussi, par la porte suivante de la voiture, à environ dix mètres de distance. Bolo lève son pouce égratigné et nous adresse son sourire à manger la merde.

La rame sort de la station. Russ n'en peut plus et s'appuie sur moi de tout son poids, reposant sa tête sur ma poitrine tandis que je m'adosse à un poteau central. Derrière moi, j'entends les murmures d'une bande de petits voyous, des banlieusards qui nous traitent de pédés. Roman et Bolo se contentent de rester où ils sont, à l'autre bout de la voiture; ils nous surveillent et nous pourrions avoir une conversation à condition d'élever un peu la voix. Ils paraissent tout à fait satisfaits d'être près de nous en attendant notre prochain mouvement.

Les vauriens du New Jersey deviennent plus courageux et parlent plus fort:

– Enculés de pédés.

– Ouais, enculés de cons de pédés.

– Regarde-moi ça. Ils ont le sida et ils continuent leurs trucs de pédés.

Ils parlent maintenant assez fort pour être entendus de presque tous les passagers et je sens la tension monter dans la voiture. Bolo essaie de ne pas rire et Roman me lance des coups d'œil qui sont autant de rayons laser.

– Enculés de pédés qui contaminent tout le monde !

Je me dégage du bras de Russ, l'appuie au poteau et me tourne vers les voix. Les autres passagers observent la scène du coin de l'œil – uniquement du coin de l'œil – et la tension monte d'un cran dans la voiture. Tout le monde tend l'oreille et mate en faisant semblant de rien. Je fixe des yeux les cinq ados alignés sur la banquette.

– Hé, le pédé est un gros dur.

La rame ralentit à l'approche de la station.

– T'as un problème, bourre-cul ?

Ils ont tous la même dégaine. Mêmes cheveux coupés court, mêmes muscles trop gros, mêmes petits yeux, mêmes putains de tronches vides.

– Qu'est-ce que t'en dis, zob merdeux ? T'as rien à dire ?

La rame ralentit. Je regarde Roman, lui souris, puis reviens vers l'ado. Il insiste :

– Allez, vas-y, violeur de mômes. Dis-nous ce que t'as dans ta putain de tronche.

La rame s'arrête. Je me mets la bouche en cul-de-poule et envoie un petit baiser au garçon en minaudant. Nous sommes à moins d'un mètre l'un de l'autre. Il m'attrape, mais je lui donne un violent coup de pied au tibia. Il pousse un cri et je lui balance le coude dans le creux situé juste en dessous du menton. Il part à reculons en hoquetant, tandis que ses copains bondissent de leur siège et se jettent sur moi. Et tous les homos du train – un train qui dessert le West Village, qui passe en ce moment même à un jet de pierre de la Stonewall Inn, l'endroit où est né le mouvement des droits des gays – explosent. *Ding-dong !*

Les portes s'ouvrent. J'agrippe Russ tandis que nous sommes entraînés par la bousculade qui se déverse de la rame. Le A que nous avons vu à la station de la Huitième Avenue est de l'autre côté du quai. *Ding-dong!* Nous nous ouvrons un chemin dans la mêlée et montons tranquillement dans le A. Les portes ne se ferment pas. Je vois Bolo et Roman s'ouvrir brutalement un chemin dans la bagarre pour rejoindre notre rame. Les portes ne se ferment pas. Ils montent une fois de plus à l'autre bout de la voiture. De l'autre côté du quai, le C n'a pas bougé. En tenant fermement Russ, je descends du A pour y remonter presque aussitôt. Roman et Bolo ne mordent pas à l'hameçon. Je recommence. Ils ne mordent pas. Le C est toujours là, de l'autre côté du quai. Et la bagarre continue, intensifiée par la tension sexuelle qui travaille la ville. Nous nous faufilons une fois de plus dehors, mais cette fois nous continuons à marcher. Roman et Bolo ne mordent pas. *Ding-dong!* Et je tire Russ entre les portes du C qui se referment.

Roman et Bolo sautent du A. *Ding-dong!* Ils remontent dans le A au moment où les portes coulissent, et leur rame démarre. Juste derrière la nôtre.

Les deux rames roulent sur des voies parallèles. Pendant un moment, le nôtre, le C, a un peu d'avance. Puis l'express de la Ligne A où se trouvent Bolo et Roman prend de la vitesse et ne tarde pas à nous rattraper pour rouler à notre hauteur. À travers les vitres striées de graffitis, à un mètre de nous, Bolo profère d'inaudibles jurons tandis que Roman hoche la tête.

Puis le A accélère encore, en route pour la station de Canal Street par la voie express, tandis que nous ralentissons pour le premier arrêt de la desserte locale, Spring Street. J'installe Russ sur un siège et cherche à me rappeler comment on fait pour respirer.

Russ s'affaisse contre moi. Bud s'agite dans le sac. J'entrouvre la fermeture à glissière pour voir comment il va. Il passe la tête par l'ouverture et s'étire pour pouvoir se frotter au menton de Russ. La rame entre dans la station.

– Allons-y, mec.

Je prends Russ par le bras, mais c'est un poids mort. Il s'est encore évanoui. Je me rassois. La voiture est tranquille ; il n'y a que quelques passagers – les gens qui ne sont pas descendus pour se joindre à la bagarre ou pour la regarder. Un filet de bave coule de la bouche de Russ et Bud le lèche. Je tâte son pouls, puis le côté de son cou, puis je mets l'oreille contre sa poitrine.

Il y a les yeux ouverts. Je les ferme. Il a l'air de dormir. J'oblige Bud à rentrer dans le sac. La rame s'arrête. Je dégage le sac de l'épaule de Russ et le mets à la mienne. Et me lève. Les portes s'ouvrent, je sors. Cette fois, tous mes ponts sont coupés : je suis vraiment un meurtrier, à présent.

Ding-dong !

QUATRIÈME PARTIE

30 septembre 2000

Dernière journée du championnat

– Allô?
– Je t'aime, m'man.
– Henry !
– Dis à Papa que je l'aime aussi.
– Oh, Henry…
– Faut que j'y aille. Je t'embrasse.

Je me retrouve au coin des rues Prince et Mercer, le combiné du taxiphone à la main. Il est environ dix heures et demie. Cela ne fait qu'une demi-heure qu'a eu lieu la rencontre avec Roman. Incapable de contrôler mes tremblements, j'ai du mal à mettre les pièces dans la fente pour donner le coup de fil suivant. Tout autour de moi, des étudiants de la NYU et les promeneurs du week-end venus du New Jersey arpentent les rues de SoHo, demandant leur chemin pour le Balthazar[1]. Je me mords violemment la langue jusqu'à ce que je sente le goût du sang et que les tremblements s'apaisent.

La carte est dans ma poche revolver, là où je l'ai

1. « Bistro médiocre et absurdement hors de prix » d'après l'auteur.

mise lorsque j'ai changé de vêtements, à l'appartement. Rangée avec la photo d'Yvonne au visage tuméfié prise par la police. Je replie la photo, la remets dans ma poche et compose le numéro. Le téléphone ne sonne qu'une fois.

– Oui ?

– C'est moi.

– L'était temps.

– Ouais.

– On peut dire que t'as foutu un sacré bordel, mon gars.

– Ouais.

– T'aurais mieux fait de m'appeler, comme je t'avais dit.

– Ouais.

– Un commentaire ?

– Désolé.

– Ouais, bon. Alors, t'es prêt à bosser avec nous à présent ?

– Ouais.

– Bien. Ça fait plaisir à entendre.

Eddie ne peut pas venir tout de suite. Il me dit d'attendre et de garder profil bas jusqu'à demain soir. Puis *où* et *quand*, et raccroche.

Chaque fois que j'ai l'occasion de rester sans bouger, je me rends compte à quel point j'ai mal partout, à quel point je suis épuisé. La cicatrice à vif de l'opération me brûle, ma figure pulse, toutes mes contusions sont douloureuses et les crampes me tuent littéralement les pieds. Debout au coin de la rue, je regarde autour de moi tous ces gens normaux, des gens qui ne sont poursuivis ni par des fous furieux ni par la police, et je les déteste.

J'empeste la sueur rance et mes vêtements sont dans un sale état. Je suis une loque et en ai l'air ; j'ai besoin d'un coin tranquille et de ne pas être remarqué jusqu'à demain matin. J'avale deux cachets de Vicodine et j'essaie de dormir sur des cartons à même le trottoir, sous l'échafaudage d'un cinéma en réfection, l'Angelika. Personne ne m'embête. Je fais maintenant partie de la tribu des sans-logis de New York et, comme les autres sans-logis, je suis devenu opportunément invisible.

Ce n'est pas un bon sommeil. J'ai froid, le sol est dur et, quand je commence à somnoler, une douleur, ici ou là, crève la protection des molécules chimiques et ne tarde pas à me réveiller. Je reste presque tout le temps étendu sur le côté droit, le dos appuyé au bâtiment, et regarde défiler les pieds des passants. Le sac contenant Bud est entrouvert et j'y garde une main, le sentant respirer et ronronner. Je pense à Russ, mort et abandonné au fond d'une voiture du métro. Je pense à la batte de base-ball, l'arme du crime, couverte du sang de Russ et de mes empreintes digitales. Impossible de me souvenir si je l'ai laissée dans son appartement ou dans le mien. Peu importe : les flics ne vont pas tarder à la récupérer, s'ils ne l'ont pas déjà. Je me demande si Roman et Bolo ont pris une rame dans l'autre sens pour revenir à Spring Street ou s'ils sont descendus à Canal pour attendre la nôtre. Que vont-ils faire s'ils trouvent Russ ? J'ai le cerveau dans le magma. Je rêve d'une bière. Impossible de dire si je m'endors ou si je m'évanouis.

Oui, je refais le cauchemar. Oui, il a changé. Oui, Russ en fait maintenant partie. Je ne veux pas y penser.

À un moment donné, pendant mon sommeil, Bud est sorti du sac pour venir se rouler en boule sous mon menton. À mon réveil, il est toujours là et tente de me tenir chaud.

Il fait jour, mais Eddie et Paris ne vont pas venir me chercher avant des heures et des heures. Bud émet des miaulements plaintifs, je fouille dans le sac jusqu'à ce que je trouve sa petite fiole de cachets. Je le serre contre moi, l'oblige à ouvrir la gueule, lui enfonce une pilule dans la gorge et lui referme les mâchoires jusqu'à ce que je le sente avaler. Je regarde l'étiquette. En principe, il doit les prendre avec de la nourriture. Merde. La bouffe. Quand a-t-il mangé pour la dernière fois ? Je le réinstalle dans le sac en prenant soin de ne pas lui faire mal à la patte, et je l'enferme. Il me faut plusieurs minutes pour me lever. Impossible de faire le catalogue de ce qui me fait mal, ou plutôt si : tout. Je regarde autour de moi. Nous sommes dimanche matin et il est de bonne heure. Peu de circulation, pas de piétons. J'adore le dimanche à New York. La ville souffle à la fin du week-end. C'est chouette.

Je me rends jusqu'à l'épicerie qui se trouve à l'angle de Mercer et de Bleecker. J'ai remonté mon blouson des Yankees et j'ai mes lunettes noires sur les yeux et mes écouteurs dans les oreilles. J'essaie d'accrocher un bulletin d'information, mais les piles sont à plat.

À part le gosse qui tient la caisse, le nez plongé dans une revue d'arts martiaux, il n'y a personne dans le magasin. Il me jette un coup d'œil peu amène, mais je crois que c'est parce que j'ai l'air fauché. Je prends deux boîtes de nourriture pour chat, des piles AA, et un *bagel* au fromage en sachet. Je regarde les bières ; les frigos restent bouclés jusqu'à midi le dimanche. Je prends une bouteille d'eau. Le gosse tape le total, je le paie avec des billets d'un dollar – la monnaie qu'on m'a rendue quand j'ai acheté les tickets de métro. En sortant, je vois les journaux et me rappelle le championnat. J'aimerais bien voir les résultats, mais ce sont les gros titres que je regarde.

Le *Daily News* : CHASSE À L'HOMME !

Le *Post* : CHASSE À L'HOMME !

Le *New York Times* : MASSACRE DU BAR : UN SUSPECT TOUJOURS RECHERCHÉ.

Et tous exhibent de grandes reproductions de ma photo d'identité judiciaire. Je jette un coup d'œil au gamin. Il s'est replongé dans sa revue. Je ne l'intéresse plus maintenant que j'ai payé. Je feuillette le *Daily News* jusqu'à la page des sports. DES BALLES QUI ONT FUSÉ AUTOUR DU MONDE ! annonce la manchette de l'article. Je pense aux derniers coups de batte donnés hier au soir pendant que Russ et moi nous bagarrions dans la voiture. Je ne supporte pas l'idée de lire les détails que laisse présager le chapeau : *L'un des événements les plus bizarres et bienvenus dans l'histoire du passe-temps préféré des Américains.* Atlanta 2, New York 0. San Francisco 5, Los Angeles 3. Et dire que j'ai manqué ça ! Et les Giants et les Mets qui se retrouvent au coude à coude avec encore une partie à jouer ! Ce soir. Et je vais manquer ça aussi. Parce que je vais me retrouver au beau milieu d'un putain de grand déballage.

L'horloge à côté de la caisse indique 08:22. J'ai presque neuf heures à tuer et je dois rester le moins visible possible pendant tout ce temps. Je me traîne jusqu'au carrefour de Broadway et de Prince Street, clodo puant comme un autre, les cheveux mal coupés, un chat dans un sac.

Affichée sur la vitre de la caisse, dans la station des lignes N et R, il y a la photocopie d'un bulletin «RECHERCHÉ». Devinez qui? Je donne un de mes billets de vingt à la fille et lui demande un abonnement MetroCard à quinze dollars. Excellente affaire: on a droit à un parcours de plus. Elle me glisse le coupon et un billet de cinq sans même me regarder. Je descends jusqu'au quai attendre le N pour Coney Island. Où voudriez-vous que j'aille pour tuer le temps, sinon à Coney Island?

SPANG!

Il n'y a personne dans la voiture, j'ouvre donc une boîte de 9Lives et fais sortir Bud du sac. Il nettoie proprement la première boîte. Quand elle est vide, je la remplis avec de l'eau de ma bouteille pour qu'il puisse boire, puis j'ouvre la deuxième boîte, à laquelle il fait aussi un sort.

SPANG!

Je déballe le *bagel* et prends mon petit déjeuner. Ce truc n'a aucun goût, mais je le dévore néanmoins en trente secondes, et en regrettant de ne pas en avoir acheté deux. Je finis la bouteille d'eau, remets les restes dans le sac en papier et regarde les pubs affichées dans le métro. *Dr Z, le dermato d'exception!* *Apprenez l'anglais! Les Juifs pour Jésus. Votre diplôme de fin d'études maintenant!* Il faut quarante minutes pour atteindre Coney Island; j'ai le temps de les relire plusieurs fois.

SPANG!

Je descends au terminus, traverse Surf Avenue et commence à marcher sur le bord de la promenade. La saison est terminée et la plupart des baraques sont fermées pour le reste de l'année.

SPANG!

Adossé à une barrière, je regarde le vieux manège à moitié effondré et envahi d'herbes et de lierre: le Cyclone. De l'autre côté de la promenade centrale, le nouveau Cyclone oscille, l'air prêt à s'effondrer d'un instant à l'autre, lui aussi.

SPANG!

Je grimpe les trois marches pour accéder aux planches. Quelques-unes des baraques de restauration viennent de s'ouvrir et j'ai un instant l'envie de me payer un hot-dog. Plus tard, peut-être. Je gagne l'autre côté des planches pour traverser la plage et aller m'asseoir au bord de l'eau, sur le sable.

SPANG!

Je reste assis là un bon moment et m'efforce de mettre de l'ordre dans mes idées, de réfléchir. Ça ne marche pas. Je me lève et retourne sur les planches, pour le hot-dog. Et c'est alors que je vois le gars qui bricole sur une des machines à lancer.

SPANG!

Il n'avait pas prévu d'ouvrir, je dois l'en convaincre. Finalement, je lui refile un billet de vingt et il me montre une des cages. Une cage de softball. Un deuxième billet de vingt, et voilà que je peux utiliser une cage de base-ball. J'achète des jetons, prends une batte et entre dans la cage.

SPANG!

Je mets Bud à l'abri, glisse les écouteurs dans mes oreilles et mets un jeton dans l'appareil.

SPANG!

La machine lance des Spaldings. Il y a un petit éclair sur la machine à lancer pour vous avertir que la suivante arrive.

SPANG!

Je laisse passer les deux premières pour me faire une idée du rythme avant de me placer. Les balles arrivent juste un peu trop haut et à l'extérieur. J'en laisse passer une troisième, puis je me mets en position, un peu en retrait du centre de façon à pouvoir soulever le pied avant de me projeter en avant de tout mon poids. Je garde les coudes rentrés et brandis la batte. L'éclair jaillit. La balle part de la machine et se précipite vers moi. J'entre, je joue des hanches et des épaules, je détends les bras et expédie la batte dans la zone de frappe ; c'est tout mon corps qui fait le boulot, pas seulement mes bras. La balle était costaude, d'un blanc brillant, et se déplaçait à environ cent vingt à l'heure. Je n'ai pas frappé une seule balle depuis le jour où je me suis cassé la jambe.

La batte entre en contact avec la balle. L'impact fait un bruit qui se répercute en écho dans le cylindre d'aluminium creux :

SPANG!

S'il n'y avait pas ce con de filet, la balle serait passée

par-dessus le Cyclone. De même que les deux douzaines qui suivent.

La traction que j'impose à ma cicatrice commence
à me faire un mal de chien.
SPANG!
Il était une fois…
SPANG!
Il était deux fois…
SPANG!
Les balles rebondissent sur la batte comme si elles
avaient peur et je comptabilise coup de circuit après
coup de circuit. Mon corps se détend. Mon esprit
s'éclaircit.
SPANG!
Je suis en train de faire la seule chose où j'ai été
vraiment bon.
SPANG!
Et pour la première fois, je peux me souvenir, je
peux me retourner et regarder la route qui m'a mené
ici.
SPANG!
Le long dérapage qui m'a fait passer de superstar
ado à barman alcoolique.
SPANG!
La fracture de ma jambe qui a mis un terme à ma
carrière avant qu'elle ne commence.
SPANG!
Le veau qui s'est aventuré sur la route et m'a envoyé
m'écraser contre un arbre avec Rich.
SPANG!
Qui a envoyé Rich s'écraser contre l'arbre.

SPANG !

La fille qui m'a largué, me laissant tout seul à New York.

SPANG !

Toute la gnôle que j'ai ingurgitée.

SPANG !

Le boulot de con qui m'a bousillé les pieds.

SPANG !

Le chat que Russ m'a laissé.

SPANG !

Les gangsters à mes trousses.

SPANG !

Papa et Maman affolés et terrorisés.

SPANG !

Les amis morts.

SPANG !

L'ami que j'ai assassiné.

SPANG !

Et tout ça parce que j'attendais que les choses s'arrangent toutes seules.

SPANG !

Comme si j'y avais droit, ou je ne sais quoi.

SPANG !

SPANG !

SPANG !

SPANG !

SPANG !

Une chose est certaine en tout cas.

Le passé est bien fini. Ma vie ne sera plus jamais ce qu'elle a été. Et vu ce que j'en ai fait jusqu'ici, ce n'est peut-être pas une mauvaise nouvelle en fin de compte. Il est temps d'arrêter d'espérer que les choses vont s'arranger toutes seules et de me mettre à inventer la manière de sortir vivant de ce merdier. Parce que j'en ai plein le cul de jouer les crétins de service pour le compte de tout un chacun. Il est onze heures et j'ai un ami à voir en ville.

SPANG!

Je descends du N à la station Broadway / 8ᵉ. Les lécheurs de vitrines et les brunchers remplissent les rues. Je rentre la tête dans les épaules, marche au bord du trottoir et marmonne tout seul. Les gens s'écartent sur mon passage et évitent d'entrer en contact oculaire, au cas où je voudrais les taper ou leur demander quelque chose.

Dans la 9ᵉ, je m'arrête devant un vieil immeuble de rapport, à l'angle de la Sixième Avenue. Je pourrais sonner d'en bas, mais il risque de paniquer et d'appeler les flics. Il faut donc que je trouve autre chose. Je monte les quelques marches jusqu'à l'Interphone. Il y a quatre appartements au dernier étage. J'appuie sur le bouton du premier, attends, n'obtiens pas de réponse. J'appuie sur le deuxième.

– ¿Hola?
– Euh…
– ¿Hola? ¿Qué pasa?
– Euh, *nada*. Je me suis trompé.
– ¿Cómo?
– *Numero non bueno.* Désolé. *Gracias.*
– *De nada.*

Cons de cours de français. J'appuie sur le troisième.

– Oui ?

– UPS.

– UPS ?

– Ouais.

– Vous livrez même le dimanche ?

Merde.

– Bien sûr, sept jours par semaine.

– Houlà, je savais pas.

– Et vingt-quatre heures sur vingt-quatre.

– Hé ben…

– Vous m'ouvrez ?

– Qu'est-ce que c'est ?

Re-merde.

– C'est dans une boîte, comment voulez-vous que je sache ?

– Mais d'où ça vient ?

– Écoutez, vous avez un colis. Si vous le voulez, laissez-moi entrer.

BUZZZ.

Je grimpe l'escalier quatre à quatre et, dès que j'ai atteint le premier, je fonce jusqu'à l'appartement qui est au bout du couloir. Je frappe vigoureusement à la porte. Une autre porte s'ouvre, au dernier étage. Je frappe à nouveau et j'entends quelqu'un se déplacer à l'intérieur de l'appartement. En haut, le type attend son colis :

– Hé, UPS, vous montez ?

– J'arrive !

Je frappe une troisième fois. Voix endormie venant de l'intérieur :

– Ouais, ouais, une minute.

Tim entrouvre la porte et passe un œil. Il blêmit en me voyant et essaie de refermer le battant, mais j'ai déjà le pied dans l'ouverture.

– Laisse-moi entrer, Tim.

– Oh, merde, merde…

– Laisse-moi entrer, je t'en prie.

Le type du dernier étage commence à descendre les marches.

– UPS?

Timmy tente toujours de refermer la porte sur moi; ses bras maigrichons tremblent.

– À l'aide, à l'aide!

Ça se voudrait un cri, mais il a tellement la frousse que sa protestation se réduit à un souffle étranglé.

– Je t'en prie, Tim, j'ai besoin de toi.

– À l'aide, à l'aide!

Le type qui a répondu à l'Interphone se rapproche:

– Hé, U-P-S!

Sous l'effort, Tim s'est empourpré. Je pèse de tout mon poids sur la porte et le repousse dans son appartement. J'entre et referme la porte dans mon dos tandis qu'il essaie de s'enfuir – sauf que nous sommes dans un studio et qu'il n'a aucun endroit où se réfugier. Je donne un tour de clef et regarde par l'œilleton; sur le palier, il y a un type en boxer-short et T-shirt qui me tourne le dos et regarde dans la cage d'escalier. Quand je me retourne, Tim escalade l'échelle de son lit surélevé. Le fil du téléphone court jusque-là. Je l'attrape, je tire dessus, le téléphone dégringole du lit et atterrit sur un paquet de linge sale. Tim émet un petit bruit apeuré, me jette un coup d'œil et finit d'escalader son échelle. Il se recroqueville sur un coin du lit, se balance d'avant en arrière, et se met à pousser un gémissement plaintif.

Je pose le sac de Bud par terre, traverse la pièce et grimpe à mon tour à l'échelle en gardant la tête juste au-dessus du bord. Tim s'incruste encore un peu plus dans l'angle et attrape un oreiller qu'il brandit dans ma direction comme si c'était une arme.

– Me fais pas mal. Me fais pas mal. Me fais pas mal.

Je n'ai qu'une envie : me barrer. Lui foutre la paix et laisser tomber tout ça, mais je ne peux pas.

– Tim…

– Non.

– Tim !

– Oh, mon Dieu.

– Tim ! C'est pas moi. Je te jure que ce n'est pas moi. Je-je-je…

Lentement, j'escalade les derniers barreaux et rampe vers lui sur le lit. Je prends l'oreiller de ses mains tremblantes, l'installe sur ses genoux, pose ma tête dessus et lui entoure la taille des bras.

– Oh, bon Dieu, Tim, je… je… je…

Au bout d'un moment, il consent à redescendre. Il prend une bouteille de Tullamore Dew d'une pinte sur une étagère et en boit une rasade.

Pour tout dire, les relations que Tim entretient avec le monde interlope sont à peine plus développées que les miennes. Mais il connaît un type et passe un coup de fil. Il va falloir se rendre à Brooklyn (à Williamsburg, exactement), et ça me rend un peu nerveux. J'ai déjà pris pas mal de risques à me balader comme ça dans les rues. Tim me dit de ne pas m'en faire et appelle un autre type qu'il connaît.

Pendant que nous attendons dans l'appartement, Tim alterne les rasades au goulot de la bouteille de

Dew et les énormes bouffées qu'il tire de sa pipe à eau. Il me propose l'un et l'autre. Mais je me sens déjà suffisamment pété comme ça rien qu'à respirer la fumée qu'il rejette. Son téléphone sonne, une seule fois. Il pose sa pipe et tire une veste en jean de la pile de linge. Je récupère Bud, le mets dans le sac et prends la direction de la porte. Tim m'arrête avant que je l'ouvre.

– Fais gaffe. Ces deux types sont super-cool, mais ils s'attendent à être payés.

– Pas de problème.

– D'accord, mais fais gaffe tout de même. Le premier, y a un supplément pour le faire bouger un dimanche. Il va vouloir dans les deux cents billets.

– Pas de problème.

– Ouais, mais fais gaffe. L'autre, son tarif tourne en général autour de deux mille. Sauf que c'est une urgence et que vu la nature dangereuse du boulot, ça pourrait monter jusqu'à cinq ou six mille.

– Pas de problème.

– Parce que je suis en affaires avec ces mecs.

Je glisse la main dans la poche intérieure de ma veste et en sors un des paquets de billets de cent que j'ai pris dans le sac de hockey. J'en retire dix et les tends à Tim.

– C'est qu'un acompte.

– Pas de problème.

Dehors, une Lincoln Town Car aux vitres teintées est rangée le long du trottoir. Nous montons à l'arrière. Le conducteur est portoricain, pas très grand, épaules larges, coiffé avec soin, costume impeccable. Son lecteur de CD passe du Barry White : *I'm Gonna Love You Just a Little More, Baby*. Tim referme la portière et le type se tourne sur son siège, main tendue. Tim la lui serre et me montre du pouce.

– Mario, voici Billy. Il est en train d'apprendre le métier.

Mario me tend la main et je la lui serre à mon tour. Il sourit.

– Heureux de faire ta connaissance, Billy. T'aurais pas un joint ?

Tim sourit, en tire un de sa poche et le passe à Mario, qui le fait tourner sous son nez comme un cigare. Il hoche la tête et sourit.

– Super. Où on va, les gars ?

Timmy s'enfonce dans le siège.

– Williamsburg. Metropolitan, du côté de Graham.

– C'est parti.

Mario passe une vitesse et démarre. Il enfonce l'allume-cigare du tableau de bord et enfile une paire de lunettes de soleil teintées en bleu. L'allume-cigare s'éjecte. Il allume le joint et en tire une bouffée impressionnante. Il sourit en exhalant la fumée entre ses dents serrées.

– Super, absolument super.

Il nous tend le joint, mais Tim fait non de la tête.

– Non, vieux, c'est pour toi. Est-ce qu'on pourrait pas avoir un peu d'intimité à l'arrière ?

– Comme si c'était fait.

Mario appuie sur un bouton de son tableau de bord et la vitre polarisée monte entre nous.

Tim m'en dit un peu plus sur le type que nous allons voir et je regarde défiler les rues après que Mario a traversé le fleuve et est entré dans Brooklyn. Puis c'est Williamsburg et il nous arrête devant un petit duplex jaune au cœur du quartier. Tim me montre la porte d'entrée.

– Fais gaffe. Tu vois, il y a deux portes anonymes. Sonne à celle de droite et il te fera entrer dans le hall. Là, tu trouveras un Interphone et quand il te demandera qui tu es tu répondras *Billy*. OK ?

– OK.

– Tu ne veux toujours pas que je t'attende ou que je repasse te prendre plus tard ?

– Non, mais tu peux me rendre un service.

– Pas de problème.

– Ne retourne pas dans ton appart pendant les vingt-quatre heures qui viennent.

Tim se gratte le nez et se frotte les yeux.

– D'accord. Mais pourquoi ?

– Fais gaffe, Timmy (ça y est, je parle comme lui). Les flics vont forcément s'intéresser à tous les habitués du Paul's et vont donc t'appeler tôt ou tard.

– Pas de problème. Je sais ce qu'il faut dire aux flics.

– Peut-être, mais il y a d'autres types qui pourraient appeler aussi.

– Oh.

– Ouais. Alors va traîner tes guêtres ailleurs. Ne retourne pas une seule fois chez toi aujourd'hui.

– Et demain ?

Je passe la bandoulière du sac de Bud sur mon épaule et pose la main sur la poignée.

– Demain, ils ne seront plus là.

– Cool.

– Ouais, cool.

J'ouvre la portière et descends. La vitre côté conducteur s'abaisse, laissant passer une bouffée d'herbe et une autre de Barry White. Je prends trois billets de cent dans ma poche et les lui tends. Il acquiesce de la tête.

– Génial.

Il sort alors une carte de visite de sa poche et me la tend. Elle est d'un noir brillant et porte ce simple nom, Mario, gravé en caractères gothiques dorés. Sous le nom on lit *génial* et un numéro de téléphone. Je fourre la carte dans ma poche et il me tend la main. Je la lui serre.

– Si t'as besoin, appelle-moi.

Je réponds d'un hochement de tête. La vitre remonte, la Lincoln démarre et disparaît au coin de la rue.

L'enseigne d'un White Castle me faisant de l'œil un peu plus haut dans la rue, je me mets à saliver à la seule idée de leurs mini-burgers au gril à vapeur ; mais c'est aussi un endroit public où je risque d'être repéré. Le duplex devant lequel je me trouve est une construction en bois d'un étage, exactement le genre de chose qu'on ne voit jamais à Manhattan. Ici, les immeubles les plus hauts ne dépassent pas cinq étages. Du coup, le ciel paraît vaste et ouvert et d'ailleurs, j'y vois des cumulus se rassembler au sud.

Je m'approche de la porte de droite et appuie sur le petit bouton noir dans le chambranle. J'entends un carillon, puis un fort bourdonnement suivi d'un *clic* indiquant que la porte est ouverte. J'entre rapidement, le bourdonnement s'arrête. Je repousse le battant et me retrouve dans une petite entrée au sol recouvert d'un lino et aux murs en fausse pierre Sheetrock ; en face de moi, une porte d'acier comme on en voyait autrefois dans les usines. L'Interphone installé à côté est placé sous une caméra de surveillance protégée par du Plexiglas. J'appuie sur le bouton.

– Je suis Billy.

Au bout d'un court instant, nouveau bourdonnement et nouveau *clic*; je pousse la porte d'acier et entre.

Ce n'est pas vraiment un duplex. Tout le rez-de-chaussée a été décloisonné pour ne faire qu'un seul grand espace. On dirait un séjour. Il y a un canapé, une télé et, dans un coin, un lit. Mais je n'ai pas trop le temps de détailler le reste à cause du type qui se tient devant moi, un énorme pétard à la main.

L'arme est un Desert Eagle calibre 45. Je le sais parce que je l'ai vu brandi par je ne sais combien de méchants à la télé. Le type qui se tient derrière l'automatique n'a pas trente ans; il a des cheveux noirs aux pointes décolorées, porte un authentique T-shirt *Star Wars* et un chouette pantalon en velours vert, et a les plus beaux yeux bleus que j'aie jamais vus. Il les fait cligner en secouant sèchement la tête d'un côté à l'autre.

– Fous-moi le camp d'ici, le tueur fou!

Il y a eu méprise, c'est clair.

– Je suis Billy.

Le pistolet est braqué droit sur mon nez.

– T'es rien qu'une ordure d'assassin. Fous le camp d'ici!

Oh.

– Non, je…

– Fous le camp d'ici, que je sois pas obligé de trouver comment me débarrasser de ton putain de cadavre.

– C'est Tim qui m'envoie.

– Sans déconner! Si tu le vois avant que les flics te dégomment, tu pourras lui dire que je suis pas très content. Fous-le-camp-d'i-ci!

– Tu veux pas que je te montre quelque chose?

Je commence à glisser ma main en direction de la poche de mon blouson.

– Mets pas la main dans cette poche.

Les bouts de mes doigts s'y trouvent déjà. Il avance brusquement son arme de quelques centimètres.

– Mets pas ta main dans cette poche.

Mes doigts sont dedans. Le canon du Desert Eagle continue à avancer et son ouverture est tellement grande que j'ai l'impression que ma tête pourrait y tenir. Toute ma main est dans ma poche.

– Ne la bouge plus. Laisse ta main dans c'te poche!

Je commence à la retirer.

– Arrête! Arrête!

Le canon du pistolet s'appuie sur mon sourcil droit. Il se tient le bras tendu au maximum. Il ne doit pas avoir envie d'être aspergé de mon sang quand il tirera. Ma main est sortie de ma poche. Ses beaux yeux ne quittent pas les miens.

– Laisse tomber ça. Laisse tomber ça, bordel!

Je laisse tomber ce que je tiens. Bruit feutré. Nous restons immobiles tous les deux. Puis il recule de trois pas rapides et baisse les yeux sur le paquet de billets de cent posé sur la moquette.

– Il y en a environ pour neuf mille dollars. J'en ai un peu plus sur moi, mais je pourrais en avoir besoin. Je pourrais t'en refiler davantage plus tard. Je n'ai tué aucune des personnes qu'ils disent que j'ai tuées.

Il regarde alternativement le paquet de billets et moi.

– Combien, encore ?

– Pas mal, mais cela prendra sans doute un peu de temps.

Il regarde de nouveau la liasse, l'automatique toujours braqué sur moi, puis paraît se calmer.

– Et puis merde. Neuf bâtons, c'est bon pour le moment.

Il passe l'arme dans sa ceinture.

– Billy, ajoute-t-il, c'est moi. Allons à la boutique et mettons-nous-y. Amène le fric.

Il se tourne et gagne un escalier en colimaçon, au-dessus du lit. Je ramasse la liasse et le suis.

Billy possède une stéréo sensationnelle. La plupart de ses éléments sont des trucs allemands exotiques dont je n'ai jamais entendu parler et les haut-parleurs sont si bien répartis dans l'atelier qu'on entend pratiquement aussi bien depuis n'importe où. Il a mis *Mirror Moves*, des Psychedelic Furs. C'est la première fois que j'entends ce disque depuis que j'ai quitté le lycée. C'est vraiment cool. Billy va et vient dans son atelier, branchant divers appareils électroniques et rassemblant des outils et du matos.

– Ces types n'ont jamais été reconnus à leur juste valeur, tu crois pas ? Avec toutes les conneries qui sortaient au début des années quatre-vingt, ils sont en quelque sorte passés à la trappe, sauf pour *Pretty in Pink*. Et si le morceau a cartonné, c'est surtout à cause du film – même si le film était bon, c'est pas ce que je veux dire. Mais écoute un peu.

J'écoute.

– Ça tient drôlement bien la route, non ? Essaie d'écouter ABC, ou Flock of Seagulls, ou encore Duran Duran, aujourd'hui. Ça te paraîtra daté. Foutrement daté.

Décloisonné comme le rez-de-chaussée, le premier étage est entièrement dévolu à ses activités professionnelles. Billy pose certaines choses sur un banc, entre sa planche à dessin et un ordinateur qu'il a bricolé lui-même, semble-t-il, à partir de deux Power Mac G4. Il branche un jeu de lampes et m'éclaire le visage.

– Approche-toi un peu que je te voie bien, le tueur fou.

Je fais deux pas, il me prend le menton pour me tourner la figure dans un sens puis dans l'autre sous les projecteurs.

– Je ne suis pas un tueur fou.

Il me lâche et recule pour m'examiner.

– Je n'ai pas tué ces gens. Je ne suis pas un tueur fou.

Il s'assoit devant son ordinateur.

– À ce stade, mec, je n'en ai rien à foutre.

– Moi, si.

Il me regarde par-dessus son épaule.

– Normal, le tueur fou. Du moment que tu paies, tu n'as tué personne. Mais comme je viens de te le dire, j'en ai rien à cirer. Alors tu la fermes, que je puisse bosser un peu.

Je m'installe sur une chaise métallique pliante, délivre Bud et le sors du sac. Il est réveillé, mais un

peu comateux. Les pilules l'ont légèrement assommé.
Je le pose par terre, il se roule en boule sous ma chaise.
Billy commence à faire des trucs sur son ordinateur;
il utilise du papier, du plastique, des stylos, des lames
de rasoir, de l'encre. Je le laisse tranquille.

  – Je vais te mettre un peu plus de cheveux.
  Des heures ont passé. Billy a téléphoné au White
Castle et on nous a livré des hamburgers et des frites.
C'était vraiment bon. Bud se promène dans l'atelier,
examine tout. Et moi, je regarde Billy travailler.
  – Ce sera mieux si tu as un peu plus de cheveux sur le
passeport et le permis de conduire, en particulier avec
des coupes différentes. Comme ça, ils n'auront pas
l'air d'avoir été faits en même temps. Simplement, je
ne veux pas te donner ta couleur naturelle, sans quoi
t'aurais la même tête que sur les affiches de la police.
Tu vas être blond, d'accord?
  – Pas de problème.
  – Parfait.
  Il a pris plusieurs photos de moi un peu plus tôt
et les a scannées sur son ordinateur. Il a déjà enlevé
numériquement les ecchymoses et les bleus de ma
figure et commence à m'ajouter des cheveux, variant
les coupes et les nuances de blond. J'ai approché ma
chaise et regarde par-dessus son épaule. Il est bon.
Foutrement bon.
  – Bon, pour le passeport, je te les fais courts et
qu'est-ce que tu dirais de ce petit toupet pour le
permis?
  J'observe la manière dont il déplace les choses à
l'aide de la souris, appuyant de temps en temps sur

une touche. Il se lève et se dirige vers une batterie d'imprimantes de type professionnel. Il place une petite feuille de carton plastifié dans l'une d'elles.

– Ça va prendre un peu de temps. On va en profiter pour changer ta tête.

Il me conduit dans un coin de son atelier fermé par un lourd rideau imperméabilisé coulissant sur un rail au plafond, comme dans un hôpital. Il tire le rideau, je découvre une salle de bains. Il branche d'autres lumières et m'étudie à nouveau.

– Les marques et les ecchymoses, faudra faire avec. Je pourrais te les maquiller, mais ça ne tiendrait pas très longtemps. N'y touche pas et si quelqu'un te pose la question, tu n'auras qu'à dire que tu as eu un accident de voiture. Par exemple, qu'un type t'est rentré dedans et que tu as pris le volant dans la figure. Ta brosse est trop sombre par rapport au blond des photos. On ne peut pas retrouver exactement la même nuance, mais on peut les décolorer ; tu auras l'air de vouloir être cool ou sexy. Tu t'es déjà décoloré les cheveux ?

– Non.

– Ça fait mal. Le cuir chevelu va sacrément te brûler.

Ça fait mal. Drôlement mal.

Je m'appelle John. John Peter Carlyle. Billy me l'a fait recopier plus de deux cents fois avant de me faire signer mes papiers. D'après lui, il fallait au moins ça pour que mon geste soit naturel. Et ça a l'air naturel, c'est sensationnel, tout est au poil. Billy a disposé son travail sur la table et m'explique tout ce que je dois savoir tout en prenant des gorgées de Dr Pepper dans une bouteille de deux litres.

– Le passeport et le permis de conduire devraient te permettre de passer les contrôles de n'importe quel aéroport ou poste de douane. J'ai mis des tampons du Mexique, du Canada et de la France dans le passeport, histoire de te donner un passé de voyageur, tout est antidaté et je l'ai un peu vieilli pour qu'il fasse son âge. Le problème, c'est que pas un seul des ordinateurs de l'administration n'a un dossier au nom de John Peter Carlyle. Si un flic ou n'importe qui cherche ton nom dans des archives électroniques ou essaie de vérifier ton permis de conduire, il se cassera le nez et tu seras cuit. Alors, débrouille-toi pour que ça n'arrive pas. Pigé ?

Bud est revenu sur mes genoux. Je hoche la tête et lui gratte les oreilles.

– Bon. Les cartes de crédit, à présent. C'est différent. Mon boulot, c'est avant tout de fabriquer des faux de première bourre. Carlyle est une fausse identité, mais avec un historique bancaire réel. Tu peux utiliser ces cartes tant que tu paieras les factures et tu pourrais te fier entièrement à elles mais… Ne t'en sers que pour les billets d'avion parce que les gens qui prennent un avion à la dernière minute et paient en liquide paraissent suspects. Tu achètes ton billet et tu te débarrasses de la carte. T'as un portefeuille ?

– Non.

Il plonge sous sa table et en retire une caisse contenant deux boîtes en carton. L'une d'elles est remplie de portefeuilles usagés, l'autre de photos.

– Choisis-en un. Plie-le et corne-le un peu. Prends aussi une ou deux photos. N'en fais pas trop ; il faut que tu puisses répondre sans hésiter si on te demande qui c'est. Carlyle est célibataire, d'après les formulaires que tu es censé avoir remplis, alors choisis une petite amie et un couple de gens sympathiques et d'un certain âge qui seront tes parents. Pas de gosses.

Je fouille parmi les photos et trouve celle d'une jolie brune appuyée à un arbre. Puis celle d'un couple ayant la soixantaine, dans leur cuisine, l'air heureux.

– Et donne-moi toutes tes anciennes pièces d'identité. Si tu te trimballes avec, tu risquerais de les présenter à une caissière si jamais elle t'en demandait une deuxième pour encaisser un chèque.

Je lui donne tous mes papiers, tous ceux sur lesquels est mentionné Henry Thompson.

– N'adresse pas la parole aux gens, mais ne sois pas grossier non plus. Si on te demande d'où tu es, réponds New York. Donne le moins possible de détails et n'improvise pas. Il suffit de se retrouver dans un avion à côté d'une nana et de lui raconter que tu habites sur la 82e Ouest pour qu'elle s'exclame qu'elle aussi, justement, elle habite dans ce quartier. Donne-lui une fausse adresse et ce sera la sienne. Et alors il faudra que tu la descendes ou que tu t'en débarrasses d'une manière ou d'une autre. Le mieux, c'est de mettre ton baladeur en gardant le son bas et personne ne t'emmerdera. Et ne t'avise pas de prendre l'avion avec ces frusques: elles puent.

Je lui dis merci, ramasse les papiers et les cartes plastifiées: passeport, permis de conduire, Sécurité sociale, carte d'adhérent à une salle de gym, carte de bibliothèque, cartes d'abonnements divers. Je remets Bud dans le sac et me dirige vers la porte, suivi par Billy. Il s'efface pour me laisser passer dans la petite entrée.

– Tu devrais te débarrasser de ce chat.

Je le regarde.

– Tu te balades avec un matou, vieux. Je peux te donner de faux papiers et te teindre les cheveux, mais tu restes de toute façon un mec qui se balade avec un chat; c'est un signe distinctif foutrement voyant. «Vous n'avez rien remarqué de spécial chez cet homme?» «Heu… ah, si, il a toujours un chat avec lui. Si ça peut vous aider, m'sieur l'agent…» Tu vois ce que je veux dire? Laisse-moi ton greffier. J'en prendrai soin. Je connais une nana qui adore les chats.

– Peux pas.

Il a un regard comme pour dire que dans le genre taré, il a rarement vu mieux.

– Vraiment dingue. Bon, d'accord. Écoute. La nuit est tombée et il devrait pleuvoir. En plus, avec la grande soirée base-ball, il ne devrait pas y avoir beaucoup de monde dehors. Essaie de te tenir à l'écart des endroits publics trop éclairés et euh… garde le chat dans ton sac.

– Entendu.

J'ouvre la porte donnant sur la rue. Aucun doute: ça sent la pluie et je sens les muscles de mon mollet endommagé qui me tirent. Je me gratte la tête; elle me démange et me brûle.

– Je t'enverrai un peu plus d'argent quand la poussière sera retombée.

– Comme tu voudras. Et ne te gratte pas comme ça, tu vas te faire des croûtes. T'auras l'air dégoûtant et tu vas te sentir encore plus mal.

J'arrête de me gratter.

– Merci.

– C'est rien. Eh bien, faut y aller, le tueur fou.

Je laisse la porte se refermer dans mon dos. En compagnie de John Carlyle, je prends la direction du L vers Manhattan. Moi, moi-bis et le chat.

Le trou du cul assis en face de moi n'arrête pas de me reluquer. Il tient un magazine. Il n'a qu'à le lire, bordel! Il plonge dedans une dizaine de secondes, puis il relève le nez et me jette un coup d'œil. Merde, à la fin! J'ai un baladeur sur les oreilles, des lunettes noires, des cheveux blonds et des vêtements qui puent, mais cet abruti ne peut détacher ses yeux de moi. Nouveau coup d'œil. Je croise son regard et le fixe. Il retourne à son magazine, puis me regarde à nouveau, et me retrouve encore et encore en train de le fixer. Il baisse les yeux.

– Hé.

Il reste plongé dans son magazine, je crois que c'est *Film Comment* ou une connerie dans ce genre.

– Hé toi, là, Scorsese.

Il relève un peu la tête.

– Ouais, toi. T'as un problème?

Il replonge dans la revue.

– Hé, t'as un problème?

Il ne lève pas les yeux, se contentant de marmonner quelque chose.

– Qu'est-ce t'as dit? J'ai rien entendu.

– Non, je n'ai aucun problème.

– Alors occupe-toi de tes affaires et ne fixe pas les gens comme ça. C'est impoli.

Il esquisse un hochement de tête et plonge définitivement le nez dans son magazine. Je continue à le regarder pendant quelques secondes, puis je jette un coup d'œil autour de moi. Les passagers qui ont quelque chose à lire lisent, ceux qui n'ont rien à lire contemplent le plafond ou ont les yeux fermés. Personne ne me regarde ni ne regarde le type de tout le reste du trajet. Mon cœur, lui, fait BANG-BANG-BANG.

Après être passée sous l'East River, la rame s'arrête à la station Première Avenue. En plein dans mon quartier. Le type à la revue et plusieurs autres personnes descendent, mais je le vois, ainsi que deux ou trois autres, qui remonte dans la voiture suivante. Pour fuir le dingue qui pue. J'observe les passagers qui montent, craignant de voir un visage familier, mais je ne reconnais personne. Les nouveaux venus sont pour la plupart mouillés. La pluie a dû commencer à tomber.

Le métro repart. Je repense à la poursuite de la veille, sur cette même ligne. J'ignore encore ce qui est arrivé à Russ. On a certainement dû le trouver, maintenant. J'ai regardé les informations à la télé, chez Billy, mais ils n'en parlaient pas. Il n'était question que des assassinats et des recherches lancées pour me retrouver. J'ai coupé avant d'être pris de panique.

Une bande de supporters habillés de pied en cap de la tenue des Mets monte à Union Square. Ils se lancent des blagues à tue-tête et la ramènent foutrement pour des mecs dont l'équipe est en pleine dégringolade. J'ai bien envie de leur balancer quelque chose pour les remettre à leur place, mais je reste tête baissée et la ferme. Si j'ai jamais eu une petite réserve de chance, elle est déjà épuisée et je suis même débiteur.

Le métro s'arrête à Huitième Avenue, terminus. Les fans des Mets débarquent en troupeau et se bousculent en direction de leur abreuvoir favori. Je reprends le chemin que j'ai parcouru la veille avec Russ et remonte les escaliers. Mais cette fois, je franchis le tourniquet pour gagner la rue. Il tombe une bonne petite averse. J'ai quitté l'appartement de Billy vers dix-huit heures trente et il doit donc être à peu près dix-neuf heures. La partie que jouent les Mets va commencer dans une demi-heure, à moins que la pluie ne provoque un retard et ne foute le bordel. Je prends la 14e Rue, direction l'ouest et le quartier des bouchers.

Une fois passé le marché de la viande, les clubs porno en sous-sol et les derniers restaurants chichiteux à la mode, la 14e aboutit à la Dixième Avenue. La chaussée est faite de pavés pointant entre des restes de macadam à moitié arraché ; d'anciens rails de chemin de fer s'y entrecroisent et la rue est en partie plongée dans l'ombre d'un passage aérien reliant deux entrepôts. J'attends dans un endroit sombre, appuyé à l'un des poteaux d'un panneau publicitaire. Un peu plus haut, il y a une station-service pour taxis ; de nombreuses voitures jaunes sont garées un peu partout pendant que les chauffeurs font la pause-café/pipi. Les changements de conducteurs de bus s'effectuent aussi dans le coin et trois ou quatre bus sont garés le long de la rue. Mais la véritable activité, ici, ce sont les putes. Le secteur ne comptant pratiquement ni logements ni commerces, personne ne s'occupe de faire dégager ces dames – bonne nouvelle pour les hommes d'affaires en quatre-quatre qui viennent ici, genre arrêt-minute, se faire tailler une pipe vite faite avant de regagner leur foyer dans le Connecticut. La plupart des gagneuses sont en fait des transsexuels ou des travestis, mais tout de même pas les petits loulous homos comme dans Christopher Street. Je repousse deux ou trois propositions. Dans l'ensemble, c'est particulièrement calme: nous sommes un dimanche soir, il pleut, et les Mets jouent une partie importante. Il suffirait qu'ils gagnent pour que le secteur grouille de monde moins d'une heure après.

Je m'attarde sur tout cela parce que ça m'évite de penser à l'appartement d'Yvonne, qui est à cinq minutes à pied, et donc de penser à Yvonne, et donc de penser au Paul's, et donc de penser à Russ et au fait indéniable que je l'ai trucidé. Merde, oh, merde.

La Cadillac vient s'arrêter en douceur le long du trottoir, près de moi, et la portière arrière s'ouvre, côté passager.

Je m'approche et passe la tête à l'intérieur. Paris est au volant et ne me regarde pas, Eddie est installé à l'autre bout de la banquette arrière. Il fait sombre dans l'habitacle et l'impression est renforcée par mes lunettes noires. Des lunettes noires, je ne m'en rends compte qu'à cet instant, tout à fait identiques à celles que portent Eddie et Paris. Eddie me regarde entre ses lunettes baissées et le bord de son chapeau de cow-boy. Il tapote le siège à côté de lui. Je jette un coup d'œil dans la rue, laisse quelques gouttes de pluie supplémentaires me tomber sur la nuque, puis je monte et referme la portière. Paris démarre, Eddie hoche la tête.

– Bordel, ce que tu pues !

J'entrouvre la vitre pour atténuer l'odeur et enlève mes écouteurs.

– Regarde-toi un peu. Hé, Paris, vise-moi le mec.

Paris se retourne pour me jeter un coup d'œil.

– Il a l'air d'un clodo, dit-il avant de revenir à la route.

– Non, vieux, pas du tout. Il a l'air increvable. T'as l'air increvable, Hank.

– Merci.

– Bon, bon. Je ne voudrais pas être impoli, mais où est notre fric ?

– Roulez jusqu'au carrefour de la Douzième et de la 28e. Chelsea Mini Storage.

– Sans déconner ?

– Sans déconner.

Paris tourne dans la 23e Rue, puis dans la Douzième Avenue, direction nord. Eddie me regarde et sourit.

– Vraiment, mec, j'arrive pas à y croire. Y a pas deux jours, t'étais qu'un crevard qui venait de prendre une branlée et aujourd'hui, te voilà retapé. T'as l'air dans le coup maintenant, fiston. Concentré, déterminé. Regarde-moi.

Je le regarde.

– Non, mec, dans les yeux.

Il retire ses lunettes noires.

– C'est ça. Droit dedans.

Je fixe son regard endormi et torve pendant quelques

secondes, puis je sens la peur se couler en moi et détourne les yeux. Il remet ses lunettes.

– C'est parfait, mec, c'est parfait. Sûr et certain que t'as un petit quelque chose à la Clint. Sûr et certain. C'est bon.

J'ouvre le sac. Bud passe la tête et force sur la glissière pour sortir. Il s'étire et commence à faire sa toilette. Eddie fronce les sourcils.

– Un chat?

– Comme tu vois.

– C'est cool, au fond. Arrange-toi pour qu'il salope pas la sellerie.

La Caddie s'arrête et Paris coupe le moteur.

– Nous y sommes. C'est fermé.

Je regarde par la fenêtre et vois le panneau apposé sur la porte; il donne très clairement les heures d'ouverture du garde-meuble. Je remarque en particulier qu'ils sont ouverts jusqu'à vingt heures les jours de semaine, mais qu'ils ferment à dix-neuf heures le dimanche. Je pète les plombs.

– Bordel! Merde! Putain! Enculés! Merde!

Je me cogne la tête contre le siège avant et Bud saute sur le plancher.

– C'est in-cro-ya-ble, bordel! Y a pas un seul putain de truc qui arrive à marcher! Merde! C'est connerie sur connerie! Con de moi, con de Dieu! Je-je-je…

Je me serre dans mes bras et commence à me balancer d'avant en arrière.

– Pourquoi y a rien qui marche?

Eddie pose une main sur mon épaule.

– T'énerve pas, mec. Y a pas de problème. Nous avons tout prévu.

Je lève les yeux et il me serre brièvement l'épaule.

Paris passe la main sous le siège avant et en retire un fusil de chasse dont les canons sciés ne mesurent plus qu'environ trente centimètres.

– Ouais, mec, on sort toujours couverts.

Le crachin commence à se transformer en une véritable pluie. Les écouteurs dans les oreilles et mes lunettes noires sur le nez, je me tiens devant la porte du garde-meuble et frappe à la vitre. Il est 19:37 à ma montre. À l'intérieur, un type finit de mettre des papiers en ordre avant de rentrer chez lui pour regarder le match. Je frappe encore. Le type lève les yeux, je lui fais signe. Il fait non de la tête et retourne à son travail. Je prends la clef du box de Russ et frappe à la vitre. L'homme lève à nouveau les yeux et je lui montre la clef. Il pointe l'horloge murale du doigt, secoue la tête et se remet à son travail. Je cogne plus fort. Le type essaie de ne pas lever les yeux, puis finit par s'y résoudre et je lui fais signe de s'approcher. Il me montre une fois de plus l'horloge, me fait signe de dégager et reprend son boulot. Je me mets à frapper la vitre aussi fort que je peux sans la casser. Il me regarde, puis se tourne et sort du bureau de réception par une porte dans le fond. Je continue à frapper. Il revient à la réception suivi d'un gardien de sécurité en uniforme. Le type de la réception s'assoit à son bureau et le gardien s'approche de la porte. J'arrête de frapper, il crie à travers la vitre.

– Nous sommes fermés.

– Ouais, je sais, mais j'ai des trucs à prendre dans mon box.

– Nous sommes fermés.

– Ouais, mais j'ai vraiment besoin de mes affaires.

– Nous sommes fermés.

Il me tourne le dos pour s'éloigner, je me remets aussitôt à cogner sur la vitre. Il fait demi-tour.

– Laisse tomber.

Je frappe plus fort.

– Tu ferais mieux de laisser tomber, sans quoi tu vas y avoir droit.

Bang, bang, bang.

– D'accord. Tu l'auras voulu.

Il prend le trousseau qui pend à sa ceinture, déverrouille la porte et l'ouvre. Je recule d'un pas et Paris sort de l'ombre. Il colle le canon scié contre la figure du gardien et l'oblige à battre en retraite dans la réception, suivi de moi et d'Eddie. L'autre mec nous voit entrer, se lève et met les mains sur sa tête. Eddie referme la porte à clef et je prends le bandana qu'il m'a donné dans la voiture pour me le mettre autour du visage. Il est noir, tout comme ceux que portent les frères DuRanté.

Je suis un hors-la-loi.

Avec un peu de chance, il arrive qu'on voie quelqu'un ayant une authentique maîtrise de son art l'exercer à son plus haut niveau. Enfant, j'ai ainsi vu Willie Mays jouer au base-ball. On n'a jamais reconnu son talent pour ce qu'il valait tellement ce qu'il faisait paraissait facile. J'ignore à quel point le vol à main armé est un art difficile, mais Eddie et Paris donnent l'impression que rien n'est plus simple.

Ils travaillent vite et j'essaie de ne pas me laisser larguer. Ils obligent le gardien et son patron à passer dans la zone de chargement, près des ascenseurs. Paris tient son fusil bien en vue, tandis qu'Eddie s'occupe des négociations, soulignant ce qu'il dit avec des mouvements d'un Colt qui paraît identique à celui que son frère a utilisé pour tirer sur les rats de la décharge.

– Qui d'autre dans le bâtiment?

– Personne.

– Conneries! Qui d'autre?

– Personne.

Eddie s'approche et lui donne une gifle légère, comme à un enfant désobéissant.

– Personne?

– Ils se sont tous tirés rapidos pour aller voir le match.

– Les ascenseurs fonctionnent toujours?

– Oui.

– Le système d'alarme est-il branché dans les étages?

– Non.

Eddie lui donne à nouveau sa petite gifle pleine de tendresse.

– Je vais te descendre. Je vais te descendre, dit-il.

– C'est coupé, je vous dis que c'est coupé!

Eddie se tourne vers moi.

– Où?

– Troisième étage.

Paris reste en bas, en cas de problème, tandis qu'Eddie, le patron, le gardien et moi prenons l'ascenseur. Eddie a obligé le gardien et le patron à se tenir dans le coin opposé pour pouvoir les surveiller et c'est moi qui me charge des contrôles de la cabine. Je commande l'ouverture des portes et Eddie et moi sortons les premiers. Je donne le numéro du box aux deux hommes, ils nous y conduisent.

Eddie tient les deux types en respect pendant que je déverrouille et ouvre la porte. Eddie jette un rapide coup d'œil à l'intérieur.

– Nettoie-moi ce bordel et ramène le sac.

Je rentre, fourre les billets que Russ et moi avons laissés traîner par terre dans le sac de hockey, remonte la glissière et tire tout dans le couloir. Le sac est lourd. Vraiment lourd. Eddie s'écarte de la porte et fait signe aux deux types d'entrer dans le box. Puis il les suit et s'approche du patron.

– Où est le tableau du système d'alarme ?

Le type fait un signe de tête.

– À droite de la porte du bureau, dans un casier fermé à clef.

– Et où est la clef ?

– Sur le porte-clefs, dans ma poche. La petite ronde argentée.

Eddie glisse la main dans la poche du type et retire les clefs.

– Comment on branche l'alarme ?

– Huit-quatre-cinq-un. Ensuite, appuyer sur *cycle*. Vous avez trente secondes pour sortir et fermer la porte avec la plus grosse clef de l'anneau avant que l'alarme ne se branche.

Eddie s'approche très près de lui.

– Répète-moi ça.

– Huit-quatre-cinq-un. *Cycle*. Trente secondes.

L'homme essaie de s'écarter, mais Eddie lui passe un bras autour des épaules et l'attire vers lui.

– Je vous tuerai tous les deux. Je reviendrai d'entre les morts et je vous tuerai tous les deux.

– Huit-quatre-cinq-un, *cycle*, trente.

Eddie sort à reculons du box. Je repousse la porte

et la ferme à clef. Eddie m'aide à transporter l'argent jusqu'à l'ascenseur. Nous descendons, retrouvons Paris, activons l'alarme, refermons la porte derrière nous, lançons le sac bourré de fric dans le coffre, montons dans la Cadillac et partons. Eddie retire son bandana et me regarde.

– Tu vois, on avait tout prévu.

Nous sommes dans l'appartement où ils ont passé leur enfance.

– Roman a eu le Chinetoque, ton patron a eu Bert, Russ a eu Ernie. Mais qui a eu Russ?

Leur mère est morte depuis quelques années sans s'être jamais réconciliée avec ses voyous de fils. Un cousin a repris le bail et les deux frères se sont arrangés pour faire une planque de l'appartement. C'est Eddie qui m'en a parlé pendant que nous revenions dans le quartier de Queens. Paris a écouté sans rien ajouter. Je regarde Bud qui lape du lait dans un petit bol bleu posé sur le lino dans la cuisine.

Paris est assis à la table en Formica, entouré par les billets; il tape des chiffres sur une calculette et griffonne les résultats sur un carnet de brouillon. Eddie et moi sommes assis sur un canapé avachi en Skaï. Il boit une Heineken. Moi, une ginger ale.

– Russ, c'est moi qui l'ai eu.

Paris lève le nez de ses chiffres et Eddie hoche la tête.

– Sans déconner?
– Sans déconner.
– Comment?
– Avec une batte de base-ball.

– Merde alors.

Je forme des creux par pression sur la boîte de ginger ale, puis les laisse reprendre position avec un petit *pop*.

Pop, pop, pop, pop.

– C'était pourtant un mec réglo, mais je crois qu'il nous a tous plus ou moins baisés. Bon Dieu, une batte de base-ball?

– Eh oui.

– Je vais te dire, Hank, te voir faire, c'est comme voir un œuf en train de cuire dur. Sans déconner.

Paris s'éclaircit la gorge et Eddie se tourne vers lui.

– Alors?

– Quatre millions cinq cent vingt-huit mille.

– Sans déconner?

– Ouaip.

– Qu'est-ce que tu dis de ça? Vingt-deux bâtons et ça faisait un compte rond. Faut le reconnaître, Russ n'a pas tellement mis la main dans la caisse.

Je prends une gorgée de soda.

– Sauf qu'il a essayé de tout piquer.

– Ben oui, mais il n'était pas de bois, pas vrai?

– Je sais.

– Un grand voleur, pourtant. Un grand con de voleur.

Les deux frères lèvent leur verre et portent un toast. Je sens mon estomac se retourner à l'idée du trou tout mou que j'ai fait dans le crâne de Russ. Je reprends une petite gorgée de ginger ale et regarde par le vasistas, même s'il ne laisse pas la moindre lumière pénétrer dans l'appartement en sous-sol. Je me lève.

– J'ai besoin d'aller aux toilettes.

Eddie s'est levé pour aller se chercher une autre bière au frigo.

– Au bout du couloir à droite. Appuie une ou deux secondes sur le levier, sans quoi ça vidangera mal.

Je pose la boîte de soda sur la table basse, prends mon sac et m'engage dans le couloir à la moquette râpée.

– Mets pas deux heures. Il me tarde qu'on passe ce coup de téléphone.

Des photos s'alignent sur les murs du couloir; chacune marque le passage d'une année de plus. Sur la première, on voit un jeune et beau couple avec leur premier-né, un petit Paris tout potelé. La suivante est identique, représentant le couple installé sur le canapé en simili, Paris un peu plus grand entre eux. Eddie arrive sur la troisième photo, assis sur les petits genoux de son grand frère. Ils grandissent. Paris devient une grande asperge timide, Eddie, plus petit et nerveux, est toujours habillé des vêtements que son frère portait quelques photos auparavant. Le père disparaît à la dixième photo. Il y en a six de plus. Sur chacune, les garçons migrent un peu plus loin vers un coin du canapé et leur mère vers l'autre, jusque sur la dernière, où ils se retrouvent aux deux extrémités, tournant un visage fermé vers l'objectif. Peu après la prise de ce dernier cliché, ces deux beaux petits garçons vont battre à mort un autre enfant. J'étudie les yeux sur les photos: Paris a l'air effrayé, Eddie blessé. J'entre dans la salle de bains.

Les toilettes comportent un couvre-siège genre velu et un siège faisant coussinet. Je m'assois pour pisser tellement il a l'air confortable et je ne suis pas déçu. J'appuie longuement sur le poussoir, jusqu'à ce que la chasse fonctionne. J'enlève ma veste, mon sweat-shirt crasseux et mon innommable T-shirt, puis je défais mon bandage. Je sors la première trousse de secours de mon sac, nettoie ma plaie, me refais un pansement. Puis, toujours dans mon sac, je récupère un T-shirt propre et une chemise épaisse en flanelle et les enfile. Il y a un panier de linge sale dans un coin, j'y jette le mien. Quand j'ai préparé mes affaires, je n'ai pas pensé à prendre un autre pantalon. Voilà ce qui s'appelle prévoir, trouduc. Je me tourne vers le miroir et John Carlyle me rend mon regard. Il paraît avoir envie de me botter le cul. J'ouvre la porte et emprunte à nouveau le couloir mémorial pour aller passer à Roman et Bolo le coup de téléphone, première étape de l'embuscade qui se terminera par leur assassinat. Je n'éprouve aucun état d'âme à cette idée. Cela fait-il de moi un méchant ?

Eddie m'explique ce que je dois dire.
– T'es rien qu'un bouffeur de merde, Roman.
Superbe formule.
– Et t'es pas si malin que ça, non plus, ducon.
Du Shakespeare, je vous dis.
– C'est pas vrai, Roman, que t'es rien qu'un connard bouffeur de merde pas très malin ?
Il n'a encore rien répondu et j'improvise donc un peu :
– Alors, cette clef, tu t'en es servi ? T'as ouvert le

box ? Au fait… tu peux garder toutes mes vieilles cochonneries. Je vais m'équiper de neuf avec mes foutus quatre millions et demi de dollars. Laisse-moi seulement le gros pouf. J'aime bien me vautrer dedans.

Ça parle :

– Tu commets une erreur.

– La seule erreur que je commets est de ne pas appeler les journaux pour leur parler de toi. La seule erreur que je commets est de ne pas consacrer trois ou quatre mille dollars à te foutre un contrat au cul.

Eddie me menace d'un doigt, m'intimant d'avancer un peu.

– Au lieu de cela, je vais te donner, oui donner quatre millions de dollars. Tu veux savoir pourquoi je vais te donner quatre millions de dollars et n'en garder qu'un demi-million pour moi ?

– Oui.

– Je vais te donner quatre millions de dollars pour que tu m'aides à me barrer d'ici et pour que tu empêches ces enfoirés de la mafia russe de me coller aux fesses. Je vais te refiler tout ce fric pour que tu sortes enfin et pour toujours de ma putain de vie. Et pour pouvoir foutre le camp. Ça te paraît pas raisonnable ?

– Si.

– Parfait.

Paris est allé chercher quelque chose dans la voiture. Eddie est assis en face de moi à la petite table de la cuisine. J'essaie de ne pas trop le regarder pendant cet échange car il a enlevé ses lunettes de soleil et ses yeux de flingué me foutent la trouille.

– À dix heures, toi et Bolo, vous irez sur le refuge

piétons au milieu d'Astor Place. Celui avec le gros cube.

– Et… ?

– Et vous attendrez jusqu'au moment où j'aurai l'impression de ne courir aucun risque. Alors je viendrai de l'endroit où je serai planqué et je te donnerai un grand sac plein de fric.

– Et… ?

– Et après je me casse. En supposant que tu ne vas pas me tirer dessus devant deux millions de témoins. En supposant que t'es capable de comprendre que ton intérêt est que la police ne m'attrape pas parce que je lui raconterai tout ce que je sais sur toi. En supposant que t'es capable de comprendre que si les Russes me chopent, je leur dirai que c'est toi qui as tué leurs deux comiques. Ce qui est peut-être un putain de mensonge, mais au stade où on en est…

La porte d'entrée s'ouvre et se referme. Paris est de retour. Eddie me fait signe d'en finir.

– On est bien d'accord sur le programme, Roman ?

– Oui.

– Alors on se voit à dix heures.

– Dommage pour Russ.

– Ouais, vraiment dommage.

– Je veux dire, dommage que ce soit toi qui l'aies tué. Voilà qui fout en l'air toutes tes chances d'un scénar où tu serais le pauvre innocent, à mes dépens. Ton point de non-retour, Hank. Plus possible de faire marche arrière à présent. Finie, la vie normale.

– Ouais, c'est fini. Où veux-tu en venir ?

– Ne joue pas trop au con avec moi, Hank. J'ai pas très bon caractère. Je suis connu pour ça. Et maintenant, t'es un meurtrier. Tu ne manqueras à per-sonne quand tu seras plus là.

– Bien vu, Roman, je suis un meurtrier. Tâche de ne pas l'oublier, toi non plus… OK?

J'appuie sur le bouton qui coupe la communication. Eddie hoche la tête et sourit.

– Ça, c'était envoyé, bordel, bougrement bien envoyé. Très fort. «Je suis un meurtrier, tâche de ne pas l'oublier, toi non plus.» Et *clic*. Tu te contentes de raccrocher. Très fort. Qu'est-ce que t'en penses, Paris? C'est fort, non?

Paris se tient dans l'entrée de la cuisine, un gros porte-documents en alu noir à la main. Il esquisse un sourire.

– Ouais, c'est fort.

Il fait un geste vers la table avec la mallette.

– Dégage-moi un peu l'espace et je vais te montrer quelque chose de vraiment fort, mister Tête-de-Lard.

J'ai grandi dans un coin d'armes à feu. Nous n'en avions pas chez nous, mais la plupart de mes cama-rades allaient à la chasse. Je les accompagnais dans les collines ou au club de tir et m'entraînais pendant deux ou trois heures. Je lisais leurs vieux numéros de *Gun* ou de *Soldier of Fortune*; j'étudiais les armes, j'apprenais quelle était la force de leur impact, leur cadence de tir, la force de leur recul, la manière de les planquer. Comme on se renseigne sur les voi-tures ou sur ses sportifs préférés. J'ai tiré avec une carabine M1, un .357 Magnum, un .38 Spécial Police, un Mauser chinois de 9 mm, deux ou trois Winchester ou Marlin 30-06, plusieurs fusils de chasse et je ne sais combien de calibres .22 et d'armes de poing. Cela faisait plus de dix ans que je n'avais pas touché d'arme à feu quand j'ai pris le .22 de Russ. Je n'avais plus tiré depuis l'âge de dix-huit ans.

Paris pose la mallette sur la table, manipule les fermoirs à combinaison et l'ouvre. L'intérieur est tapissé de caoutchouc mousse noir. Dedans sont nichés huit très beaux instruments conçus dans le seul et unique but de supprimer des vies humaines. Du bout des doigts, Eddie caresse l'acier froid.

– Alors qu'est-ce t'en penses, Hank ? T'as pas envie d'avoir un de ces joujoux sur toi ?

Quand j'étais gosse, ma mère me laissait aller voir les films classés R[1], du moment qu'ils étaient sous ce label parce que sans sexe et jurons, mais pas forcément sans violence. J'ai pu voir ainsi *La Fièvre du samedi soir*, mais pas *Vendredi 13*. Je n'ai pas pu voir non plus *Stalag 13*, parce que la guerre y était traitée comme un jeu et une plaisanterie. Les jouets-armes à feu m'étaient même interdits. Quand les gosses du coin jouaient aux gendarmes et aux voleurs, je prenais un bâton. Et quand j'allais au stand de tir avec mes copains, je ne le disais jamais à ma mère. J'étudie les armes de la mallette. Certaines sont des pièces de collection, comme une paire de Colt Peacemaker ; d'autres des engins ultramodernes qui ressemblent plus à des composants électroniques qu'à des armes.

Eddie prend un petit pistolet et me le tend.

1. R pour *Restricted* : films interdits aux moins de 17 ans.

– Il serait parfait pour toi. Un vrai classique.

Je connais cette arme. Un Detective Special calibre 32. Il s'agit d'un revolver à canon court dont le percuteur, limé, est réduit à un simple renflement pour qu'il ne s'accroche à rien quand on le sort un peu vite de son étui d'épaule. Pas de sécurité, recul minimal, conçu pour ne pas être visible, très courte portée. Je le prends des mains d'Eddie.

– Fais gaffe, il est chargé.

Je ne passe pas l'index sous le pontet et garde le canon pointé sur le sol. Du pouce, je dégage le fermoir et bascule le cylindre : cinq cartouches. Complet. Je les fais tomber dans la paume de ma main gauche, remets le cylindre en place d'un coup sec du poignet, glisse l'index sur la queue de détente, pointe l'arme sur le mur, inspire et, juste avant d'expirer, écrase la détente d'un seul mouvement coulé. La main serre à peine la crosse, juste ce qu'il faut pour sentir qu'on contrôle le pointage. Le chien se redresse, le cylindre tourne d'un cran, le chien retombe avec le claquement caractéristique d'une arme qui n'est pas chargée.

– Hé, Paris, on dirait que notre gars sait ce qu'il fait.

Paris hoche la tête.

– Plein de talents cachés, hein ?

Je rends le revolver et les cartouches à Eddie.

– Non, merci. Ça ne plairait pas à ma mère.

D'un signe de tête, je montre la petite télé en noir et blanc avec son antenne en oreilles de lapin. Elle est posée sur le comptoir de la cuisine, sous l'image d'un Jésus noir.

– On a une chance de voir la partie sur ce truc ?

Les deux frères DuRanté se regardent, et c'est à croire qu'ils ne vont jamais pouvoir s'arrêter de rire.

Les Mets affrontent les Braves. On en est à la troisième manche, scores nuls, partie arrêtée à cause de la pluie. Les Giants, eux, ne vont pas commencer à jouer avant deux heures.

Nous passons sur une chaîne info. Ils ont trouvé Russ. Une bonne citoyenne s'est inquiétée quand elle a vu son corps glisser sur le plancher du métro de la Ligne C et rester là sans bouger pendant cinq minutes. Elle a quand même attendu d'arriver à l'aéroport JFK pour aller dire au chef de station qu'il y avait un type qui paraissait ne pas aller bien du tout dans une des voitures. La rame avait déjà quitté la station à ce moment-là, mais le type a fait suivre l'info. Un ou deux arrêts plus loin, les flics sont allés vérifier, après quoi les choses se sont accélérées. Ils parlent de Russ comme d'un de mes «associés connus» et ajoutent son assassinat à la liste des crimes qui me sont déjà imputés.

Paris a déjà transporté les armes et l'argent jusqu'à la Cadillac, ainsi que quelques bricoles de la maison, pendant qu'Eddie et moi nous zappons sur les quelques chaînes encore à peu près visibles sur cette relique de télé.

– Quel effet ça te fait, Hank?
– Quoi donc?
– D'être recherché?

La question me pousse à réfléchir. À réfléchir un certain temps.

– C'est pas si mal, au fond. Ça fait un moment que personne ne me recherchait.

– Une ordure.

– Ouais.

– Un côté cool, non ?

– Ouais, un côté cool.

– Pas de passé, rien vers quoi retourner.

– Ouais.

– Juste aujourd'hui et peut-être demain.

– Ouais.

– Sauf, bien sûr, que les autres sont toujours là dehors, hein ?

– Ouais.

– C'est dur, mec, très dur. Moi, je n'ai que Paris et Paris n'a que moi, alors on roule ensemble. Ça doit être dur d'avoir des vieux qui s'en font pour toi.

– Ouais.

– Tu connais le meilleur moyen pour faire face à ça ?

– Non.

– Ne pense jamais à eux. N'y pense plus du tout.

Paris revient et va éteindre la télé.

– Ces conneries vont vous pourrir la tête, dit-il. Allons-y.

Une fois de plus, c'est Paris qui conduit tandis qu'Eddie et moi sommes assis à l'arrière. Bud est vautré sur mes genoux. La Cadillac est entièrement d'époque, ce qui signifie qu'elle n'a même pas de lecteur de cassettes, mais Paris a pris une antique stéréo portable dans l'appartement et l'a posée à côté de lui, sur le siège passager. Il conduit d'une main et, de l'autre, fouille dans un carton à chaussures plein de vieilles cassettes, certaines venant du commerce, d'autres enregistrées maison, aucune ne comportant de boîtier. Il les sort l'une après l'autre, les examine et les rejette dans le carton. Puis il en prend une avec une étiquette rédigée à la main et la glisse dans la stéréo.

– Écoute-moi ça.

Il appuie sur *marche*. C'est Curtis Mayfield dans *Keep On Keeping On*. Eddie se penche en avant.

– Oh ouais, vieux, ouais ! Tu connais ça, Hank ?

– Bien sûr.

– Curtis ! Houlà…

Il passe un bras par-dessus le siège et monte le volume. Son frère et lui accompagnent la chanson sur quelques mesures :

> *Many think that we have*
> *blown it.*
> *But they, too, will soon admit*
> *That there's still a lot of*
> *love among us*
> *And there's still a lot of*
> *faith, warmth, and*
> *trust*
> *When we keep on*
> *keeping on*[1].

Ils se mettent à rire. Eddie serre l'épaule de son frère, puis se laisse retomber à côté de moi.

– C'étaient les conneries qu'écoutait notre mère, la

1. Beaucoup pensent que nous avons/Tout gâché./Mais eux aussi reconnaîtront bientôt/Qu'il y a encore beaucoup/D'amour entre nous/Qu'il y a encore beaucoup/De fidélité, de chaleur et/De confiance,/Tant que nous tenons/À tenir.

soul classique, des trucs *funky*. Toujours à parler de «la musique de notre peuple» et d'une «image de soi positive pour les Noirs».

À l'avant, Eddie continue à fredonner. Eddie s'incline vers moi et murmure :

– C'est un peu pour ça que la mère s'en est lavé les mains, de nous deux. De son point de vue, on était devenus juste deux voyous de nègres comme les autres, alors qu'elle nous avait élevés pour quelque chose de mieux. J'ai fait une croix sur elle il y a des années, mais Paris a très mal pris d'être rejeté et ne lui a jamais reparlé jusqu'à sa mort. C'est mon grand frère, mais bon Dieu, qu'est-ce qu'il est sensible !

Nous franchissons le pont de Queensboro pour retourner dans Manhattan. Eddie montre la direction : droit devant.

– Passe par la route panoramique. Tout va bien, aucun d'entre nous ne va jamais revoir ce coin, ou alors pas avant un foutu moment.

Paris prend vers l'ouest par la 59e, longe Central Park, passe devant le Plaza et le Ritz, puis gagne Broadway par Columbus Circle. Un ami venu autrefois me voir de Californie m'avait dit que pour lui Times Square représentait le cœur battant de New York. Je lui avais répondu que c'était plutôt son trou du cul malpropre. C'est tout de même un spectacle à voir le soir, sous la pluie.

Le temps d'atteindre le carrefour Broadway / Astor, c'est *Underground* qui passe à la stéréo. Rien que des sons brouillés et déformés de guitare et Curtis qui grommelle «the underground» sans fin. Paris se range le long du trottoir. J'ouvre la portière et sors sous l'averse. J'aimerais prendre Bud avec moi, mais Eddie craint qu'il ne me gêne et m'oblige à le lui laisser.

Eddie passe la tête par la portière ouverte. L'eau dégouline déjà du bord de son chapeau. Il tient Bud pour l'empêcher de me suivre.

– Et fais exactement ce qu'on t'a dit, ce coup-ci. Pas d'impro à la con, hein? On t'a pris avec nous dans l'affaire. Déconne une fois de plus et je te fous mes putains de molosses au cul. T'as bien pigé?

– Pigé.

– T'en fais pas, Hank. Dans une heure, tu seras en route pour une nouvelle et meilleure vie.

Il se réinstalle dans la voiture avec Bud. La portière claque. La Caddie s'éloigne. Ils m'ont harnaché d'une vieille casquette de base-ball arborant, inexplicablement, huit balles brodées sur le devant. Je me l'enfonce un peu plus sur la tête et tourne le coin de la rue pour aller prendre mon poste.

Je suis assis près des fenêtres du Starbucks, celui d'Astor Place, pas celui qui se trouve un peu plus loin, dans la Troisième Avenue. Les New-Yorkais aiment bien se plaindre de la prolifération des Starbucks et autres boutiques Barnes & Noble dans leur grande ville. Ils râlent sur le thème de la transformation de Manhattan en centre commercial. Mais moi? Moi, je vote pour n'importe quel truc nouveau dans la ville, pourvu qu'il y ait des toilettes.

La pluie a poussé les gens à rester chez eux. Quelques-unes des tables sont occupées par des étudiants de l'université de New York ou des sans-logis ayant assez de monnaie pour s'offrir une tasse de jus. Vu mon aspect, je pourrais appartenir à l'un ou à l'autre groupe. Un dimanche soir de flotte, sans parler des gens qui attendent devant leur télé que la partie reprenne au Shea Stadium. Je regarde le ciel. Le vent souffle fort et les nuages défilent sacrément vite.

La douleur de ma cicatrice s'est ravivée et s'étend. Je pourrais prendre une pilule. Bordel, je pourrais en prendre une douzaine. Mais je dois rester bien réveillé. La douleur m'aidera.

Je sirote mon espèce de tisane décaféinée et surveille le cube de la fenêtre. St Mark Square, la Quatrième Avenue, Lafayette Street et le Bowery, tout ça se rentre dedans à Astor Place et forme un nœud inextricable d'intersections avec, en plein milieu, un refuge pour piétons allongé comme une île dans un fleuve. Et au milieu de ce refuge le cube. En acier noir, ses faces faisant environ 2,5 m par 2,5 m, il est posé sur le sol, en équilibre sur un de ses angles. Il est monté de telle façon qu'il pivote sur lui-même à la moindre poussée. Exemple typique de l'exécrable goût municipal en matière d'art.

Le thé a goût de n'importe quoi sauf de thé, et sûrement pas de bière; mais il ne contient ni caféine ni alcool et convient donc au seul rein qui me reste. J'ai aussi pris un croissant, mais j'ai perdu l'appétit: il sera dix heures dans quelques minutes et j'ai très envie de voir Bolo et Roman se pointer sur le refuge et y rester plantés sous la pluie. Après quoi j'irai jusqu'au taxiphone des toilettes (j'ai déjà vérifié qu'il fonctionnait) et j'appellerai Eddie et Paris; ils arriveront en voiture de l'endroit où ils sont garés et abattront le flic et son gorille en pleine rue. Alors, je sortirai du Starbucks, Eddie et Paris me cueilleront et nous ficherons le camp. Je ne vois pas trop l'intérêt d'imaginer ce qui se passera ensuite.

Sous la pluie, je vois Roman et Bolo qui arrivent de St Mark Square.

Ils tiennent tous les deux à la main le genre de parapluie de pacotille que les vendeurs à la sauvette proposent pour cinq dollars dès qu'il se met à pleuvoir. Roman porte un imperméable long par-dessus son costume. Bolo est toujours habillé de son blouson et de son pantalon en cuir de motard. Il se tient la paume de la main gauche appuyée sur le crâne pour empêcher ses cheveux longs de voler dans le vent. Je les regarde pendant un moment se faire saucer.

Une rafale plus forte que les autres retourne leurs parapluies de merde. Roman fait face au vent et son parapluie reprend sa forme. Bolo essaie d'arranger le sien de la main gauche, mais toute sa tignasse noire s'envole et va atterrir dans le caniveau, à quelques mètres de là.

Je me tourne pour courir jusqu'au téléphone et me cogne au véritable Bolo ; il se tient juste derrière moi, le pouce bandé – là où Bud l'a griffé. Et me montre la fenêtre.

– Ces cons de Russkofs ont de la merde à la place de la cervelle, dit-il.

– Je peux comprendre que tu me prennes pour un crétin. Je suis gros et costaud, j'ai la peau sombre, alors les gens s'imaginent que je suis le simplet du groupe. Mais Roman? Roman! Tu crois qu'il a eu soudain une tumeur au cerveau ou quoi?

Nous sommes assis à ma table. Bolo émiette mon croissant, m'étudie d'un œil et de l'autre surveille ses appeaux par la fenêtre.

– Trouduc. T'avais la carte d'Eddie sur toi quand les flics t'ont ramassé. Nous savions que tu finirais par lui parler. *Rendez-vous à dix heures et attendez-moi…* tu parles. Tu te tires avec le fric et tout d'un coup tu nous rappelles pour nous le rendre? Ça puait l'arnaque, ton truc, merde.

Je fais un mouvement de tête en direction du faux Bolo occupé à rajuster sa perruque sous la pluie.

– De nouveaux potes?

– Tu la fermes, tu veux? Je te dirai quand tu pourras parler. Ces connards de Russkofs! Je lui avais dit de foutre des épingles, mais non, monsieur préférait sa colle à la con. Dans la pluie. L'idiot. Tu trouves que je suis de mauvaise humeur? Furax, oui. Et je te parle pas de Roman. Mais les Russes? Merde. On leur a dit que t'avais dégommé deux de leurs meilleurs ex-agents des forces spéciales de l'Armée rouge et qu'en plus, t'avais raflé le pot. Ils ont commencé à nous parler du marché noir des armes nucléaires et de conneries du même tonneau. Roman leur a dit qu'on avait besoin de deux types de plus et on a eu de la chance qu'ils ne nous refilent pas des Cosaques à cheval. Roman a fini par les baratiner et leur expliquer que l'affaire avait déjà fait beaucoup trop de bruit. Quand ils sont calmes, ces types comprennent très bien des expressions comme *opération clandestine*. Toutes les conneries de l'ex-KGB, quoi. Alors, quand est-ce qu'ils vont rappliquer, tes deux guignols?

– Quand je les appellerai.

Il jette un bout de croissant sur la table.

– Et quand comptais-tu me le dire, trouduc?

– Quand tu m'aurais permis de parler. Mon pauvre vieux, t'es vraiment le gogol de la bande.

– Fais gaffe.

– Sérieusement. Tu comprends, je croyais que Paris et Eddie avaient maîtrisé tout le système *Des souris et des hommes*, mais Roman est trop George et toi trop Lenny…

Il brandit un doigt gros comme une saucisse, me l'appuie sur les lèvres et l'y laisse une seconde.

– Ça va. D'accord? Quand devais-tu les appeler?

Il enlève son doigt.

– Ils sont dans le secteur. Où, je sais pas. Je devais appeler Eddie sur son portable depuis la cabine.

Bolo regarde en direction du taxiphone, parcourt des yeux les quelques clients du café et sort son portable.

– Est-ce qu'il a l'identification de correspondant?

– J'sais pas.

Il range son téléphone.

– Bon. Allons appeler de là-bas. Tu passes devant et tu fais pas le mariole.

– Où est Roman?

Il se contente de me regarder et me fait signe de me lever. Je me lève. Il se lève. Je prends la direction du taxiphone. Il me suit.

À mi-chemin de la cabine, je trébuche et me retiens en agrippant une des petites tables de café. M'immobilise, reprends mon équilibre, m'assure une bonne prise sur la table, puis, fort et distinctement, je lance:

317

– Je suis Henry Thompson. Je suis recherché par la police pour plusieurs homicides.

Ça marche, vous pouvez pas savoir.

Il n'y a même pas une seconde de silence pétrifié. Je dis mon nom, les gens paniquent et giclent. Je me redresse, soulève la table et la balance sur ma gauche. Le meuble prend de la vitesse pendant que je pivote sur moi-même. Bolo apparaît dans ma ligne de mire, cloué sur place, encore plus stupéfait par ma proclamation que les clients du café. Immobile, il ne fait rien pour éviter la table.

L'impact me l'arrache des mains. Un de ses angles m'égratigne au menton en valsant. J'ai un mouvement de recul et la table m'atterrit sur les orteils. Je pars en marche arrière et renverse plusieurs chaises avant de heurter le mur, à trois mètres de là.

Bolo est toujours parfaitement immobile au milieu de la salle. Le pied triangulaire de la table lui a ouvert un petit trou à la tempe gauche. Du sang en gicle et coule le long de son visage ; on dirait qu'on vient de tourner un robinet. Il écarte les mains comme s'il essayait de retrouver l'équilibre, les yeux rivés sur moi. Il oscille, se redresse et lève le pied gauche pour faire un pas. Il est aussitôt déséquilibré, ses bras moulinent et il dégringole ; la violence de sa chute est proportionnelle à son poids. Il tombe tête la première, envoyant valser tables et chaises, et s'effondre par terre. Là il ne bouge plus et saigne rapidement à mort pendant que je tâte la coupure que j'ai au menton et masse mes orteils douloureux.

Les deux guignols qui servaient d'appeaux ont dû

voir les gens ficher le camp du Starbucks. Je sors par une porte de côté pendant que le type déguisé en Bolo entre par l'autre issue. Je jette un coup d'œil par la vitre qui donne sur la rue et j'ai le temps de voir un Bolo debout devant le cadavre d'un autre Bolo. Puis je traverse la rue jusqu'au cube près duquel se tient le faux Roman. Je me demande avec inquiétude où peut bien être le vrai, me dis qu'en fait c'est peut-être lui, lorsque le type braque une arme sur moi et tire. La balle me passe à côté de l'oreille : ce n'est pas Roman. Il n'aurait pas tiré sans savoir où est l'argent.

Le Roman russkof se tient à droite du cube. Je me précipite à gauche pour mettre le bidule entre nous avant qu'il puisse tirer à nouveau. Il part vers sa gauche et moi sur ma droite et j'entends ses pieds glisser tandis qu'il essaie de me surprendre à découvert pour m'ajuster. Je recule jusqu'à ce que j'aperçoive ses chaussures. Il se coule vers la droite, à présent, profitant du bruit de la pluie pour couvrir ses pas. Je me rapproche du cube, m'appuie dessus de l'épaule et le pousse de toutes mes forces. Il est volumineux et j'ai du mal à le déplacer, mais il présente une masse considérable. Je sens une infime vibration et recule pour jeter un coup d'œil. Le Roman russkof est allongé par terre avec une plaie à l'arrière du crâne ; son revolver gît à terre à moins d'un mètre de sa main tâtonnante.

Je plonge sur le ciment glissant, au ras d'une des arêtes du cube en équilibre, et ma casquette est arrachée. J'écrase sa main droite de la mienne juste au moment où il s'empare de l'arme. Je le regarde. Il pourrait tout aussi bien s'agir de Blackie ou de Whitey – de toute façon, je ne connais pas leurs noms. Je me sers de mes deux mains pour immobiliser la sienne et clouer le revolver au sol. De la main gauche, il essaie de me tordre les doigts. Je me propulse en avant sur les coudes, ouvre grand la bouche et le mords de toutes mes forces à la main. Il hurle. Je récupère le pétard et le frappe à la tête avec. Une balle vient s'écraser par terre juste à côté de nous, ricoche en me bombardant de débris de ciment et l'atteint au visage.

J'entends du russe derrière moi. Je lâche l'arme et me retourne sur le dos. C'est le Bolo russkof, amputé de sa perruque, qui pointe son arme sur moi du bord du refuge.

– Bouge plus et donne-nous notre fric !

– Je ne l'ai pas.

– Bouge plus et donne-nous notre fric !

Des sirènes, je ne sais où. Je suis allongé là, à côté du faux Roman devenu un vrai mort, et secoue la tête.

– Debout ! Debout, bordel !

Je me lève et, à ce moment-là, vois Roman arriver par l'escalier du métro qui se trouve juste devant le Starbucks. Faisant feu comme un maniaque. Un pétard dans chaque main. Comme dans un film de John Wayne.

Il tire sur le Bolo russe, dans le dos. Il tire, tire et tire tout en avançant. Puis il se retrouve au-dessus du cadavre et finit de vider son artillerie sur lui.

– Je leur avais dit de ne pas te toucher tant qu'on n'aurait pas le fric.

Je montre le cadavre à ses pieds.

– Je crois qu'il a compris sa leçon.

320

– Je te l'ai dit, Hank. Je te l'ai dit que j'ai un putain de mauvais caractère.

Il commence à recharger. Je me mets à courir. Je fais deux pas, vois le flingue du Russe à mes pieds, m'arrête pour le ramasser et me tourne pour faire… mais bordel, pour faire quoi ? Il a fini de recharger. Je me remets à courir. Courir, je sais faire. Les sirènes sont maintenant assourdissantes et du côté de Bowery j'aperçois des éclats de gyrophares se rapprochant du carrefour.

Je fonce dans St Marks au pas de course, direction est, prends la Troisième Avenue vers le nord, puis vers l'est encore dans Stuyvesant. Et je crie en courant :

– Je sais où est le fric ! Ne tire pas, Roman ! Je sais où est le fric ! NE ME DESCENDS PAS !

Il ne me descend pas. Derrière moi, j'entends toujours les sirènes plus des crissements de pneus, des voix amplifiées, Roman qui hurle. Je fonce comme un perdu sous la pluie et au milieu des ombres et débouche sur la petite place à côté de l'église St Mark, à l'angle de Stuyvesant et de la Troisième Avenue. Roman exhibe son insigne à tout un paquet de flics et montre diverses directions. Des gyrophares remontent la Deuxième Avenue. Je saute par-dessus la grille basse en fonte et vais me cacher au milieu des buissons du petit square qui entoure l'église.

Des voitures de police passent. Les sirènes continuent à youyouter à Astor Place, les mégaphones à beugler. Puis c'est le bruit de hachoir géant d'un hélicoptère au-dessus de nos têtes. Je glisse un œil entre les buissons, mais je ne vois pas grand-chose au-delà du square. Je cavale sur la gauche, saute par-dessus une autre barrière et me faufile entre les colonnes du portique de l'église.

St Mark est le lieu de prière chrétien le plus ancien de l'île de Manhattan. C'est ce qui est écrit sur une plaque, à côté de l'entrée. Beaucoup de personnages importants ont été enterrés dans son petit cimetière. Ce que raconte aussi la plaque. Je lis et relis tout ça, recroquevillé derrière ma colonne, agrippant un revolver et attendant d'être retrouvé. J'en ai bientôt marre de poireauter.

Je change de position et me retrouve accroupi, l'épaule gauche appuyée à la base de la colonne. J'enlève la sécurité du flingue, mais j'appuie l'index le long du pontet car je ne peux l'empêcher de se contracter sans cesse. Je prends quelques respirations plus profondes. Je n'entends rien à proximité. Je jette un coup d'œil et vois le genou droit de Roman tandis que ma tête entre en contact avec la crosse de son arme.

Il pleut toujours. Des gouttelettes coulent le long du canon de son pistolet, roulent sur mon front et m'atterrissent droit dans l'œil. J'essaie de ne pas cligner des paupières parce qu'il m'a dit de ne pas bouger et que je le crois sérieux. Il n'y a personne dans les rues : les civils se planquent derrière les murs et Roman a envoyé ses bleus ratisser les autres rues. Il appuie un peu plus fort le bout du canon contre mon front ; un petit cercle blanc doit s'imprimer dans ma peau.

– T'as le fric, Hank ?
– Non.
Il se tient juste au-dessus de moi.

– C'est Eddie et Paris qui l'ont?

– Oui.

La pluie prend un goût salé, mais c'est simplement parce que je pleure. Il est difficile de sangloter aussi fort sans bouger.

– As-tu un moyen quelconque de le récupérer à ce stade?

– Aucun.

Il me surplombe de toute sa hauteur et regarde mon corps tout ratatiné à ses pieds.

– L'erreur que tu as commise, Hank, est d'y penser comme si c'était simplement de l'argent. Quatre millions et demi de dollars en liquide ne sont pas comme quatre millions et demi de dollars à la banque. En fait, tu aurais même du mal à trouver une banque disposant instantanément d'autant de liquidités. Quatre millions et demi sont une somme symbolique plus que de l'argent réel. Pour Eddie et Paris, ça représente le travail de leur vie. Pour les Russes, un investissement qui leur permettrait de s'infiltrer dans des marchés qui n'acceptent que du liquide. Pour moi, ça représente la liberté, la possibilité de retrouver une existence à laquelle j'ai renoncé il y a longtemps. Bolo et les autres n'y voyaient que de l'argent. Comme toi. Et ils sont tous morts. Tu vois le rapport?

Les yeux baissés sur moi. Baissés selon un angle qui les empêche de voir le pistolet que je pointe sur son genou.

J'appuie sur la détente. Il tombe en arrière. Un coup part de son arme. Le monde explose et des cloches se mettent à sonner à toute volée. La balle fait vibrer mon crâne en le frôlant et je sens la flamme me calciner le cuir chevelu. Je me remets debout tandis que

Roman dégringole le long des marches de l'église. Son pétard lui échappe.

Il reste allongé où il est tombé. Sa jambe droite paraît s'être en partie détachée en dessous du genou et du sang en gicle sous la pluie. Il glisse une main sous son imper et, lorsqu'il sort son autre pistolet, je m'avance et abats un pied sur son poignet, le clouant au sol. Et braque mon arme sur lui.

Il ouvre la bouche et recrache un peu de pluie.

– Tu… tu commets vraiment une erreur. Tu ne sais pas laquelle, mais… bon Dieu, ça fait mal… mais c'est une erreur. Crois-moi.

Je fais oui de la tête.

– Je te crois, Roman.

– Bon, OK, alors.

Je lui tire dans la poitrine. Il a une convulsion lorsque le projectile heurte son gilet pare-balles. Il recrache encore un peu de pluie.

– Oh, bordel de Dieu, Hank !

– Désolé, j'avais oublié.

Je pointe l'arme sur sa figure et tire à nouveau. Cette fois, il meurt.

À onze ou douze ans, j'allais chez un copain qui possédait une carabine à air comprimé. On s'amusait à tirer sur des boîtes de conserve et des soldats de plomb, au début ; puis sur des feuilles et des trucs comme ça, jusqu'au jour où un oiseau s'est aventuré dans notre champ de vision. Mon copain lui a tiré dessus, l'a raté, et m'a passé la carabine pour que j'essaie à mon tour. J'ai visé avec le plus grand soin, voulant à tout prix toucher cet oiseau tout en étant persuadé, au fond de mon cœur, que je ne parviendrais jamais à l'atteindre. Dans le mille. Il est tombé de sa branche. Mais il n'était pas mort. Il se débattait lamentablement par terre dans ses souffrances, et nous le regardions sans trop savoir que faire; mon copain a fini par dire qu'il fallait le tuer pour qu'il n'ait plus mal. J'en ai été incapable. Il a pris la carabine, l'a réarmée, a pointé le canon sur la tête de l'oiseau et l'a achevé à ma place. Tuer cet oiseau m'avait fait un sale effet.

Je fourre le pétard dans la ceinture de mon pantalon et tourne le coin de la rue. Avec tout le boucan qu'ils font, il n'est pas certain que les flics aient entendu mes coups de feu. Je pousse jusqu'à la 10e Rue, me dirigeant peut-être inconsciemment vers chez moi; une voiture fait un appel de phares et je vois s'avancer la Cadillac, restée garée dans le secteur en attendant mon coup de téléphone. Eddie ouvre la portière arrière et descend.

– C'est quoi, ce bordel, vieux? Où sont ces salopards? Je t'ai pourtant dit, pas d'impro.

Je passe devant lui et vais m'effondrer sur la banquette. Il monte à côté de moi et referme la portière.

Je récupère Bud et le mets sur mes genoux.

– Le salopard, c'est moi, maintenant. Le putain de salopard. Tirons-nous d'ici.

– Faut l'avouer, Hank, t'es un mec sacrément cool. Pas vrai? Quand même, bordel…

Je suis allongé sur le plancher de la Caddie, à l'arrière, Bud roulé en boule sur mon estomac. Eddie est assis à sa place et parle sans me regarder. Pas question que les flics des barrages se doutent qu'il y a une tierce personne dans la voiture. Juste deux Noirs. Ils ont enlevé leurs lunettes de soleil et leurs chapeaux de cow-boy. Dans cette berline, ils ont tout du producteur de musique accompagné de son garde du corps / chauffeur. Paris a changé sa cassette et c'est ce que Funkadelic a produit de mieux que nous écoutons : *One Nation Under a Groove*.

– Hé, Eddie ?

– Ouais.

– Vous êtes pas plus ou moins recherchés, tous les deux ?

– Si.

– Et alors ?

– Tu vois, Hank, tous ces flics, là, ils ne pensent qu'à un seul type : toi. Tu t'es retrouvé au milieu d'une fusillade à trois coins de rue d'ici. Alors ce qu'ils ont envie de voir, c'est un Blanc grand et maigre, pas deux gros durs noirs recherchés pour des attaques de banques dans le Midwest. Tu me suis ?

– Je te suis. Mais cette voiture passe pas inaperçue.

– Tu t'imagines tout de même pas qu'on s'en est servis pour nos casses ? Elle nous attendait bien sagement dans un parking du New Jersey. On a piqué un sacré paquet de bagnoles pour faire nos coups. On risque rien avec cette splendeur.

– Oui, mais…

– La ferme. C'est à nous, maintenant.

326

Ils ont bloqué la circulation à la hauteur d'Union Square. Tous les véhicules roulant vers le sud sont détournés. Et tous ceux qui vont vers le nord, l'ouest et l'est et pouvant arriver du secteur d'Astor font l'objet d'un contrôle. Paris s'avance jusqu'au barrage et s'arrête. Le rayon d'une lampe torche danse à l'intérieur de l'habitacle. Eddie se tourne vers la vitre et hoche la tête. Nous repartons. Eddie baisse les yeux sur moi et m'adresse un clin d'œil.

– C'est bien la première fois qu'être un Noir m'évite d'être emmerdé par la police.

Nous roulons vers l'ouest. Du fond de la voiture, j'aperçois les immeubles qui se mettent tout d'un coup à basculer quand Paris tourne sur la gauche, dans la Septième Avenue, et prend la direction du Holland Tunnel par le centre-ville. Nous roulons. À un moment donné, Eddie se penche et tape son frère sur l'épaule.

– Ici.

D'où je suis, je ne vois que la nuque de Paris. Il acquiesce d'un signe de tête et se range le long du trottoir. Par la vitre, au-delà d'Eddie, je devine un coin d'immeuble et le pan d'un ancien entrepôt. Il me semble que nous sommes un peu après Houston Street, dans Tribeca. Je veux me relever pour m'asseoir, mais Eddie me repousse en douceur.

– Pour le moment, tu bouges pas.

Je me rallonge. Ma cicatrice pulse. Pulse. Comme si on me donnait des coups de couteau de l'intérieur. Mes pieds me font mal.

Funkadelic est passé à *Maggot Brain* avec son infernal et interminable solo de guitare. Eddie reprend son chapeau, mais le garde sur ses genoux et en tripote le bord.

– Je vais te dire, Hank. Paris et moi, on est partagés.

– Comment ça ?

Paris pivote dans son siège pour me regarder. C'est la première fois que je vois ses yeux. Il paraît inquiet.

– Tu vois, tout ce que tu viens de faire, c'est foutrement pas rien. Très impressionnant.

– Mais… ?

Il se frotte le sommet du crâne.

– Pour tout te dire, le mieux pour nous serait tout simplement de te descendre et de te balancer quelque part.

Bud ronronne, endormi sur mon estomac, oscillant au rythme de ma respiration. Je le gratte entre les oreilles avec la main gauche.

– Tu comprends, y a le feu, ça va foutrement barder pour tes fesses. Sans compter que nous aussi, on a la pression. Les choses pourraient mal tourner.

– C'est incontestable.

– Exact, c'est incontestable. Mais est-ce que c'est le bon plan ? Le plan intelligent ? Tu me suis ?

– Et comment !

Je continue de gratter Bud de la main gauche. Ma main droite est sous son ventre.

Eddie regarde son frère et Paris approuve d'un hochement de tête.

– Les gens qui sont pas dans le coup parlent toujours de « l'honneur des voyous entre eux ». Sauf que c'est pas vraiment comme ça. Tu comprends, l'honneur, ce n'est pas le problème. Le problème, c'est la confiance. C'est incontestablement la confiance. Ce qui s'est passé, tout ce bordel, tout ça est arrivé pour une histoire de confiance mal placée. Nous n'avons jamais

eu confiance en Roman ni en ses potes, et en particulier pas dans ces enfoirés de Russes. Mais Russ ?
On le connaissait depuis qu'on était gosses. Bien sûr
qu'on lui faisait confiance. Et quand il nous a fait son
morpion dans le dos, tu peux dire qu'on a été choqués.
Plus que ça même, blessés. Profondément blessés.
Quand un truc pareil t'arrive, t'as tendance à remettre
certaines choses en question, des choses en lesquelles
tu pensais pouvoir croire. La qualité de ton jugement,
par exemple. Mauvais, ça. Perdre confiance en soi,
c'est la totale. Tu me suis toujours ?

— Toujours.

Je gratte encore un peu Bud. Je tiens à ce qu'il reste
assoupi. Je tiens à ce qu'il reste calme et bien tranquille sur mon estomac. Parce que s'il sautait, Eddie
et Paris verraient le pistolet passé dans ma ceinture.
Le pistolet sur lequel est posée ma main droite.

— Tout ce que je t'ai raconté sur le fait que nous
n'avons pas de passé, aucune relation, pas de famille.
Tout ça est très bien, mais on n'est pas plus avancés
pour autant. Paris et moi, on s'en est bien tirés je ne
sais combien de fois, tu peux pas imaginer. Et tu sais
pourquoi ?

— Non.

— Parce que nous sommes plus grands que la somme
de nos parties. Et cette grandeur tient à trois choses :
foi, amour, confiance.

Il tend la main à Paris.

— Je t'aime, frangin.

Paris lui prend la main.

— Je t'aime, Eddie.

Ils se lâchent les mains et Eddie se tourne vers
moi.

– Roman, Bolo, Russ? La vérité, c'est que t'as pas tué ces mecs. Ils se sont tués eux-mêmes. Eux, les Russkofs et le Chinetoque? Ils seraient vivants et ils auraient le fric si seulement ils s'étaient fait confiance. La confiance est un sentiment, Hank. Quelque chose qu'on ressent pour une autre personne, comme l'amour ou la haine. Elle naît en voyant comment quelqu'un se comporte, comment il est. Un type qui fait ce qu'il dit qu'il va faire, qui a de l'estime pour ses amis, sa famille, et qui essaie d'être correct avec eux? Tu peux pas t'empêcher de faire confiance à un type comme ça. Tu peux pas t'empêcher de ressentir, voilà: ressentir de la confiance pour ce type. Un type comme toi.

Il arrête de tripoter son chapeau et se le met sur la tête.

– C'est pourquoi t'as appelé. On peut te laisser ici avec deux ou trois mille dollars pour un boulot bien fait, tu pourrais te faire la belle, tenter de repartir à zéro quelque part. Courir le risque d'avoir affaire aux Russkofs, vu qu'ils vont nous chercher, toi et nous. Tu pourrais aussi peut-être aller chez les flics, essayer d'éclaircir tout ça, courir le risque qu'ils ne te croient pas. Tu pourrais revoir ton père et ta mère, comme ça. Ou bien, tu viens avec nous. Une nouvelle vie. Une nouvelle famille. Qui te ferait confiance. Et je me demande si ce ne serait pas la meilleure solution, pour toi. Parce qu'à la vérité, Hank, je sais pas qui tu étais la semaine dernière, mais c'est certain que tu n'es plus le même.

Au fond, le choix n'est pas si difficile que ça peut en avoir l'air. Parce qu'après tout, il a raison: je ne suis plus l'homme que j'étais il y a une semaine. Même pas la moitié de cet homme. J'arrête de gratter Bud et dégage les doigts qui entourent le pistolet.

– Ça marche, dis-je.

Ils sourient. Deux magnifiques sourires. Eddie se baisse et me tapote un genou.

– Cool ça. C'est cool. Paris ?

– Cool.

– Parfait. Hank ? Reste encore allongé par terre, des fois qu'ils auraient installé un barrage à l'entrée du tunnel. Une fois dans le New Jersey, ça devrait se calmer. On ira dans le Sud, on organisera quelque chose dans un aéroport local du côté d'Atlantic City. On va faire un petit voyage. Ça te botte comme ça ?

– Ouais. Ouais, ça me botte.

– C'est bon. Allons-y.

Paris lance le moteur. Eddie s'enfonce dans son siège.

– Tu sais, Hank, on est foutrement désolés pour ce qu'on a fait à ta copine. La vérité, c'est qu'on y est allés un peu fort. Roman avait fait un foutu bon boulot, question de te faire perdre les pédales et te foutre les boules, il nous a semblé qu'il fallait t'envoyer un message fort pour que tu piges bien. Le fait est que comme tu ne nous avais pas appelés tout de suite, j'ai même pensé qu'on y avait pas été assez fort. Bref, on va essayer de réparer ça. Et on apprécie que tu prennes les choses comme un pro. C'est toujours mieux de pas laisser un truc pas réglé entre amis. *Cherchez la femme*[1]. Les femmes foutent toujours en l'air les bons plans.

1. En français dans le texte.

Je prends Bud par la peau du cou et le mets de côté. C'est un angle de merde pour tirer et la première balle atteint Eddie dans le haut de l'épaule droite alors que je visais l'oreille. Il est repoussé dans l'angle du siège et je m'occupe de Paris avant qu'il puisse démarrer. Je ne vois qu'une petite partie de son crâne, je tire quatre fois à travers le dossier, au jugé. Sa tête bascule brutalement en avant, la Caddie fait deux embardées et le volume de la musique enfle d'un seul coup. Eddie tente de me marteler les cuisses de ses bottes de cow-boy, mais je remonte les genoux. La balle lui paralyse le bras et c'est de la main gauche qu'il essaie de retirer le pétard de son étui. Je lui tire dans la cuisse droite, il arrête de me donner des coups de pied. Je redresse le pistolet et lui tire dans l'estomac. Remonte encore un peu, lui tire dans la poitrine. Puis un peu plus haut. La dernière balle lui arrache son chapeau. Je me redresse vivement et regarde à l'avant. Paris est effondré, à moitié sur le siège, à moitié sur le plancher de la voiture. On dirait que les quatre balles l'ont atteint, mais c'est difficile à dire tellement sa poitrine est déchiquetée. Il ouvre et ferme la bouche.

– Eddie ? J'suis blessé.

Il meurt. Sans que j'aie besoin de tirer une dernière fois.

Je laisse tomber l'arme sur le siège, passe un bras par-dessus le dossier, décroche la clef du contact et arrête la stéréo. Bud s'est coulé dans son sac pour se cacher. Je remonte la glissière et tire sur la poignée de la portière, mais c'est celle qui ne s'ouvre pas de l'intérieur. Je ne crois pas que je pourrais passer par-dessus le corps d'Eddie et j'escalade le siège avant pour sortir par la portière passager.

La Caddie s'est arrêtée en travers, dépassant dans la rue. La pluie a cessé et, pour le moment, la rue est vide. Une alarme de voiture hulule un peu plus loin. Je contourne la Cadillac et ouvre le coffre. Je pense aux deux valises que les frères ont préparées à l'appartement. Je pense à des vêtements qui ne soient pas couverts de sang. Mais il est là, posé sur les valises. Un grand putain de sac plein de fric.

J'ouvre une des valises, prends quelques affaires et les fourre dans le sac de Bud. Il essaie de sauter à terre, mais je le repousse à l'intérieur et remonte la fermeture. Puis je referme le coffre et m'éloigne.

Je n'ai pas fait trois mètres que je reviens prendre l'argent. Puis je fiche le camp en courant aussi vite que me le permettent mes quatre millions et demi de dollars.

Je remonte la Septième Avenue sans chercher à me cacher. Je me planque derrière une benne à ordures pour me débarrasser de mon blouson des Yankees plein de sang et enfiler un sweat-shirt noir qui pend sur moi comme un drap. Devait appartenir à Paris.

Où aller? Je n'en ai aucune idée et ce putain de sac pèse un bourrin mort. Au parc James Walker, j'avise un sans-logis, son caddie de supermarché est chargé de sacs-poubelle pleins de bouteilles vides et de boîtes en alu posées sur le reste de ses quelques biens. Assis sur un banc humide, il essaie d'allumer un mégot humide avec une allumette mouillée. Je m'assois à l'autre bout du banc. Il me jette un coup d'œil, puis retourne à sa laborieuse mise à feu. Je fouille dans mes poches. J'ai donné toutes mes liasses de cent à Billy, mais j'ai toujours un paquet de vingt. J'en prends cinq et les lui tends. Il les regarde, eux, puis moi.

– Tu voudrais pas vendre ton chariot?

Il marchande et me soutire cent quarante dollars; je lui laisse garder l'essentiel de ses affaires. J'empile quelques saletés autour du sac de hockey, enfile son manteau élimé, puis je retourne dans l'avenue. Derrière moi, le clodo réussit à allumer sa clope et reste assis à la savourer comme s'il était Rockefeller en personne. À quoi je pensais en ne lui donnant que des vingt? J'ai quatre millions et demi dans ce sac. Et flûte. Bah, ça sera pour la prochaine fois, vieux.

Je me dirige droit sur Greenwich Village. Il y a un peu plus de monde maintenant que la pluie a cessé, mais l'ambiance est toujours très particulière, c'est indiscutable. La ville a peur de moi. Je pousse mon chariot. De l'autre côté de Sheridan Square se trouve le Riviera Sports Bar. Plein à craquer. Je passe devant avec mon chariot et, une fois dans la 10e Rue, je tombe sur une petite fenêtre à hauteur du trottoir placée juste au-dessus d'une bouche de chaleur. De là, je vois très bien le sous-sol et les écrans de télé où passent les matches en cours. On dirait que la partie a repris à Shea; et celle des Giants semble avoir repris elle aussi.

Je pousse le chariot contre le mur. J'en retire une couverture, l'étends sur la bouche de chaleur et m'assois dessus avec le sac contenant Bud sur les genoux. Quand je l'ouvre, il a un mouvement de recul. Je glisse ma main à l'intérieur et le chatouille entre les yeux. Il aime ça. Il lui faut un moment, mais il finit par se calmer. Je tâtonne sous lui pour trouver le flacon de Vicodine et avale deux cachets. Je n'ai plus besoin d'être bien réveillé.

Un peu de sang sèche sur la fourrure de Bud. Je crache sur l'ourlet du sweat géant de Paris et frotte la tache. Par la fenêtre, je suis les deux parties.

Les Braves et les Dodgers ne s'en font pas; ils ménagent leurs meilleurs joueurs en vue de la prochaine saison: ils veulent éviter d'avoir d'autres blessés. Les Giants et les Mets mettent le paquet, envoient leurs vedettes sur le terrain et leur font prendre tous les risques, quitte à ce qu'ils se fassent mal. De mon poste d'observation, je suis les deux parties jusqu'à leur conclusion, alors qu'il est évident depuis un moment que les Mets et les Giants ne peuvent plus gagner et seront forcés à jouer les barrages. Ils les joueront ici, à New York. Mes Giants, ici! Seigneur, comme j'aimerais voir cette partie...

Je reste sur la bouche de chaleur avec Bud. Il y fait bon. Lorsque le bar ferme, quelques-uns des clients me jettent une pièce de vingt-cinq cents en partant. Voilà qui m'arrange bien: j'ai quelques coups de téléphone à passer et je n'avais pas de monnaie. Le clodo avait des lambeaux du *Sunday Times* dans son chariot et j'ai parcouru la section «Voyages». Comme je n'ai jamais été nulle part, tout me fascine. Je prends ma décision. Il y a un taxiphone juste à l'extérieur du bar. Il fonctionne. Je passe un coup de fil et règle une première question. Je devrais en passer un deuxième, mais pour le moment, je ne peux pas. J'en suis incapable. Je me rassois sur la grille.

Ces cons de Giants. Ces cons de Giants. Ces cons de Giants.

Je n'ai pas l'impression d'avoir dormi, pas vraiment, mais tout d'un coup il fait jour. Le temps passe à toute vitesse quand on pense à toutes les personnes qu'on a tuées. Je me lève. Il est temps d'y aller. J'ai des choses à faire.

Les manchettes du jour dans les kiosques:
Le *Daily News*: FUSILLADE!
Le *Post*: L'OUEST SAUVAGE!
Le *New York Times*: QUATRE MORTS DANS LA FUSILLADE DE CETTE NUIT.

Finalement, je me retrouve dans la 14e Rue. L'axe autour duquel tourne ma vie. La boutique Krazy Fashions est juste ici, à deux pas de la Sixième Avenue. Je glisse un paquet de cinquante dans ma poche, laisse le chariot dans la rue et entre dans la boutique avec le grand sac plein de fric et le petit sac de Bud.

Et croyez-vous qu'ils me prennent pour un criminel? Je débarque de la rue, tout puant et mal fagoté, et me mets à sortir des billets de cinquante comme s'il en pleuvait. Bien sûr, je suis un criminel. Mais ils s'en foutent et c'est sûr et foutrement certain qu'ils ne pensent pas que je suis *le* criminel. Je laisse Bud enfermé dans son sac et j'ai droit à un service de première. J'achète un superbe costard italien veston trois boutons qui tire sur le vert olive, une chemise crème Yves Saint Laurent, des richelieux rouge foncé et tout un choix de sous-vêtements et de chaussettes.

Le personnel se charge de mettre à la poubelle ce que j'avais sur moi et me prête une robe de chambre pendant que j'attends les retouches. Bud reste tranquille dans son sac. Je leur emprunte leur téléphone et, à peu près au moment où mes affaires sont prêtes, la voiture vient se ranger le long du trottoir. Le Pakistanais qui tient la boutique m'accompagne en portant mon sac (le gros) et se charge de le mettre dans le coffre. Je lui refile deux cent cinquante dollars de plus, il me dit de revenir quand je veux.

Je me glisse à l'arrière de la Lincoln. Mario me tend sa paluche et on échange une poignée de main. Il écoute la musique de *La Fièvre du samedi soir* – *If I Can't Have You*.

– Newark International.
– Parfait.

Il déboîte dans la rue et se tourne un instant pour me regarder.

– T'as pas un joint sur toi, vieux ?
– Non, désolé.
– Pas de blème.

Il passe une main dans son veston, en retire un pétard et l'allume. Il en tire une bonne bouffée et me le tend.

– Mon frère ?
– Merci.

Je prends le joint et aspire dessus à pleins poumons. Ça me brûle comme l'enfer et, en lui rendant sa clope, je me mets à tousser. Mario reprend le joint et me passe une bouteille d'eau. J'en bois deux ou trois gorgées entre deux quintes.

– Merci.

– Pas de blème. Encore ?

Il me tend à nouveau le joint, mais je ne le prends pas. La bouffée que j'ai avalée me ramollit déjà, me ramollit et m'aide à ne pas trop réfléchir.

Les flics sont bien visibles à l'aéroport. Il y en a partout. Mario me conduit à l'arrêt cinq-minutes d'American Airlines. Il sort vivement, me tient la portière ouverte et prend mon sac dans le coffre. Je pose le sac par terre, m'agenouille à côté et l'entrouvre de moins de vingt centimètres. Je plonge la main dedans et en retire trois liasses de cent. Je fais signe à Mario de se mettre à mon niveau et lui donne le liquide.

– Un paquet pour toi. Donnes-en deux à Tim en lui disant qu'il y en a un pour Billy. D'accord ?

– Tout à fait.

– Tu sais qui je suis.

– Sans aucun doute.

– Reste toujours aussi cool, Mario.

– Tout à fait.

Il prend l'argent et m'en serre cinq. Je laisse un porteur prendre le sac et m'accompagner jusqu'au comptoir, où je lui donne un billet de vingt comme pourboire.

– Couloir ou hublot ?

– Couloir, s'il vous plaît. Et si je pouvais avoir un siège vide à côté de moi, ça m'arrangerait.

– Pas de problème.

Ma réservation a été enregistrée. Je confie la carte

Visa et le passeport au nom de John Carlyle à la fille. Elle regarde la photo, me regarde – deux fois – puis me rend le tout. Elle m'adresse deux ou trois coups d'œil de plus pendant qu'elle remplit ses formulaires.

– Une voiture m'est rentrée dedans.

– Oh, mon Dieu. Y a-t-il eu des blessés ?

– Rien de grave. Juste moi.

J'ai une idée.

– Vous avez encore des places en première ?

– Bien sûr.

– Est-ce que ça vous embêterait euh… je crois que j'ai besoin… enfin bref, j'aimerais changer.

– Pas de problème.

Ça coûte très cher.

– Des bagages ?

– Un pour l'enregistrement, l'autre de cabine.

Je remplis l'étiquette, elle l'attache au grand sac noir et je regarde cette montagne de fric disparaître sur le tapis roulant. Qui ne risque rien…

– Tout est en ordre, monsieur Carlyle. Il vaudrait peut-être mieux vous presser un peu, l'embarquement pour ce vol est imminent. Je vous souhaite un bon voyage.

Je prends ma carte d'embarquement et me dirige vers la porte. Je passe devant cinq ou six flics qui se tiennent en cercle et parlent des Mets. Ma photo s'étale en première page de tous les journaux, mais ils ne me voient pas. Je suis dans la toute-puissance. Puis j'arrive au portillon qui passe les bagages aux rayons X et je me souviens que j'ai un chat dans mon sac et aucun papier me permettant de l'embarquer.

Il y a des toilettes sur la gauche. J'y vais, entre dans la première cabine, pose le sac sur mes genoux et l'ouvre. Bud passe la tête et je le caresse un instant. J'aurais dû le donner à Billy. Il l'aurait confié à sa copine qui a un faible pour les chats. Et maintenant?

Je fouille dans le sac jusqu'à ce que j'aie trouvé ses pilules. Je lis l'étiquette très attentivement. La prescription est de deux par jour, une le matin, une le soir. Je fais tomber trois pilules dans le creux de ma main, ouvre la gueule de Bud et les y laisse tomber l'une après l'autre. Puis je le serre contre moi jusqu'à ce qu'il se tienne tranquille. Je me lève, pose Bud par terre, enlève mon veston et ma chemise et soulève mon T-shirt. Je me rassois sur les toilettes, défais mon bandage, reprends Bud et remets mon bandage avec le chat dedans. Pour plus de sûreté, je prends la bande de rechange que j'ai dans le sac et l'ajoute. Je me lève. Il ne bouge pas, maintenu contre mon estomac par les deux bandages. Je rabats le T-shirt, enfile et boutonne ma Saint Laurent, endosse le veston, ferme les trois boutons et sors de la cabine. Dans le miroir, j'ai l'air d'avoir un début de durillon de comptoir.

J'arrive au point de contrôle. Je pose le sac sur le tapis roulant et le vois passer par la machine. Je franchis le détecteur de métaux sans déclencher d'alarme. Je ne transpire pas, je ne tremble pas, mes yeux n'essaient pas de regarder partout à la fois. Je suis un maître criminel. Froid comme la glace. C'est à peine si les flics et les types de la sécurité de l'aéroport me jettent un coup d'œil. Pour eux, je suis déjà devenu un mythe. Jamais une personne recherchée n'ayant réussi à aller aussi loin, ils se contentent de siroter leur café et de râler sur leur boulot pendant que je passe à côté d'eux.

Je m'arrête dans le coin des téléphones. Quand elle décroche, j'entends une série de *clic* et des voix en arrière-plan.

– M'man? C'est moi.

– Tu vas bien, Henry? Tu vas bien?

– Ça va, m'man. Je m'en vais.

– Où ça?

– Je ne peux pas te le dire.

– Oh. Ils sont là, Henry. Ils veulent te parler.

– Je t'aime, m'man.

– Oh, Henry…

– Dis à Papa que je l'aime aussi.

– Henry…

– Je t'aime.

– Moi aussi, je t'aime, Henry.

C'est bien, la première classe. On me donne une serviette chaude, je me la mets sur le visage pour cacher mes larmes, qui n'arrêtent pas.

Quand on est autorisé à se détacher, je vais aux toilettes avec mon sac et libère Bud. Il respire à petits coups. J'espère qu'il va bien. Je me rembourre l'estomac de quelques serviettes pour avoir l'air toujours aussi gros et remets le chat à la place dans le sac. Je ne remonte pas complètement la fermeture de manière à ce qu'il puisse mieux respirer. On n'arrête pas de me proposer des cocktails pendant tout le vol. Je me rabats sur deux Vicodine.

Nous atterrissons à Cancún. C'est la première fois que je viens au Mexique, mais j'ai entendu dire qu'on y passait facilement la douane. Quand je vais chercher le grand sac, il est déjà en train de tourner sur le carrousel.

Le douanier mexicain examine mon visage, puis regarde mon passeport. Il fait une petite grimace et paraît se poser des questions.

– Accident de voiture.

– ¿ *Si* ? Houlà.

– *Mucho* houlà, oui.

Il rit et donne son coup de tampon.

– Je vous souhaite un agréable séjour au Mexique, monsieur.

– Merci.

Je me dirige vers la sortie. Devant moi, il y a un système de feux, comme à un croisement, mais en plus petit. Si la lumière est verte, on peut sortir de l'aéroport. Si elle est rouge, on fouille vos bagages. C'est au hasard. J'appuie sur le bouton.

C'est un vert de fête de Noël.

1er octobre 2000

Les matches de barrage

Le patelin est à environ une heure au sud de Cancún. Modeste, sympa. Je suis dans un bar. Le bar donne sur la plage; il est sans parois et couvert d'un toit fait de poutres et d'un chaume de feuilles de palmier. Je ne suis pas installé sur un tabouret, mais sur une balançoire accrochée aux poutres. J'oscille dans la brise tiède et, si je tends le pied, mes orteils laissent de petits sillons dans le sable en allant et venant. C'est le début de soirée et des nuages d'orage commencent à se former au large. Des éclairs fendent l'air au-dessus d'une mer parfaite et une pluie aussi chaude qu'une douche ne va pas tarder à tomber. Il y a des jolies filles partout et la stéréo du bar joue *Pride and Joy* de Stevie Ray Vaughan. Bud est vautré sur le bar à côté de moi, encore groggy mais réveillé. Les gens du bar trouvent très amusant que j'aie amené le chat avec moi, mais ils l'aiment bien. Tout le monde aime bien Bud. Les jolies filles, en particulier, adorent mon matou. J'ai une chambre un peu plus haut sur la plage. Avec un balcon et un hamac. J'ai pris le temps de m'arrêter à la boutique-cadeaux pour acheter quelques shorts et des sandales; après quoi, j'ai pris une douche dans ma chambre et laissé le sac bourré de fric dans le placard. Puis je suis parti marcher et c'est ainsi que j'ai trouvé le bar.

J'ai déposé sur le comptoir les diverses reliques que j'ai trouvées dans le sac de Bud. Le billet d'avion avec lequel j'avais prévu d'aller à la maison à Noël. La carte de Mario. Celle d'Eddie. Celle de Roman. La photo du cou d'Yvonne prise par la police. Yvonne, que la façon dont je me complaisais à toujours vivre dans le passé rendait absolument furieuse. Je ferme les yeux, sens le soleil et la brise sur ma peau… et vois les cadavres empilés derrière le bar, au Paul's. Russ tenant Bud. Eddie et Paris s'étreignant les mains. Bolo écartant les bras pour retrouver l'équilibre juste avant de dégringoler. Roman, qui voulait simplement que je laisse tomber.

Des bols remplis de cacahuètes espagnoles saupoudrées de chili sont posés sur le bar. J'en prends une poignée et les croque une à une. Elles sont bonnes. J'en tends une à Bud, qui lèche la poudre de chili.

Je bois un jus d'orange. Du Jarritos. Bientôt, il sera dix-huit heures – les *happy hours*. Pour chaque verre commandé, on m'en apportera trois. À la demie, ils brancheront la télé, au-dessus du bar, et je pourrai assister à la diffusion par satellite de la partie des Mets contre les Giants, à New York. Je replie mes orteils dans le sable légèrement humide et frais. Je n'ai plus du tout mal aux pieds. On sonne la cloche. Il est dix-huit heures. Je fais signe au barman et commande une bière.

REMERCIEMENTS

J'exprime toute ma gratitude à Maura Teitelbaum et Abrams Artists, qui ont cru en ce livre et l'ont partout et toujours défendu. Merci à Simon Lipskar, de la Writers House, et à Mark Tavani, de chez Ballantine, pour avoir réglé les détails techniques de la publication et, plus important, pour tout le travail qu'ils ont effectué lors de la préparation du manuscrit. Merci aussi à Robyn Starr et à Simone Elliot pour le rôle essentiel qu'ils ont joué dans la publication. Ce roman ne serait jamais sorti sans l'aide de toutes ces personnes, mais je tiens à remercier tout spécialement mon ami Johnny Lancaster sans qui rien de tout cela ne se serait passé. Merci, John, tu es un véritable ami.

Et par-dessus tout : merci, papa et maman, pour votre amour inconditionnel et votre soutien sans faille. Je vous aime plus que je ne saurais l'exprimer.

Et merci enfin, Virginia, ma femme : sans toi je ne suis rien.

C. H.

RÉALISATION : PAO ÉDITIONS DU SEUIL
IMPRESSION : CPI BRODARD ET TAUPIN À LA FLÈCHE
DÉPÔT LEGAL : OCTOBRE 2010. N° 103517 (59049)
Imprimé en France